Blutroter Rhein

Walter Millns wurde 1963 in London geboren, wuchs in Graz und Olten auf. Heute lebt er mit seiner Familie in Schaffhausen. Er schreibt Krimis, Kurzgeschichten, Hörspiele und Theaterstücke, inszeniert und zeichnet. Im Sommer schwimmt er im Rhein, im Winter spaziert er am Ufer entlang.

WALTER MILLNS

Blutroter Rhein

KRIMINALROMAN

emons:

Bibliografische Information der Deutschen Nationalbibliothek
Die Deutsche Nationalbibliothek verzeichnet diese Publikation in der Deutschen Nationalbibliografie; detaillierte bibliografische Daten sind im Internet über http://dnb.d-nb.de abrufbar.

FSC
www.fsc.org
MIX
Papier aus verantwortungsvollen Quellen
FSC® C083411

Umschlagmotiv: lichtsicht/photocase.de
Umschlaggestaltung: Nina Schäfer, Tobias Doetsch
Gestaltung Innenteil: César Satz & Grafik GmbH, Köln
Lektorat: Irène Kost, Biel/Bienne (CH)
Druck und Bindung: CPI – Clausen & Bosse, Leck
Printed in Germany 2017
ISBN 978-3-7408-0196-0
Originalausgabe

Bist du wütend, zähl bis vier,
hilft das nicht, dann explodier.

Wilhelm Busch

1

Anna Galati nahm die Schwimmbrille vom Gesicht und schwenkte sie im Wasser. Frauen und Männer droschen mit den Händen auf die Oberfläche ein. Wenn sie den Beckenrand berührten, rissen sie den linken Arm hoch und starrten auf die Uhr. Der Atem ging keuchend. Dann gab der Computer am Handgelenk einen Befehl, und sie patschten weiter. Nach fünfzig Metern Crawl hechelten sie erneut nach Luft.

Letzte Trainingseinheiten, bevor die Freizeitathleten im Wettkampf gegeneinander antraten. Der Schaffhauser Triathlon stand bevor.

Galati setzte die Schwimmbrille auf und tauchte ab. Die Füsse suchten den Widerstand des Beckenrands. Während sie unter Wasser dahinglitt, drehte sie sich auf den Rücken. Die Hände fassten sich weit über dem Scheitel, die gestreckten Arme berührten leicht die Ohren. Luft verliess Nase und Mund und rauschte als glitzernde Perlen erst den Körper entlang und dann an die Wasseroberfläche. Als sie auftauchte, bewegte sie sich in Rückenlage fort. Die Wellenbewegungen der Rumpfmuskulatur trieben sie vorwärts. Delphinbeinschlag.

Der Himmel war klar. Eine Krähe flog ins Blickfeld und verliess es wieder. Kondensstreifen verblassten. Galati spürte das Geschwurbel der Mitschwimmerinnen und Mitschwimmer. Nach knapp fünfzig Metern schwamm sie unter einer Leine hindurch. Sie drehte sich auf den Bauch und crawlte die restlichen paar Meter bis zum Beckenrand.

Für die nächste Länge nahm sie die Arme zu Hilfe. Sie schnellten zu beiden Seiten aus dem Wasser, um weit vorne gleichzeitig wieder einzutauchen. Der Körper bewegte sich peitschenartig, die Arme zogen ihn vorwärts. Der Kopf blieb tief, die Atmung war kaum zu erkennen. Galati schien übers Wasser zu fliegen. Schwerelos.

Sie stiess wieder ab, schwamm auf dem Rücken weiter und atmete tief. Der Körper versuchte das Sauerstoffdefizit wettzumachen. Sie liess sich treiben und löste die angespannte Muskulatur ihres Nackens, indem sie den Kopf leicht hin und her rollte.

Die Brille hatte sich wieder beschlagen. Galati nahm nur Schatten wahr. Einige lagen flach im Wasser und zogen an ihr vorbei. Ihr Blick blieb an einer Figur hängen, die beinahe senkrecht vor sich hin strampelte. Dicker Bauch und dünne Beine. Wie eine Kröte. Sie schob die Brille in die Stirn und schaute genauer hin. Das Gesicht des Mannes kam bis knapp an die Wasseroberfläche und tauchte wieder ab. Das Strampeln wurde heftiger. Sie hörte den Lärm der Kinder, die sich im Wasser vergnügten, sah Körper in grotesken Verrenkungen vom Sprungbrett springen und Sonnenbadende am Beckenrand dösen. Niemand hatte die Kröte bemerkt.

Ein Ertrinkender geht zweimal unter. Einmal im Wasser und einmal in der Menge. Wer ertrinkt, schreit nicht. Zu wenig Sauerstoff.

Sie näherte sich dem Mann, der versuchte, das Gesicht über Wasser zu halten. Er wirkte jung. Ein Flaumbart verdeckte einen Teil der Narbe, die sich parallel zur Nase von der Stirn bis zum Kinn zog.

Der Mann bemerkte sie und ruderte heftiger. Galati redete auf ihn ein, um ihn zu beruhigen. Es half nichts. Er schwurbelte wilder und tauchte unter. Mit zwei Armzügen war sie bei ihm. Er klammerte sich an ihren Hals. Sie drohten gemeinsam unterzugehen. Grob schob sie den rechten Unterarm zwischen sich und den Mann und presste ihm die Hand aufs Gesicht. Sie drückte es weg und kriegte den linken Arm zu fassen. Er schlug mit dem freien Arm um sich.

Galati drehte ihn auf den Rücken und hielt seine linke Hand zwischen den Schulterblättern fest, während sie ihn unterhalb des Kinns packte. Fesselschleppgriff.

Die Kröte war zu erschöpft, um sich selbst aus dem Wasser zu ziehen. Galati schob, bis wenigstens der Oberkörper auf dem Beckenrand lag. Sie schwang sich aus dem Wasser, packte die Arme des Mannes und riss ihn hoch. Schlaff glitt er auf die Steinplatten, keuchte und spuckte Wasser.

«Solche wie den sollte man einfach absaufen lassen.» Ein fetter Kerl in bunten Badeshorts grinste blöd seinen spindeldürren Kumpel an. Der lachte schief zurück. «Ja, und nicht erst hier. Im Mittelmeer ist genügend Platz.»

Galati drehte sich um. «Wie wär's, wenn Dick und Doof den Bademeister holen würden?»

«Au fein, der kann ihm gleich noch ein paar Elektroschocks verpassen», sprach der Dicke.

«Ja, mit dem Defi… Debrifi…»

«Defibrillator», kam der Dicke zu Hilfe.

Die Badegäste hatten inzwischen bemerkt, dass sich ein kleines Drama ereignet hatte. Eine beachtliche Traube stand um Galati und den jungen Mann. Vom Bademeister keine Spur. Sie wies einen Jugendlichen an, dafür zu sorgen, dass der Mann seitwärts liegen blieb, und machte sich auf die Suche.

Sie fand ihn bei den Sprungbrettern. Er beugte sich eben zu einem Mädchen hinunter. Die Kleine brüllte. Blut rann ihr übers Gesicht und färbte die blonden Strähnen rot. Die Mutter hob ihre Tochter hoch und trug sie zum Hauptgebäude. Damit war der Bikini ruiniert. Der Bademeister folgte. Galati holte die Gruppe ein.

«Entschuldigen Sie.»

Der Bademeister drehte sich zu ihr um. «Würden Sie bitte einen Moment warten. Das Kind braucht ein Pflaster.»

«Sie hat sich am Sprungbrett den Kopf angeschlagen.» Das Gesicht der Mutter war besorgt.

«Sieht schlimmer aus, als es ist», entgegnete der Bademeister.

«Da ist überall Blut, wir brauchen einen Rettungswagen.»

«Ich schlage vor, dass wir es erst mit einem Pflaster versuchen.» Der Bademeister ging weiter.

Galati stellte sich den dreien in den Weg. «Ich habe einen Mann aus dem Wasser gezogen.»

Der Bademeister blieb stehen. «Sein Zustand?»

«Schwer zu sagen.»

Er schob die Mama samt heulendem Kind weiter. «Begeben Sie sich ins Büro. Dort wird man Ihr Kind verarzten.»

«Aber …» Die Frau sah ihn entgeistert an. «Sie ist verletzt.»

«Ja. Deshalb wird man sie verarzten. Ich muss mich um einen Notfall kümmern.»

Die Frau kreischte. «Das hier ist ein Notfall.»

Der Bademeister liess sie stehen und folgte Galati. Die Menschenmenge löste sich eben auf. An dem Ort, wo die Kröte gelegen hatte, war ein nasser Fleck geblieben.

Galati wandte sich an den Jugendlichen, der bei dem Mann geblieben war. «Wo ist er?»

Der Jugendliche rieb sich die Oberarme. «Ich weiss nicht. Zuerst lag er so da. Dann setzte er sich auf und sah uns an. Dann ist er aufgesprungen.» Er deutete flüchtig auf eine Stelle. «Dort ist er noch einmal hingefallen. Einer hat ihn hochgezogen. Ein Blonder. Dann war er weg.»

Der Bademeister kratzte sich am Kopf. «Wird wohl nicht so schlimm gewesen sein.»

«Tut mir leid», sagte Galati.

«Keine Ursache. Besser das, als mich mit der hysterischen Kuh rumschlagen zu müssen.»

«Na dann.»

«Was dagegen, wenn ich Sie zu einem Kaffee einlade?»

«Nein.»

Der Bademeister sprach ein paar Worte ins Funkgerät und ging ins Restaurant. Mit zwei Tassen in der Hand kehrte er zurück.

«Cappuccino?», fragte er.

«Eigentlich Espresso.»

«Die meisten Frauen trinken Cappuccino.»

«Besser als nichts.»

Sie setzten sich an einen Tisch. Galati rührte Zucker in die Tasse.

Der Bademeister nahm einen Schluck. Galati zündete sich eine Zigarette an. «Auch eine?»

«Nein, leider. Während der Arbeit darf ich nicht. – Wäre er abgesoffen?»

«Ja.» Galati dachte zwei Jahrzehnte zurück. Lauer Sommerabend in Olten. Die Aare plätscherte ruhig dahin. Es begann mit ein paar Freunden und einigen Bieren. Und endete damit, dass das Bier alle war und ein Freund fehlte. Sie drückte die Zigarette in den Aschenbecher.

Das Funkgerät knisterte. Der Bademeister hielt es ans Ohr. Er nickte, sagte, dass er vorbeikommen werde, und sah Galati an. «Ich sollte weiter. Über den Vorfall muss ich einen kurzen Bericht verfassen. Wäre es möglich, dass Sie mir Ihre Handynummer hinterlassen? Falls Fragen auftauchen.»

«Klar.»

Der Bademeister legte ihr Zettel und Stift hin. Als sie fertig war, packte er beides zurück in seine Brusttasche. «Ich heisse übrigens Rudi.»

«Anna.»

«War schön, dich kennenzulernen.»

«Danke für den Cappuccino.»

«Keine Ursache. Ging aufs Haus.» Er machte sich fort zum Hauptgebäude.

Galati schwang die Badetasche über die Schulter und stellte sich in die Schlange im Restaurant. Sie nahm einen doppelten Espresso. Zurück am Tisch schaute sie übers Schwimmbecken.

Das Handy vibrierte in der Tasche. Sie wühlte und zog es hervor. Cobb rief an.

«Ja?»

«Es reicht nicht mehr.»

«Was denn?»

«Das Möbel. Wir wollten doch vor Ladenschluss noch das Möbel holen.»

«Die Kommode?»

«Ja. Geht leider nicht. Der Chef hat mir einen Termin reingedrückt.»

«Schade.»

«Nein, scheisse.»

«Sehe ich dich heute noch?»

«Eher nicht.»

«Ja oder nein?»

«Nein.»

«Gut, dann bis morgen.» Sie warf das Handy zurück in die Tasche.

Die Sonne stand tiefer. Das Licht fiel schräg ein und wurde vom Wasser zurückgeworfen. Die Sportler hatten sich verzogen. Einige ältere Damen und Herren hatten die Bahnen übernommen. Die Sprungbretter standen verlassen. Die Jungs und Mädchen stopften Pommes in sich hinein oder rauchten heimlich im Gebüsch.

Galati hatte sich eben eine weitere Zigarette angezündet und gleichzeitig gedacht, dass sie die Raucherei allmählich sein lassen sollte, als ein Mädchen an ihrem Tisch auftauchte.

«Sie sind doch die Bademeisterin.»

«Ich? Nein.»

«Doch, Sie haben den Mann gerettet. Den mit dem dicken Bauch.»

«Ja, das stimmt.»

«Mit dem komischen Gesicht.»

«Ja.»

«Ich habe was.» Sie schob einen Plastiksack auf den Tisch. «Das hat er dabeigehabt.» Sie wühlte darin. «Es ist nicht viel. Aber sein Handy hat er einfach liegen gelassen. Da!» Sie hielt das Handy hoch und fuhr mit dem Finger darüber. «Es ist gesperrt.»

Galati sah hin und wunderte sich kurz über das seltsame Muster aus Farbtupfern und Strichen, welches den Sperrbildschirm überzog. Sie blies den Rauch weg vom Kind. «Am besten bringst du das alles dem Bademeister. Ich denke, der Mann wird das später abholen.»

«Du bist nicht der Bademeister?»

«Nein.» Galati sah Rudi am Beckenrand stehen. «Dort, das ist der Bademeister.»

Das Mädchen setzte sich in Bewegung, blieb stehen und kam an den Tisch zurück. «Warum ist er denn fortgerannt?»

«Wer?»

«Der komische Mann.»

Galati zog an der Zigarette. «Gute Frage.»

2

Cobb sass auf einer Parkbank auf dem Herrenacker, Schaffhausens grösstem Platz. Eine Gruppe von vier Männern und zwei Frauen stand sich im Schatten eines jungen Baumes die Beine in den Bauch. Margrit Meister fehlte noch, auch sie war Mitglied im Bunde der Munot-Hüter, einer Bürgerwehr, die sich den Schutz der Bevölkerung auf die Fahne geschrieben hatte.

«Cobb, darüber sollten wir berichten», hatte Chefredaktor Deupelbeiss gesagt.

«Das sind Vollidioten», hatte Cobb erwidert.

«Ein Journalist hat unvoreingenommen zu sein.»

Damit hatte Cobb den Auftrag gefasst.

Ob ihm das nun passte oder nicht.

Stefan Rainer, so hatte sich das Pickelgesicht vorgestellt, lief schon wieder vom Platz und linste um die Ecke. Mit hängenden Schultern kam er zurück und schüttelte den Kopf. Im selben Moment flitzte eine ältere Dame mit Helm auf dem Kopf und einem Elektrovelo unter dem Hintern um die Ecke. Sie winkte.

«Juhu!»

Die Meute unter dem Baum entspannte sich. Einige sahen auf die Uhr, andere schauten zu, wie die Frau den Helm abnahm und ihn ans Velo kettete. Sie schloss auch das Velo ab und zog eine weitere Kette aus dem Rucksack. Cobb hatte den Eindruck, dass sie diese um jede einzelne Speiche wand, bevor das Schloss zuschnappte.

«Herr Cobb, wir sind vollzählig», stellte Stefan Rainer fest.

Der Stoff der Hose rieb zwischen den Oberschenkeln, als die Frau näher kam. «Ich bin doch nicht zu spät?»

«Doch, Margrit.» Stefan Rainer legte die Hände hinter den Rücken.

«Waren wir nicht um sieben verabredet?»

«Nein, heute ausnahmsweise um achtzehn Uhr dreissig.»

«Das hat man mir nicht gesagt.»

«Es stand in der Mail. Wir haben Besuch von der Presse.»

«Ach, die Presse ist da. Freut mich.» Sie kam näher und schüttelte Cobb energisch die Hand. «Margrit Meister.»

«Cobb. Vom ‹Tagblatt›.»

Stefan Rainer lächelte. «Na dann, ich würde sagen, machen wir uns auf zur ersten Runde.»

Zustimmendes Nicken.

Cobb erhob sich. «Bevor wir losgehen, würde ich gerne ein paar Fragen stellen.»

«Gerne.»

«In welchem Auftrag sind die …», Cobb sah auf seine Notizen, «Munot-Hüter unterwegs?»

«Darf ich?» Der Deutsche, der sich als Joachim Kohlen vorgestellt hatte, hob die Hand.

«Gerne.» Stefan Rainer nickte.

Joachim Kohlen blickte erst zu Boden, dann hoch zu Cobb. «Wir sind eine Gruppe besorgter Bürger. Die Welt befindet sich im Umbruch. Was wir erleben, ist eine eigentliche Völkerwanderung. Da sind wir uns doch einig.»

Allgemeines Murmeln und Nicken.

«Sich nicht von den Ereignissen überrollen lassen heisst handeln. Viele Bürger fühlen sich im eigenen Land nicht mehr sicher. Das darf nicht sein. Wir geben ihnen Sicherheit zurück. Sich allein auf die Polizei zu verlassen, halten wir für falsch. Dafür stehen wir ein, Abend für Abend.»

Cobb fragte sich, was sein Freund Bärtschi dazu sagen würde. Bärtschi war mit Leib und Seele Polizist.

«Mit welchen Mitteln?», fragte Cobb.

«Wir markieren Präsenz.»

«Das reicht?»

«Bis anhin schon.»

«Das heisst im Klartext, dass Sie bisher noch nie einschreiten mussten.»

Joachim Kohlen schaute in die Runde. «Ja, das heisst es.»

«Das erinnert mich an den Witz mit den beiden Männern, die sich im Zuge gegenübersitzen.» Cobb lächelte.

«Witz?» Das Pickelgesicht wippte auf den Zehenspitzen.

«Ja», fuhr Cobb fort. «Der eine klatscht unaufhörlich in die

Hände. Sein Gegenüber fragt ihn, warum er das denn tue. Worauf der Händeklatscher antwortet: Um Elefanten zu vertreiben. Sein Gegenüber: Hier gibt's doch keine Elefanten. Und der Klatscher: Sehen Sie, es hilft.»

Kaltes Schweigen.

Cobb zuckte mit der Schulter. «Witze waren noch nie meine Stärke.»

Joachim Kohlen fand die Sprache wieder. «Uns ist das Lachen vergangen, Herr Cobb. Willst du erzählen, Stefan, oder soll ich?»

Das Pickelgesicht schüttelte den Kopf.

«Vergangene Woche machte er sich auf, seinen Onkel zu besuchen. Als er die Eingangstür beim Mietblock öffnete, wurde er beinahe von einem Mann umgerannt.»

«Syrer oder Iraker», warf ein kleiner Mann mit einem Rund-um-den-Mund-Bart ein.

«Keine Pauschalisierung, Markus!» Joachim Kohlen warf dem Kleinen einen durchdringenden Blick zu. «Oben in der Wohnung trifft er seinen Onkel an. Schwer verletzt. Schädel-Hirn-Trauma. Der liegt jetzt auf der Intensivstation im Koma. Die Ersparnisse sind weg. Ob er durchkommt, weiss man nicht.»

Das Pickelgesicht wandte sich ab. Der Mann mit dem Rund-um-den-Mund-Bart kam näher und klopfte ihm tröstend auf die Schulter.

Stefan Rainer hatte sich wieder gefangen. Sein Blick wanderte von Gesicht zu Gesicht. «Los geht's.»

Die Gruppe setzte sich in Bewegung.

Cobb folgte ihr durch die Schaffhauser Innenstadt. Die Leute sassen gemütlich in den Strassencafés und Gartenbeizen. Menschen jeden Alters, verschiedener Hautfarbe und beiderlei Geschlechts lümmelten auf Parkbänken und tratschten. Paare flanierten von Schaufenster zu Schaufenster oder in Richtung Rheinpromenade, Gruppen von Jungs und Mädchen beäugten sich gegenseitig und kicherten, Rentner führten Hunde spazieren.

Keine besonderen Vorkommnisse.

Es wurde dunkel, die Laternen gingen an. Die Munot-Hüter warfen Schatten aufs Kopfsteinpflaster. Der Lärm aus den Gartenbeizen nahm zu, Liebespaare flüsterten leise.

Ein friedlicher Sommerabend.

Nachdem Cobb die Stadt mehrmals abgeschritten hatte, trat er neben Stefan Rainer, um sich zu verabschieden.

«Na dann, ich wünsche weiterhin gutes Gelingen.»

«Tut mir leid, dass wir nicht mehr bieten konnten, aber es liegt nicht in unserer Hand.» Dem Pickelgesicht tat es echt leid.

«So ist das eigentlich jeden Abend.» Margrit Meister lachte. «Ich nehm's als Fitnessprogramm.»

Der Mann mit dem Bart rund um den Mund hob die Hand.

Stefan Rainer sah ihn an. «Ja, Martin?»

«Sollen wir nicht … was wir geübt haben. Wir könnten der Presse ja davon einen Eindruck geben.»

Zustimmendes Gemurmel.

«Vielleicht könnten Sie Fotos davon schiessen», sagte Martin Fuchs.

«Mit Ihnen als Dirty Harry in der Hauptrolle?», fragte Cobb.

«Wie?», fragte Martin Fuchs.

«Nichts. – Wie nennt man eigentlich Ihren Bart? Der heisst doch irgendwie.»

«Henriquatre», sagte er, und fügte nicht ohne Stolz hinzu: «Benannt nach Heinrich dem Vierten.»

«Nach dem französischen König also?»

«Ja.»

«War das nicht der, der sechsundfünfzig beglaubigte Mätressen vorzuweisen hatte?»

Martin Fuchs trat von einem Bein aufs andere und blinzelte zu Margrit Meister hoch. «Davon ist mir nichts bekannt.»

«War aber so.»

Stefan Rainer scheuchte die Gruppe auf. «Los geht's.»

Die Gruppe formierte sich zur Übung, die sie als «Erkennen und Neutralisieren» bezeichnete.

Margrit Meister spielte die Frau, die Gefahr lief, belästigt zu werden. Joachim Kohlen näherte sich ihr auf aufdringliche Weise. Die Bürgerwehr umstellte die beiden, während Martin Fuchs abseits blieb und das Handy zückte. Er führte ein fiktives Gespräch mit der Polizei, während Joachim Kohlen unter Protest abgedrängt und festgehalten wurde. Cobb fotografierte die ganze

Geschichte, schob sich einen Nikotinkaugummi in den Mund und begab sich auf den Heimweg.

Die Wände der Häuser strahlten noch immer Wärme ab. Vereinzelte Menschen sassen an den Tischen der Spaghetteria, lachten und plauderten. Cobb setzte sich, bestellte ein Glas Wein und lehnte sich zurück. Er hätte jetzt wirklich gerne geraucht. Aber er hatte seiner Tochter das Versprechen gegeben, es sein zu lassen. Er könnte sich dafür in den Arsch beissen.

Marlen hatte ihn in einem unwürdigen Augenblick erwischt. Vor fünf Tagen hatte ihn morgens ein Hustenanfall überrumpelt. Er musste spucken und war mit vollem Mund aufs Klo gerannt. Er hatte versucht, leise zu sein. Aber genau das war ein Fehler gewesen. Marlen hatte die Tür aufgeschwungen, während Cobb den Auswurf loswerden wollte. Die anschliessende Diskussion hatte dazu geführt, dass er die nächste Apotheke aufgesucht hatte, um Nikotinkaugummis zu kaufen. Marlen hatte ja recht. Ab einem gewissen Alter war Rauchen mehr als ein Kavaliersdelikt der Gesundheit gegenüber.

Der Wein war schnell getrunken. Cobb spielte mit dem Glas und sog den Rauch durch die Nase, der von den Nebentischen aufstieg.

Sein Handy klingelte.

Cobb sah aufs Display. Zuerst blinkte ihm eine Warnung entgegen. Der Batteriestand war niedrig. Dann sah er eine unbekannte Nummer. Vielleicht war dem Pickelgesicht noch etwas Wichtiges eingefallen. Cobb nahm ab.

«Hallo, Cobb, altes Haus!» Eine quäkende Stimme.

«Wer ist da?», fragte Cobb.

«Na, ich bin's. Fink.»

Cobb schloss die Augen.

«Cobb?»

«Ja, was gibt's, Fink? Immer noch auf der Jagd nach Paparazzi-Dreck?»

«Nicht so schulmeisterlich, Cobb. Du warst mal einer von uns.»

Da hatte er auch wieder recht. Cobb hatte in einem früheren

Leben mit aufgebauschten Sensationen und konstruierten Skandalen Geld verdient. Das war vor – Cobb musste rechnen. – Wie lange war das her?

«Wünsch mir eine gute Nacht, Fink, und lass mich in Ruhe.»

«Unser Cobb, noch immer der Alte!»

«Hat mich gefreut.» Cobb drückte den Anrufer weg. Als er bezahlen wollte, klingelte das Handy erneut.

«Lass mich in Ruhe, Fink.»

«Vielleicht, vielleicht auch nicht. Ich hab was, das dürfte dich interessieren.»

Cobb seufzte. «Schiess los.»

«Manchmal frage ich mich, was ihr in der Provinz für ein Süppchen kocht.»

«Komm zur Sache.»

«Hast du's gesehen?»

«Was?» Cobb zählte Geld auf den Tisch.

«Im Netz.»

«Ich schau mir keine Pornos an.»

«Das ist besser als Porno.»

«So ziemlich alles ist besser als Porno.»

«Terror in Schaffhausen.»

«Wo?»

«In Schaffhausen. Sag ich doch.»

«Ach ja. Wo im Netz?» Cobb gähnte.

«YouTube.»

«Wer?», fragte Cobb.

«Du kannst nichts dazu sagen?», fragte Fink.

«Ich hab's noch nicht mal gesehen.»

«Dann schau's dir an und sag mir, was du davon hältst.»

«Das werden irgendwelche Möchtegerns sein.»

«Ich schicke dir den Link.» Fink unterbrach die Verbindung.

Cobb war beim Trinkgeld angekommen. Er stand auf.

Eine Kurzmitteilung ging ein. Cobb wischte über den Bildschirm und fluchte. Der Bildschirm wurde schwarz. Die Batterie war leer.

3

Fabian Perler hatte die Hände in den Hosentaschen vergraben. Er lehnte am Bahnhofsgebäude und betrachtete die Menschen, die von einem Bus zum anderen hetzten.

Oder auf den nächsten Zug.

Junge Banker wirkten mit Gel im Haar wie farblose Gockel. Frauen trugen Schminke mit Sichtschutz auf müden Gesichtern. Es war eine von Glamour befreite Veranstaltung, die darin bestand, frühmorgens zur Arbeit zu eilen.

Wie er es hasste.

Wie er sie hasste.

Bald sah Fabian durch sie hindurch. Das war die Müdigkeit. Den ganzen vergangenen Tag und die ganze Nacht war er unterwegs gewesen. Er hatte einen Platz für Werkzeug und Proviant gefunden, der Weg war markiert, und das Auto, welches er sich für den Ausflug unter den Nagel gerissen hatte, kokelte jetzt vor sich hin. Er hatte es angezündet.

Keine Spuren.

Dann hatte er den Zug genommen.

Pünktlich um halb acht tauchte Aaron Weber auf und begann den Stand aufzustellen. Seine Arbeit bestand darin, Passanten abzufangen und ihnen ein schlechtes Gewissen einzureden, mit dem Ziel, dass sie Mitglied einer wohltätigen Organisation wurden. Dies der offizielle Teil. Fabian hatte nicht deswegen auf ihn gewartet. Inoffiziell koordinierte er das Projekt.

Während er einen Tisch auseinanderklappte, sah sich Aaron Weber um. Als er Fabian entdeckte, schüttelte er unmerklich den Kopf. Die blonden Locken wippten mit. Er wühlte in der Umhängetasche, zog einen zerknitterten Papiersack hervor und faltete ihn auf. Fabian erkannte das Logo.

«Backwerk».

Es war unschwer zu erkennen, dass er im «Backwerk» auf Aaron Weber warten sollte. Dort gab es auch Kaffee. Alles bestens. Er stiess sich von der Wand ab und machte sich auf den Weg.

Brummende Motoren.

Die Haltestelle war jetzt wie leer gefegt. Als hätten die Busse alle Passagiere eingesaugt. Einzig eine junge Frau mit Kinderwagen rannte noch heran. Sie winkte dem Chauffeur zu. Vergebens. Das Fahrzeug setzte sich in Bewegung.

Fabian war nahe genug, um dem gelb lackierten Blech einen Tritt zu versetzen. Und das tat er auch. Der Chauffeur bremste ab. Fabian zog die Kapuze über den Kopf und ging weiter. Er liess das «Backwerk» vorerst rechts liegen und bewegte sich eilig fort. Erst als sich der Lärm der Motoren entfernt hatte, machte er kehrt.

Im «Backwerk» nahm er zwei grosse Becher. Der Kaffee tröpfelte hinein. Zwei ältere Damen rissen Stücke von Croissants ab, tunkten sie im Milchkaffee und zerdrückten sie mit zahnlosem Gaumen. An einem Tisch weiter hinten döste ein bleiches Gesicht. Der Abszess auf seinem Arm glänzte. Fabian kannte den Typen. Er verdiente seinen Lebensunterhalt damit, Leuten den Abszess unter die Nase zu halten, um Geld für die Arztkosten zu erbetteln. Das funktionierte ganz gut. Zum Arzt ging er trotzdem nicht.

Mit zwei heissen Bechern in den Händen stellte sich Fabian hinter eine junge Frau in die Reihe. Ihr Frühstück bestand aus einem Stück Pizza, einem Poulet-Sandwich und einem rosa Donut. Sie schwitzte. Er bezahlte und setzte sich ans Fenster. Er blies über den Rand des einen Bechers und trank kleine Schlucke.

Aaron Weber überquerte die Strasse und wich zwei heranfahrenden Bussen aus. Während er am Kaffeeautomaten wartete, beachtete er Fabian nicht. Der hatte den ersten Becher leer getrunken. Aaron Weber liess sich weiter weg auf einen Stuhl fallen. Er legte einen Filzstift auf den Tisch und holte sein Handy hervor. Nach einigen Wischbewegungen schien er gefunden zu haben, was er gesucht hatte. Er nahm die Kappe vom Stift und kritzelte auf den Becher. Hastig trank er den Kaffee aus und stand auf. Er verliess das «Backwerk».

Fabian erhob sich und tat, als ob er Aaron Webers Becher entsorgen wollte. Schnell sah er auf die Notiz und merkte sie sich. Er schob den Becher in seinen und liess beide in den Abfallkübel plumpsen. Nachdem er eine Weile am Fenster gestanden hatte, warf er auch den zweiten Becher weg.

Draussen schien die Sonne grell und bohrte sich in die Augen. Diese schmerzten in den Höhlen. Er blinzelte. Das Gewusel von Menschen und Bussen hatte sich beruhigt. Die frische Luft tat gut, half aber nicht viel gegen die Müdigkeit, die ihn überfiel. Der dünne Kaffee bewirkte einzig, dass er hibbelig wurde. Bevor er Aaron Webers Notiz vergessen würde, tippte er sie als Erinnerung in sein Handy. Er hatte sieben Anrufe verpasst. Seine Mutter hatte versucht, ihn zu erreichen. Sie hatte ihm auch eine SMS geschrieben.

Wir warten auf dich.

Er hatte ihr versprochen, seinen Sohn Benjamin morgens abzuholen. Im Moment war er zu müde. Er tippte zurück, dass er noch unterwegs sei. Dann steckte er das Handy weg. Er ignorierte das Vibrieren und machte sich auf den Heimweg.

Die Sonnenbrille verdeckte die Narbe nur schlecht. Fabian fiel der junge Mann mit dem dicken Bauch und den dürren Beinen auf. Hamdan, der Jordanier, fett wie eine Kröte. Seit Tagen war er immer zufällig genau dort aufgetaucht, wo auch er sich befunden hatte. Aaron Webers Wachhund. Gestern hatte er ihn erfolgreich abschütteln können. Heute nahm er sich gar nicht erst die Mühe.

Im Gegenteil.

Langsam schlenderte er weg vom Bahnhofsplatz. Die Kröte folgte.

Fabian ging die Treppe in Richtung Vordersteig hoch. Anschliessend führte der Weg steil aufwärts weg von der Stadt. Er ging schneller. Sein Verfolger versuchte mitzuhalten. Fabian beschleunigte, bis die Kröte ihn wegen einer Krümmung des Weges nicht mehr sehen konnte. Fabian hüpfte über die Mauer und wartete.

Keuchend zog sein Verfolger vorbei. Die Sonnenbrille konnte den besorgten Ausdruck nicht verbergen. Das Gesicht war schweissnass. Fabian wartete kurz und hopste dann zurück auf den Weg. Er räusperte sich. Die Kröte blieb stehen, sah zurück und rückte die Brille zurecht. Sie wartete, bis Fabian sich für eine Richtung entschieden hatte, und folgte ihm wieder zurück in die Stadt.

Er nahm sich vor, seinem Verfolger die ganze Vorstellung zu bieten. Zuerst führte er ihn durch die Gassen der Stadt. Zu Hause würde er als Erstes die Vorhänge aufziehen und den Teppich ausrollen. Und Scarface mit dem Schmerbauch würde zusehen. Ein bisschen Show musste sein.

4

Polizist Bärtschi war allein, und das war gut so. Das Wartezimmer war eng. An der Wand gegenüber der Tür standen zwei Sessel an den Seiten eines runden Tisches. Darauf lag unberührt die Zeitung. Zwei Schritte genügten, um von der einen Wand zum Fenster zu gelangen. Zwei Schritte wieder zurück. Bärtschi hatte bestimmt schon hundert Meter zurückgelegt.

Er blieb stehen und hob die Zeitung hoch. Seine Augen flogen über Titel und Fotos. Die Informationen gelangten nicht in sein Gehirn. Der Schmerz bildete eine Sperre. Er strahlte von links oben in seinen Kiefer aus. Von da pulsierte er über die Gesichtshälfte.

Am Nachmittag musste er auch noch zum Schiesstraining. Er war froh, wenn der Tag vorüber war.

Vor einigen Tagen war da bloss eine kleine Irritation gewesen. Bärtschi hatte an eine Zahnfleischentzündung gedacht. Seine Frau Susan hatte gemeint, es könne sich auch um eine Aphthe handeln. Sie hatte ihm eine kleine dunkle Flasche gegeben. Als er den Deckel aufgeschraubt hatte, bemerkte er, dass daran ein feiner Pinsel festgemacht war. Damit hatte er die irritierte Stelle betupft.

Zwei Tage lang hatte er sich eingebildet, dass die Behandlung gegen den Schmerz helfe. Dann hatte er auf dem Nachhauseweg eine Apotheke betreten und sein Leiden geschildert. Er hatte eine medizinische Mundspülung erhalten, eine Packung Panadol und den Rat, einen Zahnarzt aufzusuchen.

Einen Teufel würde er.

Das Schmerzmittel hatte drei Tage lang Linderung gebracht. Dann hatte auch das ein Ende. Stärkeres musste her. Susan hatte ihm Ponstan in die Hand gedrückt. Sie hatte ihn darauf hingewiesen, dass er sich nun in die Liga der rezeptpflichtigen Medikamente hochgearbeitet habe. Wann er daran denke, einen Zahnarzt aufzusuchen.

Er dachte nicht daran.

Bärtschi konnte arbeiten. Das Ponstan unterdrückte auch die anhaltenden Rückenschmerzen. Also hatte kein Grund zu wirklicher Sorge bestanden. Alles hatte funktioniert wie immer. Einzig beim Essen war er vorsichtig geworden.

Als er vergangenen Abend vor dem Fernseher gesessen war, hatte sich der Schmerz kalt und dumpf den Kiefer hoch gebohrt. Zuerst hatte Bärtschi gedacht, dass er es verpasst hätte, eine Tablette zu nehmen. Susan war anderer Meinung gewesen.

Die Nacht war zu einer unkoordinierten Abfolge verschiedener Aktivitäten geworden. Statt zu schlafen hatte er Whiskey getrunken, getrocknete Nelken gekaut, die Backe gewärmt, sie wieder gekühlt und eine doppelte Portion Ponstan eingeworfen. Davon war ihm flau im Magen geworden. Und schwindlig im Kopf.

Er war froh gewesen, als die Morgendämmerung angebrochen war. Um Punkt acht Uhr wählte er die Nummer des Zahnarztes. Er erhielt einen Termin kurz vor zwölf Uhr. – Nein, früher gehe es nicht.

Da war er jetzt. Bärtschi unternahm einen weiteren Versuch, in der Zeitung zu lesen. Er setzte sich sogar in den Sessel, liess dann das Papier sinken und hielt sich mit der Linken die Backe. Die Zahnarztgehilfin erschien in der Tür. Sie blickte auf das Blatt, welches am Klemmbrett festgemacht war.

Sie lächelte, ohne zu strahlen. «Herr Bärtschi?»

«Ja.»

«Wir können.» Sie ging voraus den Gang entlang. Bärtschi stellte fest, dass auch bei einer adretten Frau Gesundheitsschuhe halt bloss waren, was sie waren. Gesundheitsschuhe. Sie blieb stehen. Er sah durch die offene Tür auf den Zahnarztstuhl.

«Bitte nehmen Sie Platz, Herr Bärtschi. Herr Dr. Dubois wird sich bald um Sie kümmern», sagte sie. «Sie können schon einmal spülen.»

Bärtschi betrat das Zimmer. Weiss gestrichene Wände. Er setzte sich quer auf den Stuhl und liess die Beine baumeln. Eine blaue Flüssigkeit lief in ein Glas. Er hob es an die Lippen und gurgelte vorsichtig. Zu seiner Linken waren auf einer schwenkbaren Anrichte metallene Werkzeuge ausgelegt. Jedes einzelne war wie dafür geschaffen, sich in seine Zähne, sein Zahnfleisch und seinen Kiefer zu bohren. Folterinstrumente, die sich zu den Nerven vorarbeiteten, um unbarmherzig darin zu wühlen.

Er spie die Flüssigkeit aus und legte die Beine hoch. Er fühlte sich ausgeliefert. Die Tür in seinem Rücken schloss leise.

«So, Herr Bärtschi.» Dr. Dubois schüttelte ihm die Hand, drehte sich zum Lavabo und desinfizierte die seinen. Die Akustik im Raum änderte sich etwas. Die Tür war wieder aufgegangen und geschlossen worden. Die Arztgehilfin legte Bärtschi einen Latz auf die Brust und befestigte ihn mittels einer feinen Kette um den Hals.

Nachdem Dubois die Hände ausgiebig gerieben hatte, drehte er sich wieder seinem Patienten zu. «Herr Bärtschi, wo liegt das Problem?»

Bärtschi zeigte die Stelle links am Oberkiefer. «Hier tut es weh.»

«Sie waren schon lange nicht mehr zur Kontrolle, Herr Bärtschi.»

«Es war nie nötig.»

«Trotzdem, hin und wieder sollte ich Sie sehen. Es lohnt sich.»

Bärtschi dachte sich, dass es sich vor allem für einen lohne, nämlich für den Zahnarzt. «Halten Sie keine Vorträge, Herr Dubois, tun Sie Ihren Job.»

«Dann schauen wir uns die Sache einmal an.» Dr. Dubois streifte sich Gummihandschuhe über. «Links oben?»

«Ja, hier.»

Der Zahnarzt nickte der Assistentin zu. Sie ordnete weitere metallene Instrumente auf die Anrichte. Bärtschi vermutete, dass jetzt die richtig harten Sachen bereitgelegt wurden, solche, die der Patient im Voraus nicht sehen durfte. Dubois nahm sich eines und setzte sich neben ihn. Der Stuhl bewegte sich, und Bärtschi lag vollständig auf dem Rücken ausgestreckt. Das Licht einer grellen Lampe blendete ihn. Der Zahnarzt näherte sich mit dem Werkzeug, und Bärtschi öffnete den Mund.

«Den Kopf bitte etwas weiter nach hinten», wies Dubois ihn an.

Bärtschi tat den Kopf in den Nacken und starrte ins Licht.

Der Arzt bewegte das Werkzeug behutsam in Bärtschis Mund. Bärtschi zuckte zusammen. Ein kalter Schmerz fuhr gleichzeitig in die Stirn und hinunter zur Hüfte. Der Zahnarzt nahm das Werkzeug aus dem Mund.

«Tja, eine Entzündung. Und ein Abszess. Ich denke, wir sollten die Stelle röntgen.»

«Ja.» Bärtschi war froh, dass die Tortur unterbrochen wurde.

«Und während wir auf das Bild warten, setze ich Ihnen eine Spritze.»

Bärtschi hatte sich sagen lassen, dass Spritzen beim Zahnarzt nicht besonders wehtäten. Er versuchte es sich einzureden, während der Kopf des Röntgenapparates geschwenkt wurde und auf seine Backe zielte. Zahnarzt und Assistentin verliessen kurz den Raum. Bärtschi hörte ein leises Klicken, dann erhielt er wieder Gesellschaft. Die Assistentin machte die Spritze bereit und verschwand. Dubois wies Bärtschi an, den Mund zu öffnen.

Das Gesicht des Zahnarztes kam näher, als er eine geeignete Stelle suchte, an der er die Spritze setzen konnte. «Ich werde versuchen, vorsichtig zu sein.»

Dubois setzte die Spitze der Nadel an. Bärtschi spürte einen feinen Stich im Gaumen. Dubois begann den Kolben niederzudrücken. «Normalerweise ist der Schmerz, der dabei entsteht, wenn im Mundraum eine Spritze gesetzt wird, nicht erwähnenswert. Allerdings hat sich im Abszess bereits recht viel Flüssigkeit angesammelt. Das kann mitunter wehtun.»

Und so war es denn auch. Bärtschi hatte wiederholt mit der Hand gefuchtelt, und Dubois hatte die Zeremonie ebenso oft unterbrochen. Als er fertig war, wischte sich Bärtschi eine Träne weg, die ihm in die Augen geschossen war.

Bärtschi hörte sein Handy klingeln. Dubois nickte. Man müsse sowieso kurz warten, bis die Spritze wirke. Bärtschi sah aufs Display. Straumann hatte ihn zu erreichen versucht. Sein Kollege bei der Polizei. Er rief zurück.

«Straumann, was gibt's?»

«Frank Perler ist ausgebrochen.»

«Sag das noch einmal, Straumann.»

«Frank Perler ist aus dem Gefängnis ausgebüxt.»

«Scheisse.»

«Ich dachte, du solltest das wissen.»

«Natürlich sollte ich das wissen. Wie ist er ausgebrochen?»

«Dazu habe ich keine Angaben.»

«Gut, Straumann, ich mache hier noch schnell fertig. Dann bin ich im Büro.»

«Wo bist du jetzt?»

«Beim Zahnarzt.»

«Ach, deshalb.»

«Deshalb was?

«Du nuschelst.»

«Bis später, Straumann.»

«Tschüsch, Bärtschi.»

«Arsch.» Bärtschi steckte das Handy weg.

Während des Telefonates hatte Dubois die Röntgenbilder an den Leuchtkasten geheftet. «Hier sehen Sie die Stelle. Da der Weisheitszahn. Der Kanal hier gefällt mir nicht. Und hier …», Dubois kreiste mit der Spitze eines Kugelschreibers über dem Bild, «… hier ist deutlich zu erkennen, dass bereits Knochensubstanz abgebaut worden ist.»

«Ja, Herr Dubois. Können wir das auf morgen verschieben? Ich habe Wichtiges zu erledigen. Ich muss jetzt gehen.»

«Herr Bärtschi, bestellen Sie sich ein Taxi.»

«Es ist nicht weit zur Arbeit.»

«Das Taxi fährt Sie in die Notaufnahme.»

5

Sie hatte ihn beim Rheinfall ins Wasser geschubst, mitten im Winter nach einem Mordopfer getaucht und Bärtschi vor dem sicheren Tod bewahrt.

Aber hin und wieder war Galati einfach die Partnerin mit dem Dickschädel.

Die Kommode musste in den Ford Fiesta.

Cobb hob sie an, und eine Schublade rutschte heraus. Er fing sie mit dem Fuss auf.

«Au!»

«Geht's?», fragte Galati.

«Ja, ja, geht schon.» Cobb richtete das Möbel wieder auf.

«Sollten wir nicht zuerst die Schubladen herausnehmen?»

«Nein, nein, geht schon.» Cobb hob die Schublade auf und schob sie an ihren Platz zurück.

«Vielleicht können wir das Möbel auseinandernehmen. Ich kann fragen, ob sie Werkzeug haben.»

«Nein, nein, das Ding passt schon rein.»

«Bin gleich wieder da.» Galati rollte den Transportwagen zurück ins Brockenhaus beim Güterbahnhof.

Cobb schob die Kommode näher an den Ford Fiesta. Das Heck stand offen. Er trat etwas zurück und fand, dass die Kommode in der Breite schon passen würde. Eine Decke schützte Karosserie und Möbel vor Kratzern, die Rücksitze waren nach vorne geklappt. Er brauchte die Kommode bloss anzuheben und hineinzuschieben. Schubladen nach oben, damit sie nicht wieder herausfielen. Die Hände umklammerten die hölzernen Füsse und hoben sie an. Er hörte ein kratzendes Geräusch. Die Decke war mit dem Möbel mitgerutscht. Er schob ein Knie unters Holz und versuchte mit der rechten Hand, an die Decke zu gelangen. Dazu musste er die Hand zwischen Karosserie und Möbel hindurchzwängen. Er kriegte die Decke zu fassen und zerrte an ihr, bis ein Zipfel zum Vorschein kam. Er wechselte die Hand und versuchte dasselbe auf der anderen Seite.

«Moment!»

Cobb spürte, wie das Möbel leichter wurde. Galati war zurück und hob es an. Cobb bückte sich und zog die Decke glatt.

«Bleib so, Cobb, ich schiebe.»

Cobb blieb geduckt, während die Kommode über ihn hinweg schliff. Er hörte Galati ächzen und kroch unter dem Möbel hervor.

«Warte, ich ziehe ein bisschen.» Er langte vorne durch die offene Tür und zog, bis das Ding an den Vordersitzen anstand. «Weiter geht nicht.»

Galati hörte zu schieben auf. Gemeinsam traten sie etwas vom Wagen weg.

«Sieht aus wie eine Schlange.»

«Wie?» Cobb verstand nicht.

«Na ja, die offene Hecktür. Wie der Rachen einer grünen Schlange, die etwas zu verschlucken versucht, was ein bisschen zu gross ist.»

«Das passt schon. Ich habe ein Seil mitgenommen.»

«Wo ist es?»

«Unter der Kommode.»

«Ach ja?»

«Ja.»

Cobb langte unter dem Möbel hindurch und zog das Seil hervor. Das eine Ende band er innen am Bügel des Schlosses fest, den anderen Teil wickelte er um das Gelenk des Scheibenwischers.

Galati lotste Cobb aus dem Parkfeld und stieg ein. Sie setzte sich quer hin, langte nach hinten und hielt die Kommode fest. Cobb fuhr vorsichtig aus dem Parkplatz und auf die Hauptstrasse. Durch die offene Hecktür dröhnte der Motor. Bei jeder Bodenunebenheit rumpelte das Holz.

Galati sah zu Cobb, der in der Jackentasche nestelte. Er drückte mit einer Hand einen Nikotinkaugummi durch die Folie und schob ihn in den Mund. Er kaute energisch und sah in den Rückspiegel, obwohl da nichts als ein Möbel zu sehen war.

Sie fuhren die Rheinstrasse entlang, als Cobbs Handy klingelte. Er blickte kurz aufs Display. Ein Wagen überholte. Galati sah, wie eine Hand aus dem Seitenfenster winkte.

«Cobb, ich denke, du solltest ranfahren.»

«Warum? Wir sind bald da.» Er steckte das Handy weg und liess es ausklingeln.

«Polizei.»

«Scheisse.» Cobb blinkte, fuhr nach dem Bootshaus auf den Parkplatz und blieb sitzen. Zwei uniformierte Beamte stiegen aus dem Wagen und näherten sich. Cobb kurbelte die Scheibe herunter.

«Ja?»

«Guten Morgen. Ich würde gerne Ihren Führerausweis sehen.» Der Polizist machte keine Anstalten, sich zu bücken. Seine Kollegin blieb etwas abseits stehen, um einen besseren Überblick über die Situation behalten zu können.

«Anna, da vorne liegt meine Tasche.»

«Was?»

«Der Führerausweis.»

Galati reichte Cobb die Tasche, und Cobb streckte dem Beamten den Führerausweis hin.

«Können Sie sich sonst ausweisen?»

«Wie?»

«Identitätskarte.»

Cobb schob den Pass nach.

«Besitzen Sie auch eine Aufenthaltsbewilligung?»

«Ja, hier.»

«Fahrzeugausweis?»

Cobb öffnete das Handschuhfach und gab dem Polizisten auch den Fahrzeugausweis.

«Einen Moment bitte.» Der Beamte ging zurück zum Wagen, während die Polizistin wachsam stehen blieb.

Cobb trommelte aufs Lenkrad. «Kann ich eine Zigarette haben?»

«Habe keine dabei.» Galati stieg aus und ging ums Auto. Sie rüttelte an der Kommode. Cobb folgte, prüfte das Seil und vertrat sich unter der strengen Aufsicht der Polizistin die Beine. Sie löste den Haargummi und band den blonden Zopf neu. Was da in der Uniform steckte, mochte ein sportlicher Körper sein. An einem Gürtel baumelten Pistole, Schlagstock und sonstige Utensilien in Hüllen aus dickem schwarzen Leder.

Der Gürtel ihres Kollegen wogte hin und her, als er näher kam. So wie er die Arme hielt, schien es, als ob sein Deodorant in den Achselhöhlen brennen würde, wenn er denn eines benutzte. Zwei grosse dunkle Flecken zierten das Uniformhemd.

Er reichte Cobb die Papiere. «Die sind in Ordnung.»

«Dann ist ja gut.»

«Sie wissen, dass das nicht erlaubt ist.»

«Was denn?»

«Dieses Auto ist für den Transport grösserer Gegenstände nicht geeignet. Sie gefährden damit die Sicherheit im Strassenverkehr.»

«Wir fahren nicht mehr weit, wir sind praktisch schon angekommen.» Cobb zeigte auf die gegenüberliegende Strassenseite auf den Wohnblock, dessen Balkone auf den Rhein gingen. Dort hatte Galati eine Wohnung gemietet.

«Sie fahren damit nirgends hin. Und was die Fahrt bis hierher anbelangt, muss ich Sie leider büssen.»

«Was?»

Der Polizist zückte einen Block. «Eine Busse.»

Er füllte einen Zettel aus und riss ihn ab. Cobb steckte ihn ein.

Der Beamte blieb etwas abseits bei seiner Kollegin stehen. Gemeinsam schauten sie zu, wie Cobb und Galati die Kommode ausluden. Erst als das Möbel auf dem Asphalt stand und Galati mit dem Auto davongefahren war, stiegen auch sie ein und machten sich vom Acker.

Cobb stand an der Rheinpromenade und versuchte, nicht an Zigaretten zu denken. Er klopfte mit den Fingern auf das Holz des Möbels. Spaziergänger starrten ihn an. Er starrte zurück.

Endlich tauchte Galati wieder auf. «Los geht's.»

Cobb seufzte.

«Cobb, es sind keine fünfzig Meter.»

«Es sind sicher hundert.»

«Egal. Du vorne, ich hinten.»

Cobb ging rückwärts voraus und stolperte gefährlich über die Bordkante des Trottoirs. Er öffnete mit dem Ellbogen die Eisentür, die zum Zugangsweg führte. Dann verschwanden die beiden hinter den Büschen.

«Brauchst du eine Pause, Cobb?»

«Nein, nein, geht schon.»

«Sicher?»

«Ja, ja.»

Für die Eingangstür benutzte Cobb wieder den Ellbogen. Das Handy klingelte, und er ignorierte es. Sie trugen die Kommode weiter bis zum Lift und stellten sie ab. Die Tür öffnete sich. Cobb schob. Das Möbel war zu gross.

«Ich hole Werkzeug.» Galati verschwand nach oben.

«Scheisskiste.» Cobb trat ans Holz.

Gegen Mittag stand die Kommode frisch verschraubt an ihrem neuen Platz im Wohnzimmer im dritten Stock.

«Wie gefällt sie dir?», fragte Galati.

«Passt gut.»

«Find ich auch.»

«Hätte auch gut bei mir reingepasst.»

«Cobb, das hatten wir schon.»

«Wir hätten uns den Mietzins teilen können.»

«Ja, und das Bett, die Zahnbürste und den Staubsauger. Aus dem Alter bin ich raus. Dass wir eine Beziehung haben, heisst nicht, dass nicht jeder …»

«… sein eigenes Leben führen soll», beendete Cobb den Satz.

«Genau.»

«Gut.»

Cobb trat auf den Balkon und sah über den Rhein. Es war zweifellos ein schöner Ort. Und ja, sie hatte recht. Vielleicht war es wirklich besser, in getrennten Wohnungen zu leben. Galati hatte begonnen, die seine aufzuräumen. Er wusste nicht, ob ihm das gefiel. Ihre Aktionen hielten ihm vor Augen, dass er hin und wieder Dinge an die Orte zurückstellen könnte, von wo er sie genommen hatte. Andererseits wusste er immer sehr genau, wo welcher Gegenstand zu finden war. Meistens. Es kam vor, dass er den Autoschlüssel suchte oder das Handy oder dass eine Rechnung, die dringend zu bezahlen war, als Betreibung ins Haus flatterte. Egal.

«Kaffee oder Wasser?», fragte Galati.

Cobb lächelte. «Alles.» Sie setzten sich an den Tisch. Das Handy klingelte.

«Wer ist das denn die ganze Zeit?», fragte Galati.

«Ach, niemand.»

«Dein Handy klingelt oft, wenn niemand anruft.»

«Es ist Fink.»

«Wer ist Fink?»

«Eine Niete.»

«Und?»

«Was?»

«Was will die Niete von dir?»

«Er nennt sich Journalist. Kein Skandal ist zu billig, als dass er sich nicht dranhängt.»

«Woher kennst du ihn?»

«Wir haben zusammengearbeitet.»

Galati sah Cobb an.

«Das ist eine Weile her», sagte er.

«Was will er?» Galati zündete eine Zigarette an.

Cobb erzählte ihr vom Anruf von vergangenem Abend, von der Videobotschaft, die im Netz kursierte, und vom Link, den Fink ihm geschickt hatte.

«Ein Anschlag? In Schaffhausen?», fragte Galati.

«Heisse Luft.»

«Willst du nicht nachsehen?»

«Wo?»

«Na, der Link.»

Cobb nahm sein Handy hervor. Er wischte es wach, öffnete eine App, überlegte, schloss die App wieder.

«Hast du einen Stift?»

«Wozu?», fragte Galati.

«Ich muss erst den Link notieren.»

«Cobb!»

«Ja?»

«Du brauchst ihn nicht zu notieren. Du kannst ihn einfach berühren.»

«Was?»

«Den Link.»

«Wo?»
«Da, wo's blau ist.»
«Und dann?»
«Öffnet er sich von selber.»
«Ach, natürlich.»

Cobb scrollte sich durch die SMS und öffnete diejenige von Fink. Er drückte auf den blau markierten Link. Das Handy wechselte die App. Sie warteten, bis YouTube offen war. Cobb spielte den Film ab. Nichts als ein Videostill. Ein unübersichtliches Muster aus bunten Flecken und Strichen.

«Sieht aus wie die Nahaufnahme eines expressionistischen Bildes», sagte er und hielt es Galati hin.

«Cobb, das habe ich gestern schon einmal gesehen.»

«Du kennst den Link?»

«Nein, aber das Muster. Oder ein ähnliches. Gestern. Als Sperrbildschirm. Das Handy des Mannes, den ich aus dem Wasser gezogen habe.»

6

Margrit Meister hätte sich besseres Wetter gewünscht. Oder einen ruhigen Abend zu Hause auf dem Balkon. Oder beides. Sie hätte den Schwalben zugesehen, die um die Wohnblöcke flitzten und kreischten wie von Sinnen. Dann hätte sie sich gestreckt und wäre nach drinnen gegangen, um den Fernseher einzuschalten. Die Tanzshow «Let's dance» wäre ihre Wahl gewesen. Sie hätte sie angesehen, hätte die Batterie des Elektrovelos an die Steckdose angeschlossen, wäre voller Vorfreude und mit einem Lächeln ins Bett gesunken und hätte sich auf den Ausflug mit dem Velo und ihrer Freundin Rosy gefreut.

Stattdessen stand sie im Nieselregen an einer Hauswand im Untergries in der Unterstadt und linste um die Ecke. Hin und wieder knisterte das Funkgerät.

War das hier wirklich richtig? Man hatte sich zusammengetan, um Verbrechen zu verhindern. Dafür konnte sie einstehen. Es ging nicht, dass der Stärkere mit dem Schwächeren verfahren konnte, wie es ihm beliebte. Es ging ebenso wenig, dass man Unrecht sah und nichts dagegen unternahm. Es war falsch, sein Gerechtigkeitsempfinden an die Polizei zu delegieren. Zivilcourage war gefragt. Deshalb war sie Mitglied der Munot-Hüter geworden.

Aber das hier? Stefan Rainer hatte von einem Denkzettel gesprochen, der abschreckenden Wirkung wegen. Stellte das nicht alles auf den Kopf? War es nicht einfach nur ein Racheakt von ihm an dem Mann, der seinen Onkel ins Koma geschlagen hatte? Wäre das nicht der Zeitpunkt gewesen, die Polizei einzuschalten?

Margrit Meister spähte wieder um die Ecke. Weiter vorne im Schatten stand Joachim Kohlen.

Der Rauch seiner Zigarette leuchtete im Licht der Strassenlaterne. Als sie sich besammelt hatten, hatte sie bemerkt, dass er die Birkenstock-Sandalen gegen ein paar alte Turnschuhe ausgetauscht hatte. Die kurzen Hosen und Wollsocken waren geblieben. Sie mochte ihn nicht. Sein Atem stank nach unverdauten Körnern und Rauch. Und er kam immer sehr nahe, zu nahe. Schon öfters hatte Margrit vorgegeben, eine SMS erhalten zu haben, damit sie sich von ihm entfernen konnte.

Das Funkgerät knisterte. Margrit Meister öffnete die Regenjacke und lauschte.

«Da kommt er!» Stefan Rainers Stimme schepperte aus dem Funkgerät.

Joachim Kohlen schnippte die Zigarette weg. Sie flog weit und erstarb auf dem nassen Kopfsteinpflaster. Er starrte um die Ecke. Sie sah, wie er zu tänzeln begann. Dann rannte er, wie verabredet, in ihre Richtung. Das war für sie das Signal, hinter der Hauswand hervorzutreten. Joachim Kohlen bremste ab, stellte sich neben sie und drehte sich um. Im selben Augenblick sah sie die Umrisse eines korpulenten Mannes um die Ecke stolpern. Er fiel hin und rappelte sich wieder hoch. Die dünnen Beine zappelten schnell unter dem Körper. Wirklich gut vorwärts kam er nicht.

Wie abgesprochen stellten sich Joachim Kohlen und Margrit Meister ihm in den Weg und streckten ihm die Handflächen entgegen.

«Stopp!», riefen sie im Chor.

Der Mann ignorierte sie und hielt weiter auf sie zu. Die Gasse war eng. Margrit Meister blieb stehen wie ein Fels.

Sie sah das Weiss in seinen Augen. Das war nicht schwierig, denn er hatte sie weit aufgerissen. Die Pupillen schnellten zu Joachim Kohlen, dann zu ihr. Ehe sie wusste, wie ihr geschah, betäubte sie ein Schmerz, der vom Nasenbein ausging und sich augenblicklich in die Stirn ausbreitete. Sie taumelte und stiess gegen die Wand. In ihrem Kopf rauschte es, es war, als ob eine Welle über ihr bräche und sie mit zu Boden riss.

Da lag sie. Joachim Kohlen sprintete dem dicken Mann hinterher. In Margrit Meisters Kopf leierte ein Kinderreim: «Humpty Dumpty sass auf dem Eck, Humpty Dumpty fiel in den Dreck.» Im Kindergarten hatte sie ihn oft den Kleinen vorgesagt. Den zweiten Teil hatte sie jeweils unterschlagen, denn die Sensibleren fingen zu heulen an. «… und auch der König mit seinem Heer, rettete Dumpty nicht mehr.» So sah der Flüchtende aus. Wie

Humpty Dumpty. Massiger Körper und dünne Extremitäten. Wie eine Kröte.

Der Mann stand von einem Augenblick zum nächsten still, als wäre er gegen eine Wand geknallt. Ohne sich weiterzubewegen, fiel er nach hinten. Der Kopf schlug hart auf dem Kopfsteinpflaster auf.

Martin Fuchs kam hinter einer Hausecke hervor. Er hielt den Baseballschläger mit beiden Händen aufrecht wie eine Fackel. Joachim Kohlen rutschte beinahe aus, als er bremste. Beide standen über dem Körper, der reglos am Boden lag. Joachim Kohlen sah abwechselnd hinunter und hoch zu Martin Fuchs, der sich nervös über den Bart strich.

Ein Schatten huschte über Margrit Meister hinweg. Das war Stefan Rainer, der über sie gesprungen war und bei den beiden Männern stehen blieb. Weitere Männer traten aus Hauseingängen und hinter Reklametafeln hervor. Sie bildeten einen Kreis um denjenigen, den sie hatten stellen wollen und der jetzt wie tot am Boden lag.

Margrit Meister nahm die Hand von der Nase. Die Innenseite fühlte sich klebrig an. Blut. Sie blutete. Und natürlich war in der Regenjacke kein Taschentuch zu finden. Immer wenn man eines brauchte …

«Hat jemand von euch ein Papiertaschentuch dabei?»

«Wie?» Stefan Rainer sah sie an.

«Papiertaschentuch. Ich blute. Die Nase. Der Kerl hat mir den Ellbogen in die Nase gerammt.»

«Arschloch!», fluchte Martin Fuchs und trat den wehrlosen Körper.

«Hör auf damit!», sagte Margrit Meister.

«Hier.» Joachim Kohlen hielt ihr ein verkrustetes Stofftaschentuch hin.

«Nein, danke.» Margrit Meister langte unter die Regenjacke und wischte die Hände an ihrem T-Shirt ab. Sie zog am Stoff und hielt ihn sich vor die Nase. Dabei bemerkte sie Martin Fuchs' Blick, der etwas zu lange an ihrem Bauch hängen blieb, in Erwartung dessen, was da weiter oben zum Vorschein käme.

«Atmet er noch?», fragte sie.

Joachim Kohlen bückte sich zu dem Mann hinunter. «Ich denke, ja.»

«Natürlich atmet er noch. Ich habe ihn an der Brust getroffen. Dann ist er nach hinten gekippt.» Martin Fuchs grinste.

«Und hat sich den Kopf aufgeschlagen.»

Stefan Rainer hob den Arm des Mannes hoch und legte den Zeigefinger auf das Handgelenk. «Puls ist da, kein Grund zur Sorge.»

Einige atmeten erleichtert auf.

«Kolleginnen und Kollegen.» Stefan Rainer sah sie alle der Reihe nach an. «Vielen Dank für euer Engagement. Das hier macht meinen Onkel nicht wieder gesund. Aber es ist ein Anfang. Es ist nicht richtig, dass sich ältere Menschen in ihren Wohnungen nicht mehr sicher fühlen dürfen. Dafür setzen wir ein Zeichen. Und ich denke, es ist uns gelungen. Ich werde jetzt mein Auto holen. Ihr wartet hier bitte solange.»

«Worauf?», fragte Martin Fuchs.

«Bis ich mit dem Auto vorgefahren bin.»

«Und dann?», fragte Joachim Kohlen.

«Laden wir ihn ein.»

«Ich dachte, wir rufen die Polizei.» Joachim Kohlen verschränkte die Arme.

«Ja.» Stefan Rainer zögerte. «Ja, richtig. Aber da wussten wir noch nicht, dass wir ihn gleich niederstrecken. Ich denke, für Martin wäre es besser, wenn wir das auf meine Art erledigen.»

Martin Fuchs tänzelte nervös auf und ab. «Wir stecken da alle mit drin.» Er wurde rot, soweit Margrit Meister das im spärlichen Licht beurteilen konnte.

«Ja, Martin. Für uns ist das klar. Aber vor Gericht will man wissen wollen, wer zugeschlagen hat.»

«Vor Gericht! Was redest du für einen Blödsinn?»

«Keine Sorge, Martin. So weit wird es nicht kommen. Wir laden ihn ein, ich fahre ihn irgendwohin, lade ihn aus und rufe die Polizei an. Anonym. Damit hat sich die Sache für uns erledigt.»

Die Umstehenden sahen sich an.

«Bin gleich wieder da.» Stefan Rainer verschwand in der Gasse.

Das Auto fuhr vor, und der Verletzte wurde eingeladen.

Margrit Meister ging allein zum Herrenacker hoch, wo sie das Velo hatte stehen lassen. Die Nase hatte zu bluten aufgehört. Aber sie war dicker geworden. Für den Moment war sie froh, dass es regnete und es schon so spät war. Die paar Leute, die sie antraf, hatten genug damit zu tun, die Orientierung zu behalten. Niemand sprach sie auf ihre Verletzung an.

Sie war sich nicht sicher, ob Stefan Rainer recht hatte. Für sie hatte der Mann am Boden leblos ausgesehen. Aber das musste sie sich einbilden. Hatte Stefan Rainer nicht den Puls geprüft, Joachim Kohlen die Atmung? Und ihr war gewesen, als hätte der Verletzte leise gestöhnt, als er in Stefan Rainers Auto gehoben worden war.

Die Luft auf dem Herrenacker wurde von einem Brummen erfüllt.

Ein Kühllaster rollte heran, wendete und fuhr rückwärts an die Warenrampe des Einkaufszentrums. Der Motor erstarb. Margrit Meister hörte die ersten Vögel zwitschern. Sie tastete nach dem Veloschlüssel und blieb stehen. Das Velo war weg.

Sie setzte sich auf eine Parkbank und stützte die Stirn in die Hände. Tränen lösten die ersten Krusten von der Nase.

7

Frank Perler hatte den letzten Zug von Zürich nach Rafz genommen. Auf der Suche nach einem Schlafplatz war ihm ein ausgedientes Silo ins Auge gefallen. Als riesiger Zylinder aus Blech ragte er in den Himmel. Er stand auf einem etwa fünf Meter hohen Sockel aus Beton. Er hatte die Form eines Pults. Darunter würde Frank Perler vor dem Regen geschützt sein.

Dann erkannte er, wie unbrauchbar die Idee war. Hier könnte er entdeckt werden, zu nah am Bahnhof.

Er sah hoch. Der Beton war unsorgfältig verarbeitet worden. Die Witterung hatte dafür gesorgt, dass er an einigen Stellen bröckelte. Es boten sich genügend Griffe, um hochzuklettern. Es war ein Risiko, aber er musste es eingehen.

Oben angekommen kauerte er sich an die Wand des Silos. Hin und wieder nickte er ein.

Als es hell wurde, hatte es zu nieseln aufgehört. Der Hosenboden war nass und klebte am Hintern. Er sah über den Bahnhof. Die Uhr über dem Perron zeigte kurz nach fünf Uhr. Frank Perler hangelte sich über den Rand des Sockels und liess sich fallen. Die Landung war hart. Er humpelte einige Schritte, bis der Schmerz im linken Knie weniger wurde.

Auf der anderen Seite der Gleise fuhr ein Überlandbus in die Haltestelle. Der Fahrer stieg aus. Frank Perler kletterte über den Zaun, der das Silo vom Bahnhof trennte, überquerte ein Gleis und nahm die Unterführung. Der Bus stand verlassen da. Die Türen waren verschlossen. Eine Handvoll Fahrgäste wartete. Neugierige Blicke trafen ihn.

Er schlenderte um die Veloständer und liess den Blick über die Hinterräder schweifen. Irgendwo gab es immer eines, welches nicht abgeschlossen war. Aber heute war keines da.

Er ging durch die Unterführung zurück in Richtung Silo. Als ein Zug einfuhr, stieg er unbeachtet über den Zaun. Ein weites Feld tat sich vor ihm auf, dahinter lag ein Wald.

Die Erde schmatzte unter den Füssen. Er lief zwischen Sonnenblumen und gelbem Getreide. Er war jetzt nicht nur von oben bis unten nass. Seine Füsse steckten in lehmverschmierten Schuhen. Einmal zuckte er erschrocken zusammen, als ein Reh zwischen den Sonnenblumen hervorsprang und auf den Waldrand zulief. Frank Perlers Herz raste.

Der Wald empfing ihn mit Haselnusssträuchern, wilden Brombeeren und Brennnesseln. Er brach durchs Unterholz. Ihm war schwindlig. Um nicht hinzufallen, lehnte er sich an den Stamm einer Buche. Er hatte seit beinahe vierundzwanzig Stunden nichts mehr gegessen.

Im Schutz der Bäume setzte er den Weg fort.

Als er den Wald durchquert hatte, sah er hinab auf die Gebäude des Begegnungszentrums in Rüdlingen, der ersten Etappe seiner Flucht. Im Weg stand nur noch ein Bauernhof mit dazugehörigem Hofhund. Frank Perler pfiff durch die Zähne. Er sah, wie der Hund den Kopf hob und sich müde auf die Beine stemmte. Er bellte zweimal heiser, bevor er zwischen Wohnhaus und Scheune verschwand.

Beim Begegnungszentrum angekommen duckte er sich an den Fenstern vorbei ums Haupthaus und blieb an der Ecke stehen. Er wartete.

Dreissig Minuten später fuhr ein Auto auf den Parkplatz. Der Opel Agila sah aus wie ein grosser blauer Umzugskarton. Petra Surber stieg aus und hob drei Einkaufstaschen aus dem Kofferraum. Mit dem Autoschlüssel zielte sie aufs Lenkrad. Die Türen waren damit verriegelt. Bei der Eingangstür stellte sie die Taschen ab und suchte in der Handtasche nach dem Schlüssel. Dann verschwand sie im Innern des Begegnungszentrums.

Frank Perler liess einige Minuten verstreichen, bevor er zum Küchenfenster schlich. Petra Surber hatte die Einkäufe ausgepackt. Gemüse bedeckte die Ablage. Der Kühlschrank stand offen. Sie bückte sich hinunter zu den unteren Tablaren. Er sah nur den dunklen Haarschopf. Frank Perler klopfte an die Fensterscheibe. Petra Surber schreckte hoch. Als sie ihn sah, putzte sie die Hände an der Schürze ab und öffnete.

«Also doch», sagte sie.

«Ich bin's.»

«Was tust du hier?»

«Lass mich bitte rein.»

Sie schloss das Fenster, verliess die Küche und erschien in der offenen Eingangstür. Frank Perler trat ein.

«Du siehst aus.»

«War eine schmutzige Nacht.»

«Du kannst hier nicht bleiben.»

«Ich weiss.»

«Der Chef kann jeden Augenblick auftauchen.»

«Nur kurz, Petra.»

«Komm erst einmal mit. Du brauchst was anzuziehen.»

Er folgte ihr durch die verschachtelt angeordneten Räume. Vor einem Einbauschrank blieben sie stehen.

«Hier verstauen wir alles, was liegen geblieben ist.» Sie öffnete den Schrank. «Alles, was Seminarteilnehmer, Theatergruppen und Feriengäste nicht vermissen. Geordnet nach Hosen, Hemden, Unterhosen, Socken und sonstigen Sachen. Hier sind Brillen, tragbare Lautsprecher. Such dir was aus.»

«Danke.»

«Bin gleich wieder da. Rühr dich nicht von der Stelle.»

Sie kehrte mit einem Kehrichtsack zurück und stopfte seine verdreckte Kleidung hinein. «Wanderschuhe?»

«Sie passen.»

«Und?»

«Ich bin ausgebüxt.»

«Es kam in den Nachrichten.» Sie sah kurz hoch.

«Haben sie ihn gefunden?»

«Den Gärtner?»

«Ja.» Frank Perler sah zu Boden.

«Wie geht's ihm?»

«Ich glaube, ganz gut.»

«Du hast das ausgenützt.» Sie band den Kehrichtsack zu.

«Ja. Ich hatte keine Wahl.»

«Warum?»

Er versuchte ein Lächeln. «Seit du bei uns gekündigt hast, hat mir das Essen nicht mehr geschmeckt.»

«Lass die Witze. – Warum?»

«Es ist besser, wenn du nicht zu viel weisst.»

«Moment. Du brichst aus, kommst hierher, lässt dich bemuttern und spielst den Geheimnisvollen?»

«Es ist besser so. Tut mir leid.»

«Hast du was gegessen?»

«Nein.»

«Warte.»

Sie kam mit drei Wasserflaschen, einem Brot, Käse und einer Salami zurück. «Hier, nimm das mit.»

Er stopfte alles in einen Rucksack, den er aus dem Kasten genommen hatte. «Ich habe etwas zu erledigen. Wenn es vorbei ist, gehe ich zurück in den Knast.»

«Erledigen?»

Er antwortete nicht und schnürte den Rucksack zu.

Sie packte ihn an der Schulter und zwang ihn, sie anzusehen. «Lohnt es sich?»

Er versuchte, sich nicht von ihrem Blick verschlucken zu lassen. «Ja.»

Sie schnaubte.

«Dein Auto.» Er hob den Rucksack an, um das Gewicht zu prüfen.

«Was ist damit?»

«Ich brauche eines. Kannst du mir deines ausleihen?»

«Ausleihen wozu?»

«Einfach ausleihen. Nichts weiter.»

«Die Leute werden Fragen stellen.»

«Bis dahin bin ich über alle Berge.» Buchstäblich, dachte er. «Ich werde behaupten, ich hätte dich gezwungen, mir den Schlüssel auszuhändigen.»

«Wie lange?»

«Weiss nicht.»

«Werde ich dich wiedersehen?»

«Ja.» Frank Perler warf den Rucksack auf den Rücken.

«Was macht dich so sicher?»

Er sah sie an und sagte nichts. Sie verliess das Zimmer und kam mit ihrer Handtasche zurück. Sie hielt ihm den Autoschlüssel hin. Er nahm ihn an sich.

«Danke.»
Er wandte sich zum Gehen.
Sie hielt ihn am Arm zurück.
«Ja?»
«Nimm das.» Sie drückte ihm zwei Hunderter in die Hand. «Für alle Fälle.»
«Danke, Mama.»
Sie musste lächeln, knuffte ihn in die Seite und hielt ihn fest. Die Gesichter näherten sich, die Nasen glitten aneinander vorbei. Die Lippen berührten sich vorsichtig, der Atem ging schneller.
Sie riss sich los. «Raus jetzt!»
Sie führte ihn ein paar Stufen hinunter zum Hinterausgang und hielt ihm die Tür auf. «Sei vorsichtig.»
«Wir sehen uns.»
«Das sagt sich zu leicht.»
«Ich meine es so.»
«Ist gut. Geh jetzt.»
«Danke.»
«Wofür?»
«Dass du nicht gefragt hast, was denn mit uns sei.»
«Das hätte ich viel früher fragen sollen.»
Frank Perler trat ins Freie. Hinter ihm fiel die Tür ins Schloss. Er ging ums Gebäude herum, rannte zum Parkplatz und duckte sich hinter die Autos. Das Innere des Opel Agila war aufgeräumt, und es roch sauber. Er schnallte sich den Sicherheitsgurt um und startete den Motor.
Es summte. Eine Biene schlitterte innen an der Scheibe herunter und fiel zwischen seine Beine. Frank Perler sprang aus dem Auto und schlug wie von Sinnen auf das Insekt ein.

8

Eulacher sah versonnen am Bildschirm vorbei und pulte feuchten Teig zwischen den Zähnen hervor. In der Redaktion wurde er «die Eule» genannt. Dies hatte weniger mit einer Übereinstimmung in Sachen Weisheit zu tun als mit der Tatsache, dass an ihm alles rund war. Sein Blick hinter dicken Gläsern blieb hin und wieder an einem Gegenstand oder einer Person hängen. Er konnte minutenlang dasitzen und starren, ohne dass ihm dies bewusst war. Oder es war ihm egal.

Für den Moment ruhte sein Blick auf Valentin Huber und Cobb.

«Hübscher Artikel.» Valentin lehnte sich im Bürostuhl weit zurück und verschränkte die Arme hinter dem Kopf.

Cobb hängte die Jacke über die Lehne. «So?»

«Muss ja ein potenter Stosstrupp sein, diese Munot-Hüter.» Valentin lächelte.

«Ein Haufen Loser.» Cobb setzte sich.

«Nun, wenn man genauer recherchiert, sieht die Sache etwas komplizierter aus.»

«Mein lieber Valentin Huber, bis vor zwei Wochen warst du hier Volontär. Dass du jetzt Redaktor bist, heisst noch lange nicht, dass du meine Artikel kritisieren darfst.» Cobb knüllte ein Stück Papier zusammen und warf es Valentin an den Kopf.

Eulacher erwachte aus dem Stand-by-Modus. «War das ein beschriebenes Blatt?»

«Wie?» Cobb sah ihn an.

«Das Blatt, das du eben geworfen hast. Ich hoffe, dass es sich um ein benutztes handelte.»

«Spielt das eine Rolle?»

«Sparmassnahmen.» Eulacher sah auf den feuchten Teig an seinem Finger und nahm ihn wieder in den Mund. «Der Chef hat durchgegeben, dass wir nicht unnötig Papier verschwenden sollen.»

«Das war nicht unnötig, Eulacher. Ich musste meinen Kollegen züchtigen.» Das zerknüllte Papier prallte nun von Cobbs Kopf ab. «He!»

Das Papier flog ein paarmal hin und her, Eulacher schüttelte den Kopf und starrte den Bildschirm an.

«Also, Cobb, zur Sache.» Valentin hielt Cobb die neueste Ausgabe des «Tagblatts» hin. «Dieser Joachim Kohlen da auf dem Bild ist kein unbeschriebenes Blatt. Ich habe gegoogelt. Er hat intensive Kontakte zur ‹Alternative für Deutschland›. Er liked die Facebook-Einträge von verschiedenen Mitgliedern. Björn Höcke mag er besonders.»

«Wer ist Björn Höcke?»

«Ein Rassist vom rechten Flügel der Partei. Ich habe mich in verschiedenen Servern eingeloggt. Joachim Kohlen ist auch mit einem Pseudonym unterwegs. Als Carl Schmitt kommentiert er Artikel zur AfD in Online-Medien.»

«Für einen Wutbürger wirkt Kohlen eher schlaff.»

«Der echte Carl Schmitt konnte bei den Nürnberger Prozessen seinen Kopf nur knapp aus der Schlinge ziehen. Er vertrat die Ansicht, dass in einer Demokratie nur die Angehörigen des jeweiligen Staates gleich zu gleich sind. Das heisst im Klartext: unterschiedliche Rechte für Einheimische und Zugewanderte.»

«Wo hast du das denn ausgegraben?»

«Wikipedia.»

Eulacher räusperte sich. «Wikipedia!» Er schnaubte verächtlich. «Das ist doch nichts. Euer Gelaber sagt gar nichts aus. Es ist alles andere als klar, dass sich hinter dem Pseudonym dieser Kohlen versteckt. Ausserdem ist Carl ein üblicher Name, und um auf Schmitt zu kommen, muss einer auch nicht lange überlegen. Kann alles Zufall sein. Oder Wunschdenken.»

«Ein bisschen viele Zufälle, meinst du nicht, Eulacher?» Valentin schnappte sich die Papierkugel, warf sie ein paarmal hoch und fing sie wieder auf. Er holte aus und liess sie fliegen. Sie zischte an Eulachers Kopf vorbei, der davon keine Notiz nahm, und traf Elvira Kunz, die eben um die Ecke düste. Das zerknüllte Papier fiel zu Boden. Etwas Lippenstift hatte es rot gefärbt.

Valentin sprang auf. «Oh, Frau Kunz. Tut mir leid.»

«Herr Huber, Sie werden nicht fürs Spielen bezahlt.» Elvira

versuchte, an Cobb vorbeizuschauen. Sie war noch immer verletzt und würde es auch für immer bleiben. Dass sie jetzt eine Liaison mit Chefredaktor Deupelbeiss hatte, schien sie nicht darüber hinwegzutrösten, dass Cobb sie vor vier Jahren zurückgewiesen hatte. «Wie ihr wisst, nimmt Hans …», sie korrigierte sich, «… nimmt Herr Deupelbeiss am Triathlon teil. Seit drei Wochen ist bekannt, dass man darauf setzen kann, wie er abschneiden wird. Das Geld aus der Wette wird für einen guten Zweck gespendet. Bisher haben alle Abteilungen und die meisten eurer Kollegen unterzeichnet und einen Betrag in Aussicht gestellt. Also bitte.»

Elvira knallte Stift und Blatt auf den Tisch. Eulacher nahm es hoch und deutete mit einem feisten Finger auf eine Stelle. «Hier, das bin ich. Ich wette nicht, ich spende fünf Franken. Unabhängig von der Zeit.»

«Mehr ist dir das Kinderheim nicht wert, Eulacher?»

«Nein.» Eulacher widmete sich wieder dem Bildschirm.

Cobb unterschrieb und spendete fünfzig Franken, Valentin tat es ihm nach.

«Es ist euch also egal, was?», fragte Elvira.

«Was?», fragte Valentin.

«Wie schnell der Chef unterwegs ist.»

«Ja», sagte Cobb.

Elvira genehmigte sich ein verächtliches Schnauben und düste davon.

Cobb fuhr den Computer hoch, als das Handy klingelte.

«Ja? Wie geht es dir? Dann ist ja gut. Ob ich bitte was könnte?» Cobb verdrehte die Augen. «Wo bist du gerade? Gut, wenn ich Zeit finde, komm ich dich holen. Ja, tschüss.»

Kaum hatte er das Gespräch beendet, stand er auf und zog die Jacke an.

Valentin sah hoch. «Wo willst du hin, Cobb?»

«Das war Marlen. Sie ist mit dem Velo gestürzt. Ihr geht es gut. Aber das Velo ist hin.»

«Wo ist sie denn?», fragte Valentin.

«In Schleitheim.»

«Warum nimmt deine Tochter nicht einfach den Bus?» Eulacher sah ihn über die Brille hinweg an.

«Kümmere du dich um deinen Kram, Eulacher.» Cobb verliess die Redaktion.

Er lenkte den grünen Ford Fiesta durch die Enge zwischen Neuhausen und Beringen. Vor ihm tat sich der Klettgau auf. In der weiten Ebene wogte Getreide, stand der Mais stramm, und Sonnenblumen richteten die Köpfe nach dem Licht aus. Rechts erhob sich der Randen, ein Ausläufer des Jura.

An den Hängen wuchs Wein. Cobb konnte die Begeisterung für die heimischen Gärungen nicht teilen. Was schmeckte, hatte seinen Preis, und der war für Cobb zu hoch. Sein Geld wurde er auch ohne Hilfe der Weinbauern los. Miete, Krankenkasse und eine Tochter in Ausbildung kosteten eine ganze Stange. Und Nerven.

Vor Schleitheim sah er ihr Velo am Strassenrand liegen. Cobb verlangsamte und hielt nach seiner Tochter Ausschau. Er sah sie nirgends, fuhr weiter, wendete im Dorf und holperte in der Nähe des Velos auf einen Naturweg. Als der Motor erstarb, vibrierte die Luft vom Gesumm der Bienen, Grillen zirpten, und über ihm kreischten einige Krähen.

Cobb stieg aus und ging zum Velo. Das Vorderrad war arg verbogen. Von Marlen keine Spur. Er rief nach ihr. Nichts. Er rief wieder. Nur Bienen, Grillen und Krähen. Niedergedrückte Halme führten vom Velo weg die Wiese hinauf. Cobb folgte der Spur. Mitten im Gras lag seine Tochter. Augen geschlossen. Er rief. Sie reagierte nicht. Als er näher kam, sah er, dass sie Kopfhörer anhatte und mit den Füssen zu einem Takt wippte. Er bückte sich und berührte sie an der Schulter. Marlen schreckte hoch.

«Ach, du bist's», sagte sie.

«Warum versteckst du dich?»

«Wie?» Sie schaute hoch und schirmte die Augen vor der Sonne ab.

«Ich fahre hier hoch und sehe nichts als das Velo. Du hättest an der Strasse warten können.»

«Da ist's hässlich.»

«Ja, aber ich hätte dich gesehen.»

«Du hast mich ja gefunden, Paps.»

«Ja, weil ich dich gesucht habe.»

«Am Telefon sagtest du, dass du kommen würdest, wenn du Zeit hättest. Konnte ja niemand wissen, dass du so schnell da bist.» Sie stand auf.

«Was ist mit dem Velo?» Cobb drehte sich um und ging zur Strasse.

«Blöde Wasserrinne.»

«Was heisst ‹blöde Wasserrinne›?»

«Das heisst, dass ich in die Wasserrinne gefahren bin. Da ist das Vorderrad stecken geblieben, und ich bin vorne rausgeflogen.»

«Du bist hier in die Wasserrinne gefahren?» Cobb sah die Strasse hoch und runter. Eine pfeilgerade Strecke. Er schnaubte. «Wieso?»

«Wieso was?»

«Wie fährt man hier in eine Wasserrinne?»

Marlen blickte zum Velo, hoch zu Cobb und folgte seinem Blick zur Strasse. «Und wie es mir geht, interessiert dich nicht?»

«Du hast gesagt, es gehe dir gut.»

«Du hast nicht gefragt.»

«Doch, am Telefon.»

«Ach.» Marlen hob das Velo hoch.

«Wie ist's passiert?», fragte Cobb.

«Ich bin reingefahren. Die Musik war scheisse. Da hab ich eine neue Playlist gesucht, und dann flog ich über den Lenker. Schau dir das an. Damit kann ich nicht antreten.»

«Wo antreten?»

«Beim Triathlon.»

«Was?»

«Triathlon. Das ist was für sportliche Leute. Zuerst wird geschwommen, dann Velo gefahren und zuletzt gerannt.» Marlen trug das Velo zum Auto.

«Ich weiss, was Triathlon ist. Aber dass du da mitmachst, wusste ich nicht. Schwimmen ist nicht deine Stärke.»

Marlen rollte die Augen. «Wir sind ein Team. Leila rennt, ich fahre Velo.»

«Und wer schwimmt?» Cobb öffnete den Kofferraum.

«Anna. – Du musst die Autositze runtertun.»

«Galati?»

«Kennst du sonst eine Anna, die schwimmt?»

«Nein, sie hat mir bloss noch nichts davon erzählt.» Cobb kämpfte mit den Sitzen.

«Sie weiss auch noch nichts davon.»

«Besser, du fragst sie bald. Der Triathlon findet Ende der Woche statt.»

«Nur kein Stress.» Marlen hob das Velo in den Kofferraum. «Paps, da schaut noch das Rad raus.»

«Egal, setz dich rein, wir fahren.»

Cobb lenkte den Ford Fiesta zurück in die Stadt. Vorbei an Feldern, Bauerndörfern und Rebbergen. Ein Auto überholte. Aus dem Beifahrerfenster kam ein Leuchtstab zum Vorschein und bedeutete Cobb, an den Rand zu fahren. Der Wagen hielt an, die Türen öffneten sich. Heraus stiegen ein Polizist, der die Arme hielt, als hätte er in den Achselhöhlen ein dermatologisches Problem, und eine sportliche Frau in Uniform, die den Zopf neu band.

Cobb seufzte.

9

Bärtschi zerknüllte das Zuckersäckchen mit dem Logo des Kantonsspitals zwischen den Fingern. «Danke, dass Sie kommen konnten, Frau Perler.»

«Torner. Inzwischen heisse ich Torner.»

«Dann muss ich das in meinem Adressbuch ändern.» Bärtschi stand auf und versuchte ihr die Hand zu geben. Der Schlauch reichte nicht, und der Infusionsständer kippte beinahe um. Er liess es bleiben.

«Ich habe wieder geheiratet seit diesem Zwischenfall.» Lydia Torner, ehemalige Perler, ruckelte den Kinderwagen zwischen die Tische. Das Kind schlief. Sie setzte sich. «Es ist nicht meins. Es gehört meinem Sohn. Aber ständig muss ich auf dieses Kind aufpassen. Fabian arbeitet beinahe rund um die Uhr. Und wenn er sagt, er hole es ab, dann stehen die Chancen fünfzig zu fünfzig. Gestern Morgen hätte er ihn zu sich nehmen müssen. Sie sehen ja, wie's gekommen ist.»

«Tja, Frau Torner, die Pflichten einer Grossmutter.»

«Das reicht ja schon.»

«Was?»

«Dass er mich zur Grossmutter gemacht hat. – Ist das wahr?»

«Was wahr?»

«Dass Frank wieder draussen ist. Ausgebrochen.»

«Ja.»

«Schrecklich.»

«Deswegen habe ich Sie kommen lassen.»

«Glauben Sie, er hat es auf mich abgesehen?»

«Das lässt sich zum jetzigen Zeitpunkt schwer beurteilen.»

«Das tönt nicht eben beruhigend.» Lydia Torner entdeckte ihr Spiegelbild in der Scheibe des Aquariums. Sie benutzte das Glas als Spiegel, um ihr Haar zu ordnen. Bärtschi hatte es dunkel in Erinnerung. Jetzt war es blond. Und was sie mit ihrem Gesicht hatte machen lassen, sollte sie jünger aussehen lassen. Es wirkte bloss straffer.

Bärtschi räusperte sich. «Deswegen habe ich Sie kommen lassen.»

Lydia Torner schob eine Strähne in die Stirn. «Es wäre angebracht gewesen, mich zu Hause zu besuchen. Sie wissen ja nicht, wie umständlich das ist mit einem Kind.»

«Ich bin leider etwas verhindert. Die wollen mich hierbehalten.»

«Sie hätten jemanden schicken können.» Sie schien mit dem Sitz der Strähne zufrieden zu sein.

«Ich dachte, weil ich damals den Fall bearbeitet habe, wäre es sinnvoll.»

«Vielleicht haben Sie recht. Immerhin haben Sie ihn damals geschnappt und damit Schlimmeres verhindert. Wer weiss.»

«Ja, wer weiss. – Frau Torner, ich muss Ihnen ein paar Fragen stellen.»

«Wenn es Ihnen nichts ausmacht, hole ich mir zuerst einen Kaffee.» Sie stand auf und zog ihren Rock zurecht. «Und wenn er aufwacht, brauchen Sie nur den Kinderwagen etwas hin und her zu schaukeln.» Sie stöckelte davon.

Bärtschi wagte einen Blick in den Kinderwagen. Der Bub weilte in einem fernen Land der Träume. Der Mund stand halb offen, und der Schnuller klebte an einer Backe. Wenn das hier vorbei war, würde er gesünder leben, dachte Bärtschi. Schliesslich hatte er eine Tochter. Es würde eine Weile dauern, bis Leila Mutter würde. Falls überhaupt. Immerhin bestand die Chance, Grossvater zu werden. Die wollte er wahrnehmen.

Lydia Torner stellte den Cappuccino auf den Tisch.

«Schiessen Sie los.»

«Wie haben Sie vom Ausbruch erfahren?»

«Ein Herr Straumann rief mich an.»

«Wie war Ihre erste Reaktion?»

Sie krauste die Lippen. «Schock. Ich war schockiert.»

«Weshalb?» Bärtschi drehte seinen Kaffeebecher auf dem Tisch.

«Sie können fragen. Er ist ein verurteilter Mörder. Krankhaft eifersüchtig. Warum sonst hat er ihn erschossen? Immerhin bin ich wieder verheiratet. Da liegt es doch nahe.»

«Was liegt nahe?»
«Dass er nun mir an den Kragen will.»
Bärtschi trank den letzten kalten Schluck und stand auf. «Sie entschuldigen, mein Rücken.»
«Haben Sie es mit der Bandscheibe?»
«Das versucht man herauszufinden.»
«Ich rate Ihnen, auf keinen Fall zu operieren.»
«Es hat mit den Zähnen zu tun.»
«Was es nicht alles gibt. – Dann war's das?»
«Was?» Die Rückenschmerzen nagten an der Konzentrationsfähigkeit.
«Kann ich gehen? In vierzig Minuten beginnt die Yogastunde. Glücklicherweise haben sie dort eine Kinderkrippe.»
«Einen kurzen Moment noch.»
Lydia Torner sah demonstrativ auf die Uhr.
«Weiss Ihr Mann davon, dass Frank Perler auf der Flucht ist?»
«Ja, ich habe ihn angerufen.»
«Wo ist er jetzt?»
«Er arbeitet natürlich. Er leitet eine Speditionsfirma.»
«Wo?»
«In St. Gallen.»
«Danke.» Bärtschi fühlte sich plötzlich müde. Das musste am Antibiotikum liegen, welches unablässig in seinen Körper tröpfelte.
«Warum? Was hat mein Mann damit zu tun?»
«Auch er könnte gefährdet sein. Es wäre nützlich, wenn wir zwei Beamte abstellen, die Ihr Haus im Auge behalten.»
«Mein Gott!» Die bleiche Haut ihres Gesichts wechselte zu grau.
«Eine Ahnung, wo Frank Perler sein könnte?»
«Leider nein.»
Bärtschi verabschiedete sich knapp und liess die Frau sitzen. Er rollte den Infusionsständer zwischen den Tischen und Stühlen hindurch und vorbei am Aquarium. Er sah Lydia Torner im Spiegelbild hinter ihm herstarren. Er hatte erreicht, was er wollte. Der kleinste Verdacht, die geringste Idee würde sie dazu bringen, sich mit ihm in Verbindung zu setzen.

Der Mord an Bärtschis Mitarbeiter und Freund war nun fünf Jahre her. Alex Greuter war ein Einzelgänger gewesen. Ein verlässlicher Polizist, der von seinem Privatleben nicht viel preisgab. Dass er eine Beziehung hatte, erfuhr Bärtschi erst, als er die Umstände seines Todes untersuchte. Er war ermordet worden. In der Wohnung von Frank und Lydia Perler – heutige Torner. Er musste sterben, weil er mit Lydia Perler ein Verhältnis hatte. Bärtschi kam schnell dahinter. Die Indizien sprachen dafür, dass Frank Perler der Mörder war. Obwohl er es stets bestritten hatte, wurde er verurteilt. Das brachte Alex Greuter nicht zurück.

Als Bärtschi die Tür zu seinem Zimmer öffnete, sass ein Mann in grauem Regenmantel und mit noch grauerer Gesichtsfarbe am Bett. Straumann, sein Mitarbeiter. Er erhob sich und hielt Bärtschi ein kleines Paket hin.

«Da. Für dich.»

«Danke, Straumann.»

«Von der Abteilung.»

«Bist ein schlechter Lügner.»

Straumann lächelte. «Na gut.»

«Was dagegen, wenn ich mich hinlege?»

Bärtschi ging ums Bett herum. Straumann wollte helfen, sah aber ein, dass es lächerlich war. Bärtschi schaffte es allein. Vorsichtig setzte er sich hin. Er ächzte, als er die Füsse aufs Bett hob.

«Wie geht's?», fragte Straumann.

«So weit, so gut. Wenn sie mein Blut untersucht haben, weiss ich mehr.»

«Schmerzen?»

«Seit der Zahn draussen ist, geht's besser.»

«Der Zahn?»

«Ja. Irgendwie hat alles mit dem Zahn zu tun.»

Bärtschi hatte begriffen, dass es einen Zusammenhang zwischen dem eiternden Zahn und den Rückenschmerzen gab. Wie genau die beiden Bestandteile seines Körpers allerdings verknüpft waren, hatte er nicht wirklich verstanden. Er war froh, die Schmerzen los zu sein, und wollte so schnell wie möglich wieder hier raus.

«Der Zahn also.»

«Willst du dich nicht setzen, Straumann?»

«Nein, nein, geht schon. Warst du Zeitung kaufen am Kiosk?»

«Habe ich eine dabei?»

«Nein.»

Straumann ging ans Fenster und schaute hinaus.

«Ich war unten in der Cafeteria. Schrecklicher Kaffee. Ich habe Lydia Perler getroffen. Sie heisst jetzt Torner. Ich habe sie etwas sensibilisiert.»

«Sensibilisiert?» Straumann drehte sich weg, ging zum Lavabo und liess warmes Wasser laufen.

«Ja.»

«Du hast ihr Angst eingejagt.» Straumann sah im Spiegel Bärtschi an.

«Das hast du gesagt. Auf jeden Fall denke ich, dass sie sich melden wird, sobald ihr etwas zu Frank Perler und seiner Flucht einfällt.»

Straumann wusch sich die Hände. Bärtschi kannte das. Es bedeutete, dass er eine heikle Mission zu erfüllen hatte. Straumann tippte verlegen mit dem Zeigefinger an den Feuerlöscher, der neben dem Lavabo hing. Er steckte die Hände in die Taschen des Regenmantels und drehte sich um.

«Bärtschi.»

«Ja?»

Straumann räusperte sich. «Du bist vom Fall abgezogen.»

Bärtschi schnellte hoch, zuckte vor Schmerz zusammen und liess sich wieder aufs Bett fallen. «Wer sagt das?»

«Der Chef.»

«Sag dem Arsch, dass –»

«Und der Staatsanwalt. Tut mir leid, Bärtschi. Sie meinen, du seist befangen.»

«Ich bin überhaupt nicht befangen, das weisst du ganz genau.»

«Die Sache mit dem Verhör ist nicht vergessen.» Straumann sah ihn an.

Bärtschi wandte den Blick ab. Zugegeben, er hatte sich unprofessionell verhalten. Man schlug einem Verdächtigen nicht den Kopf auf den Verhörtisch, hielt ihn dort fest und verpasste ihm mit dem Knie eins in die Nieren.

«Ich habe den Verweis kassiert, die Sache ist gegessen.» Bärtschi langte an die Handschlaufe über dem Bett und zog sich hoch.

«Rechtlich vielleicht. Aber sie sitzt da fest.» Straumann tippte mit dem Finger an den Kopf.

«Sobald ich hier raus bin, haue ich auf den Tisch. Wer ist mit den Ermittlungen beauftragt?»

Straumann behielt Bärtschi im Auge. «Ich.»

Bärtschi sah aus dem Fenster und sagte nichts.

Straumann holte Luft. «Brauchst du was zu lesen?»

10

Claudia Hügli zog die Schiebetür des Familienvans auf. Die Zwillinge in den Kindersitzen starrten an die Fassade des gegenüberliegenden Hauses und warteten. Marco hob die Flasche an den Mund und trank, Gabriel bemerkte das und tat es ihm gleich. So war es immer. Erst Marco, dann Gabriel. Claudia fragte sich, wann Gabriel wohl endlich zu gehen anfing. Marco war schliesslich schon wacker unterwegs.

Sie zerrte den Kinderwagen aus dem Kofferraum. Er war sperrig, denn er war breit. Seit die Kinder da waren, war alles irgendwie gross und breit geworden. Der Kinderwagen, das Familienauto und ihr Körper. Anfangs schob sie ihre neuen Rundungen auf die Schwangerschaft. Doch die Geburt der Zwillinge war nicht eben der Beginn einer schönen Freundschaft zwischen ihr und ihrem Körper gewesen. Die Kekse, Käsebrote, Schokolade und die Chips trösteten über den fehlenden Schlaf hinweg und polsterten ihren Körper aus.

Marco ging voraus und sass zuerst im Kinderwagen. Gabriel streckte die Arme nach ihr aus. Sie hob ihn aus dem Sitz und schnallte ihn im Kinderwagen fest. Vor dem Eingang zur Kinderkrippe blieb sie stehen und betrachtete die Menükarte. Teigwaren, Gemüse und zum Dessert Pudding. Claudia freute sich auf ihren Shake mit Chia-Samen, Himbeeren und Proteinpulver. Seit drei Wochen war sie auf Diät.

Nachdem sie die Kinder ausgezogen und der Krippenleiterin übergeben hatte, lehnte sie sich an den Van und rauchte. Auch das würde sie in den Griff bekommen. Im Kofferraum lagen die Turnschuhe. Sie setzte sich auf eine niedrige Gartenmauer, streifte die Flip-Flops ab und zog die Nikes an. Mit Freude stellte sie fest, dass ihr heute die Luft nicht wegblieb, als sie sich bückte, um die Joggingschuhe zu binden.

Sie blickte auf den Fitness-Tracker an ihrem Handgelenk. Ihr Mann hatte ihr zum Geburtstag einen geschenkt. Ein Modell von Sony, das einzige, welches vierzehn Tage ohne Verbindung zu einem Smartphone auskam und die Daten trotzdem speicherte. Das war wichtig. Denn das Telefon blieb im Auto liegen, während sie joggte. Das war ihre Vorstellung von Freiheit. Eine halbe Stunde am Tag nicht erreichbar zu sein.

Sie rannte lockeren Schritts an den Rhein. Während sie darauf wartete, dass die Ampel an der Rheinuferstrasse auf Grün wechselte, trabte sie an Ort weiter. Sie überquerte die Strasse und bog nach links ab, den Rhein aufwärts. An der Schifflände standen die Touristen Schlange, um das Kursschiff zu besteigen.

Es kümmerte sie nicht mehr, dass einige die Köpfe zusammensteckten und über die mollige Joggerin tuschelten. Sie hatte denen etwas voraus. Sie war auf dem besten Weg, wieder die alte Claudia zu werden. Oder mehr als das. Dies bezeugten die Daten des Fitness-Trackers und die Notwendigkeit, bald das eine oder andere neue Kleidungsstück zu kaufen.

Der Boden knirschte unter ihren Füssen, als sie den Naturweg am Lindli erreichte. Vor drei Wochen hätte sie hier beinahe aufgegeben. Ihr war schwindlig geworden. Doch sie hatte dem Wunsch widerstanden, sich auf eine Bank zu setzen, und sich gezwungen, weiterzugehen. Als sie sich besser gefühlt hatte, war sie weitergerannt. Sie hatte gekämpft, und sie hatte gewonnen.

Claudia Hügli lächelte und lief. Andere Sportler kamen ihr entgegen. Die einen grüssten, andere waren zu sehr mit Keuchen beschäftigt. Am Ende der Strecke, bevor sie kehrtmachen musste, blieb sie stehen, kreiste mit den Armen, machte Liegestützen an einem Felsbrocken und dehnte die Waden.

Dann nahm sie sich einen Augenblick Zeit, um dazustehen, über den Rhein zu blicken und sich an ihrer neuen Routine zu freuen. Das Kursschiff fuhr den Rhein hoch. Wellen klatschten ans Ufer.

Aus den Augenwinkeln bemerkte sie etwas, das leicht auf und ab schaukelte. Sie sah kurz hin. Nasser Stoff, der sich in den Ästen verfangen hatte. Auf den zweiten Blick formierte sich der Stoff zu einer Figur. Claudia ging näher und bückte sich. Eine grosse Welle hob den Körper an, und ein Gesicht mit einer langen Narbe kam auf sie zu. Claudia taumelte rückwärts und fiel hin. Sie rappelte sich hoch und rannte einige Schritte weg. Der Fitness-

Tracker piepste. Ihr Puls war in die Höhe geschnellt. Sie tastete nach ihrem Handy. Aber das lag im Auto. Claudia sah sich um.

Auf der anderen Strassenseite befand sich das Restaurant «Ryhalde». Ein Auto fuhr sie beinahe um. Ein lang gedehntes Hupen entfernte sich in Richtung Schaffhausen. Claudia stiess die Tür auf. Drinnen empfingen sie Düsternis und eine missmutige Serviceangestellte, die einem Gast ein Bier auf den Bierdeckel stellte.

«Haben Sie ein Telefon?» Claudia keuchte.

Die Serviceangestellte drehte sich zu ihr um. «Ja?»

«Ein Telefon, schnell.»

«Weshalb?»

«Da liegt einer.» Claudia zeigte nach draussen.

«Und?»

«Im Wasser. Eine Leiche.»

«Dann eilt es ja nicht mehr so.» Die Serviceangestellte zeigte zum Tresen. «Da hinten. Kostet einen Franken.»

«Ich habe kein Geld dabei.»

«Ich schreib's an.» Ein kehliges Lachen folgte. Der Herr am Tisch lachte mit. Es tönte, als würde er sich schnäuzen.

Claudia wählte den Polizeinotruf. Sie erklärte, wo sie sich befand und was sie gesehen hatte. Und vergass nicht, ihren Namen zu nennen und zu versichern, dass sie warten würde, bis die Polizei eintreffen würde. Als sie aufgelegt hatte, bedankte sich Claudia bei der Serviceangestellten und trat vor die Tür. Die Sonne blendete. Auf der dem Rhein zugewandten Strassenseite entdeckte sie einen Hundebesitzer, der sein Smartphone hochhielt und fotografierte. Ein Jogger bremste ab und riss das Telefon aus der Armbinde. Er drückte darauf herum.

Die Ahnung von Polizeisirenen hing in der Luft. Die verschiedenen Rhythmen liessen auf mehrere Wagen schliessen. Drei Einsatzwagen fuhren hintereinander und in grossem Tempo vor. Zwei hielten am Strassenrand an, einer bog nach links in eine Seitenstrasse ab. Zwei uniformierte Beamte sprangen aus dem hinteren Auto, öffneten den Kofferraum und brachten ein Strassenschild in Stellung.

Aus dem vorderen Wagen stieg ein hagerer Mann im Regenmantel. Er ging an den Gaffern vorbei und sah ins Wasser. Als er die Leiche entdeckte, wies er die beiden Uniformierten an, das Gelände abzusperren. Die Gaffer winkte er mit einer wedelnden Handbewegung weg. Ein Kastenwagen kam näher und zwängte sich zwischen die beiden Autos. Eine Frau und ein Mann stiegen aus, öffneten eine Schiebetür und entnahmen allerlei Gerätschaft. Sie grüssten einen kleinen Mann mit hervorquellenden Augen und vorstehender Unterlippe, der eben sein Velo ins Gras legte.

Der Kleine begab sich zum Mann mit dem Regenmantel. Sie schüttelten Hände, bevor sich der Kleine ans Wasser begab. Derjenige im Regenmantel sah sich um.

Claudia hatte das Gefühl, dass es nun an ihr war, sich bemerkbar zu machen.

«Hallo!», rief sie und überquerte die Strasse.

«Straumann.» Er hielt die Hand hin.

Sie erwiderte den Gruss. «Hügli. Ich habe angerufen.»

«Danke, dass Sie angerufen haben, Frau Hügli. Ich nehme an, dass Sie es sind, die ihn gefunden hat.»

«Ja.»

«Tut mir leid, dass es Ihnen passiert ist.»

«Irgendwer ist es immer.» Sie sah zu Boden.

«Sofern man sie findet, die Toten.»

«Ja, natürlich.»

Ein Paar im Pensionsalter sprach auf einen Polizisten ein, der eben das Absperrband an einem der Pfosten befestigte, um auch den Wasserweg abzuriegeln. Sie hatten einen Waidling hinter sich hergezogen und kamen nicht mehr voran. Der Mann fuchtelte wild mit den Händen.

«Einen Moment.» Straumann begab sich zu den Rentnern. «Wir führen eine Ermittlung durch. Tut mir leid.»

«Ihnen tut es leid? Wir müssen den Rhein hoch.» Der Mann hatte einen roten Kopf.

«Nein, heute geht es nicht.»

«Wir sind weiter oben mit Freunden verabredet.» Die Kniescheibe bewegte sich unter der faltigen Haut. «Wir wollten einen Tag am Schaaren verbringen.»

«Rufen Sie an.»

«Wie?»

«Rufen Sie an.»

«Ja, das werde ich. Und ich werde mich beschweren.» Er wurde laut und wackelte mit dem Zeigefinger.

«Wie Sie wollen. Ich dachte eher, Sie sollten Ihre Freunde kontaktieren. Der Ausflug fällt ins Wasser.»

«Wir versuchen's aussen rum», schlug der Mann vor.

«Nein, auch nicht aussen rum.»

«Hören Sie, es sind bloss zwanzig Meter», mischte sich die Frau ein.

«Ich weiss. Hat mich gefreut.» Straumann wandte sich ab und kam auf Claudia Hügli zu.

«Das ist ja wie in einem Polizeistaat!», schrie der Mann.
Es kümmerte Straumann nicht.

Der kleine Mann mit den hervorquellenden Augen kam auf ihn zu.

«Na, Dr. Guzzi, was sagt die Medizin?», fragte Straumann.

«Die konnte nur noch seinen Tod feststellen.»

«Zeitpunkt?»

«Irgendwann nach Mitternacht. Zwischen zwei und vier Uhr.»

«Ertrunken?»

«Das ist nur eine Möglichkeit.» Guzzi hob sein Velo hoch und wischte mit dem Ärmel über den Sattel.

«Und die andere?»

«Gestürzt, bewusstlos ins Wasser gefallen und ertrunken.»

«Aha.»

«Es gibt noch eine dritte.» Guzzi bückte sich und legte die Hosenklammer an. «Erschlagen und in den Fluss geworfen.»

«Worauf tippen Sie?»

«Ich tippe nicht, ich untersuche. Wir sehen uns.»

Straumann wandte sich Claudia Hügli zu und nickte zum Restaurant.

«Sollen wir uns einen Kaffee genehmigen, Frau Hügli?»

«Ja, gerne.»

Sie setzten sich auf die Terrasse. Straumann bestellte einen Lindenblütentee und Claudia Hügli ein Mineralwasser. Sie erzählte, was sie wusste. Das dauerte nicht lange. Sie sahen beide zu, wie eine Frau der Spurensicherung einen Fotoapparat aus dem Kastenwagen holte und wieder zurück ans Ufer ging. Zwei uniformierte Polizisten regelten den Verkehr. Die Autos fuhren langsam vorbei, die Insassen reckten die Hälse, um besser sehen zu können.

Straumann stand auf. «Danke für Ihre Hilfe. Falls Sie ein Taxi benötigen, rufen Sie eines. Es geht auf unsere Rechnung.»

«Das Telefongespräch ist auch noch nicht bezahlt.» Die Serviceangestellte stand in der Tür.

Straumann nahm das Portemonnaie hervor und drückte ihr eine Note in die Hand. «Rufen Sie bitte ein Taxi. Der Rest ist für Sie.»

Sie zeigte ihre gelben Zähne und bedankte sich.

Zehn Minuten später fuhr ein Taxi an Claudia Hügli vorbei, wendete und hielt an. Sie stieg ein.

11

Zimmer Nummer 325. Cobb öffnete vorsichtig die Tür. Susan Bärtschi stand am Fenster und drehte sich um. Sie behielt die Arme verschränkt, nickte Cobb zu und sah besorgt zu ihrem Mann.

Bärtschi zog sich an der Schlaufe hoch. «Cobb, schön, dass du vorbeikommst. Wir haben eine kleine Familienzusammenkunft. Du gehörst ja praktisch dazu.»

Cobb grüsste zurück. Leila kam aus dem Klo und wischte die Hände an der Hose ab. Sie setzte sich zu ihrem Vater aufs Bett.

«Cobb, da ist ein Stuhl frei.» Bärtschis Kinn zuckte in Richtung des leeren Stuhls. «Aber vielleicht bleibst du besser stehen, so bist du schneller fort, falls sie dich hierbehalten wollen. Ich wette, die finden auch bei dir was.»

Cobb sah unsicher zwischen Susan und ihrem Mann hin und her.

«Hör auf, den Clown zu spielen, Peter.» Susan atmete hörbar aus.

«Stimmt doch, Susan. Bis vorgestern war ich ein gesunder Mann mit Zahnschmerzen. Und heute … Ach, scheiss der Hund drauf. Wie geht's Marlen? Ich habe von ihrem Sturz gehört. Ist sie verletzt?»

«Nein, es geht ihr gut. Ein paar Schürfungen. Das Velo ist kaputt.»

«Na, immerhin.»

«Ich werde es reparieren.»

«Du hast zwei linke Hände, Cobb.»

«Kann sein. Was ist mit dir?»

«Nichts Besonderes. Ich brauche ein bisschen Antibiotika, dann bin ich wieder auf dem Damm.»

Leila sah zu ihrer Mutter. Susan trat ans Bettende und liess den Blick nicht von Bärtschi. «Mein Mann will nicht wahrhaben, dass es knapp werden könnte.»

«Eine Sepsis», wandte Bärtschi schnell ein.

«Das tönt sauberer, als es ist. Man nennt es auch Wundfäule, Peter.»

«Oder Blutvergiftung», sagte Bärtschi.

Cobb lehnte sich vor. «Könnten wir mal den Streit um die Definition ruhen lassen? Was ist los?»

Susan schnaubte. «Peter hatte einen Eiterzahn.»

«Der ist ja jetzt draussen», schob Bärtschi ein.

«Papa, halt mal die Klappe, echt.» Leila schlug mit der flachen Hand auf die Bettdecke.

«Leila hat recht», sagte Susan.

Bärtschi verstummte.

«Wie gesagt, er hatte einen Eiterzahn. Die Krankheitserreger sind aber nicht schön brav bei dem Zahn geblieben. Sie haben sich im Körper verteilt. In seinem Fall sind es Bakterien. Ein Teil davon hat es sich in seinem Kreuz gemütlich gemacht. Ein anderer Teil hat sich vorgenommen, seine Herzklappe anzuknabbern. Deshalb bleibt mein Mann mindestens sechs Wochen hier liegen. Und wenn er Schwein hat, kommt alles gut. Wenn nicht, braucht er eine neue Herzklappe.»

«Die ist vom Schwein», sagte Cobb.

«Was?», fragte Bärtschi.

«Die Herzklappe. Ich glaube, die bauen Herzklappen vom Schwein ein.»

«So weit wird es nicht kommen. Ich werde brav tun, was mir die Ärzte vorschreiben. Und zu Hause werde ich weniger naschen und mir immer sofort die Zähne putzen.»

«Mal ohne Schnickschnack, Bärtschi.» Cobb hustete. «Das ist eine üble Sache.»

«Da hörst du's, Papa.»

«Ich weiss», sagte Bärtschi bestimmt. «Ich weiss.» Leiser. «Ich weiss.» Kaum hörbar.

Er streckte die Hand unter der Bettdecke hervor und legte sie seiner Tochter aufs Bein. Sie nahm sie und drückte sie. Susan wischte sich eine Träne weg und drehte sich um. Cobb starrte ein Loch.

«Hört mal zu, ihr drei.» Bärtschi räusperte sich. «Das hier ist wirklich eine beschissene Angelegenheit. Aber ich will nicht, dass wir die nächsten sechs Wochen so verschwenden. Cobb, du kennst sicher Bücher, die mich zum Lachen bringen. Die will ich lesen. Leila, du hast die neuesten Filme auf K-Kiste gesehen. Ich will die unterhaltsamsten hier haben. Susan, unsere Tochter wird mir deine Hörbücher aufs Smartphone laden.»

«Das sind Schnulzen, Peter.»

«Besser als Tragödien. Und jede Menge Krimis will ich lesen.»

«Aber Papa, dann regst du dich wieder darüber auf, wie unrealistisch die sind.»

«Na und, ein bisschen Aufregung wird mir sicher guttun.» Bärtschi richtete sich auf. «Wolltet ihr beide nicht heute nach Zürich fahren, um Schuhe zu kaufen?»

«Das ist jetzt nicht so wichtig.» Susan sah wieder aus dem Fenster.

«Doch, ist es. Raus mit euch, unternehmt was. Vor morgen will ich euch hier nicht sehen.»

«Aber Papa.»

«Kein Aber. Im Kasten hängt meine Hose. In der Tasche muss noch ein Hunderter stecken. Nehmt den auch gleich mit.»

«Wir können doch nicht –» Susan drehte sich ins Zimmer.

Bärtschi unterbrach sie. «Doch, ihr könnt. Ich will euch morgen in neuen Schuhen sehen. Alle beide.»

Mutter und Tochter protestierten noch ein bisschen. Dann küssten sie Bärtschi und verabschiedeten sich.

Cobb und Bärtschi waren allein. Cobb knetete Finger und schob sich einen Nikotinkaugummi zwischen die Zähne. Bärtschi schlug die Bettdecke zurück. Es dauerte ein Weilchen, bis er aus dem Bett gestiegen war. Er liess die Beine zuerst vom Bett baumeln und richtete dann den Oberkörper mit Hilfe der Schlaufe auf. Sein Trainingsanzug war grau und blau, wobei das Grau beinahe so blau war wie das Blau grau. Er musste aus der Zeit stammen, als das Warenhaus EPA noch existierte.

Bärtschi goss Wasser aus einer PET-Flasche in ein Glas und trank einen Schluck. «Ich brauche dich, Cobb.»

Cobb kaute und sah Bärtschi an. «Und?»

«Du musst vielleicht hin und wieder Sachen für mich erledigen.»

«Sachen welcher Art?»

«Frank Perler ist aus dem Gefängnis ausgebrochen.»

«Ich weiss. Wir haben eine Kurzmeldung im ‹Tagblatt› gedruckt.»

«Mehr nicht?»

«Es gab nicht viel her. Dass er den Gärtner überwältigt hat. Man hat ihn verschnürt im Gewächshaus gefunden. Und dass von Frank Perler jede Spur fehlt.»

«Der Mann ist ein Mörder.»

«Ja, das weiss ich.»

«Er ist gefährlich. Er tötete aus Eifersucht. Die Tat war geplant. Greuter hatte keine Chance.»

«Greuter?»

«Der ermordete Polizist. Alex Greuter. Ein guter Mann.»

Cobb stand auf und spuckte den Kaugummi in den Abfalleimer. «Warum ich, Bärtschi?»

«Ich kann nicht. Nicht weil ich hier liege. Straumann hat mich darüber informiert, dass ich vom Fall abgezogen worden bin. Ich soll befangen sein.» Bärtschi rieb sich den Rücken und sah auf die Uhr. «Noch drei Stunden bis zur nächsten Tablette.»

«Tut's weh?»

«Ja.»

«Vielleicht kriegst du härtere Sachen.»

«Ich werde fragen.»

Bärtschi setzte sich aufs Bett. Er stützte sich mit der Hand ab, um sich hinzulegen. Er liess sich langsam nach hinten gleiten, vergass aber, die Beine hochzunehmen. Cobb ging hin und schob sie nach. «Geht's?»

«Danke, Cobb.»

«Decke?»

«Wie?»

«Soll ich dich zudecken?»

«Danke, geht schon.» Bärtschi blieb liegen und atmete angestrengt. «Alex Greuter war ein guter Polizist. Man konnte sich auf ihn verlassen. Wir waren ein Team, Alex und ich.»

«Weshalb denkt Straumann, dass du befangen bist?»

«Ich habe ihm eine verpasst.»

«Greuter?»

«Nein, Frank Perler. Während des Verhörs. Er weigerte sich, mit uns zusammenzuarbeiten, verkaufte uns für blöd. Lächelte und sagte, dass wir den Falschen hätten. Und dass wir ihm den Mord unterschieben wollten, damit die Medien Ruhe geben. Ja, und da hab ich zugelangt.» Bärtschi richtete sich auf und liess die Füsse zu Boden gleiten. Er griff zur Schlaufe. Cobb half ihm, sich aufzurichten.

«Danke, Cobb. Ich muss mal.»

Bärtschi rollte den Infusionsständer vor sich her.

Cobb wartete, ging ans Fenster und sah hinaus in den Wald. Was Bärtschi von ihm wollte, ging ihm gegen den Strich. Frank Perler war ausgebüxt. Wen kümmerte das? Irgendwann würden sie ihn wieder schnappen und einbuchten. Und das wäre es dann gewesen.

Die Spülung ging. Bärtschi erschien und schlurfte zurück zum Bett, setzte sich, legte ein Bein nach dem anderen auf die Matratze, hielt sich an der Schlaufe fest und liess sich zurückgleiten.

«Bärtschi, solltest du dich nicht einfach um dich selber kümmern?»

«Die Ärzte kümmern sich um mich. Ich will, dass Perler dafür sitzt, was er getan hat.»

«Dieser Greuter und du, ihr seid euch nahegestanden?»

«Ja. Meistens. Hin und wieder hat er sich abgekapselt. Bevor er ermordet wurde, hatte er Ferien genommen.»

Cobb wartete. Als nichts kam, fragte er nach. «Um eine verheiratete Frau zu vögeln?»

«Nein. Hin und wieder denke ich, dass er auf eigene Faust ermittelt hatte.»

«In welcher Sache?»

«Ich weiss es nicht. Der einzige Hinweis war ein blondes Haar, das er in einem Plastiksack aufbewahrt hatte. Ganz hinten in einer Schublade. Und?»

«Was?»

«Kann ich mich auf dich verlassen?»

Cobb überlegte. Ob Frank Perler auf freiem Fuss war oder nicht, kümmerte ihn nicht. Andererseits konnte er auch einfach so tun, als würde er sich dahintersetzen. Bärtschi befand sich in einer Situation, in der ihm diese Art der Zuwendung sicher guttun würde.

«Womit soll ich beginnen?»

12

Fabian Perler schreckte hoch. Er hatte bloss kurz die Augen schliessen wollen und war eingeschlafen. Ein Blick auf die Uhr. In vierzig Minuten würden die Banken schliessen. Die Identitätskarte befand sich im Portemonnaie. Er suchte die Bankkarte und fand sie in dem Haufen Kleider, auf dem er geschlafen hatte. Nachdem er die Zähne geputzt und das Gesicht gewaschen hatte, rannte er die Treppe hinunter. Immer zwei Stufen aufs Mal. Der Bus war nicht weit. Fabian rannte zur Haltestelle und erwischte ihn. Er keuchte und begann zu schwitzen.

Die Schalterhalle der Schaffhauser Kantonalbank war angenehm kühl. Er stellte sich in die Reihe. Die ältere Dame vor ihm fragte die Kontostände ab und verabschiedete sich.

«Hallo, Fabian.» Eine blonde Frau in seinem Alter lächelte ihn an.

«Kennen wir uns?» Fabian war verunsichert.

«Na klar. Wir haben im Gymnasium dieselbe Klasse besucht. Zwei Jahre lang. Dann hat es nicht mehr gereicht.»

Fabian erinnerte sich. Das scheue Mädchen mit der rosa Zahnspange, das keinen Anschluss gefunden hatte. Es war nie sonderlich aufgefallen, dass es da war, und auch nicht, als es die Schule nicht mehr besuchte.

Er sah schnell aufs Namensschild. «Wie geht's, Vivienne?»

«Och, ganz gut. Tut mir leid, die Sache mit deiner Frau.»

«Meine Freundin. Wir waren nicht verheiratet.»

«Tut mir trotzdem leid. Was kann ich für dich tun?»

Fabian erklärte ihr, dass er sein Konto auflösen wollte. Sie fand das schade und fragte ihn, ob er mit der Bank nicht zufrieden sei. Er antwortete, er sei sehr zufrieden, aber er werde sich jetzt längere Zeit im Ausland aufhalten. Sie schlug ihm vor, Reiseschecks zu kaufen. Er bestand auf Bargeld. Mit leisem Bedauern tippte sie Befehle in den Computer und sah hoch. «Beide Konten?»

«Ich habe nur eines.»

«Ich sehe zwei. Eines lautet auf deinen Namen, das andere auch auf deinen Namen und den Namen einer Frau.»

«Welcher Name?»

«Anita Färber», sagte sie und sah ihn an.

«Das ist der Name meiner Freundin. Ich meine, das war er.» Er war irritiert.

«Sie hat es vor einem halben Jahr eröffnet. Hier, der Ausdruck.» Sie schob ihm den Kontostand unter der Glasscheibe hindurch.

«Hundertfünfzigtausend?» Fabian wurde kalt.

«Das werden tolle Ferien, würde ich mal sagen.»

«Ja, dann beide Konten.»

«Moment, bitte.» Sie wählte eine Telefonnummer und bat jemanden herzukommen. Sie hängte wieder auf. «Ich kann das nicht allein veranlassen. Herr Giacomelli kommt kurz an den Schalter.»

Giacomelli hatte das Haar mit Gel nach hinten gezwungen. Einzelne Strähnen wehrten sich dagegen und gaben die Kopfhaut frei. Schnurrbart und Haare trugen identisches Schwarz zur Schau. Giacomelli sprach ein paar Worte mit Vivienne und wollte Fabian Perlers Ausweis sehen. Auch er griff zum Telefonhörer, grinste, während er zuhörte, und nickte schliesslich Vivienne zu.

«Geht in Ordnung. Die Stückelung?», fragte sie.

«Wie bitte?», fragte Fabian.

«Was für Noten?»

«Gross. Grosse Noten.»

Er verliess die Bank mit hundertzweiundfünfzigtausend im Rucksack, steuerte aufs nächstgelegene Café zu und setzte sich. Die Häuser strahlten die Wärme des Tages ab, und das war gut so. Er brauchte ein paar Minuten, um die Sache in seinem Kopf zu ordnen. Nach einem oder zwei Kaffees würde er seinen Sohn bei der Mutter abholen.

Woher hatte Anita das Geld? Was hatte sie damit gewollt? Und warum wusste er nichts davon?

Wollte sie es vor ihm verstecken, hätte sie wohl kaum ein

gemeinsames Konto eröffnet. Als sie zusammenlebten, hatte sie ihm immer wieder Dinge unter die Nase gehalten, die er mitunterzeichnen musste. Er hatte sich nie darum gekümmert, was es war, er hatte ihr vertraut. Sie konnte das viel besser, die Geldangelegenheiten, die Angelegenheiten mit der Steuerbehörde, die Sachen mit der Polizei.

Erst jetzt bemerkte er, dass sein Schatten mit der Narbe nicht da war. Niemand, der ihn verfolgte, der beobachtete, was er tat und liess. Fabian winkte die Frau zu sich, die eben einen Tisch abwischte.

«Darf ich Ihnen noch etwas bringen?», fragte sie.

Er bestellte einen Corretto. Einen Espresso mit einem Schuss Grappa drin. Nur für den Fall, dass er sich geirrt hatte, was seinen Schatten betraf.

Der Schnaps wärmte. Er bestellte einen zweiten. Schweiss trat aus den Poren. Er trank das Wasser aus, welches zum Corretto gereicht worden war, legte Geld auf den Tisch und betrat die Denner-Filiale.

Das Sixpack Bier im Rucksack zog an den Schultern. Fabian nahm den Bus hoch zum Waldfriedhof. Er schaute aufs Handy. Vier unbeantwortete Anrufe von seiner Mutter. Eine SMS traf ein. Er las, dass er sich endlich um sein Kind kümmern solle. Sie habe schon genügend Sorgen. Ausserdem sei ihr Ex-Mann, sein Vater, aus dem Gefängnis ausgebrochen.

Musste ihn das kümmern? Im Bus öffnete er ein Bier. Der Chauffeur sah ihn im Rückspiegel böse an. Auch egal. Würde er rausgeworfen, würde er eben zu Fuss zum Friedhof hochgehen.

An der Haltestelle stieg er aus und liess die Flasche in den Abfallbehälter plumpsen. Er öffnete eine neue, betrat den Eingang zum Friedhof und war sich nicht sicher, welchen Weg er nehmen sollte. Seit Anita Färbers Beerdigung vor einem halben Jahr war er nicht mehr hier gewesen. Ein Wald, in dem die Toten ruhten. Die Blätter hielten die letzten Sonnenstrahlen des Tages ab.

Genau so war es im Juni vergangenen Jahres gewesen. Es war langsam dunkel geworden. Winzige leuchtende Punkte waren herumgeschwirrt. Erst einzelne, dann mehr und schliesslich hatte es im Gebüsch von Leuchtkäfern gewimmelt. Anita und er waren mit dem Kinderwagen hierhergekommen, um Benjamin dieses kleine Wunder zu zeigen. Da war der Kleine zwei Wochen alt gewesen. Er interessierte sich nicht dafür, schlief tief und fest und wachte auch nicht auf, wenn der Kinderwagen über Wurzeln rumpelte.

Fabian stolperte und wäre beinahe hingefallen. Er wischte übers Handy. Hell beleuchtete eine Lampe den Weg und bald auch ein einfaches Holzkreuz. Daran war ein Messingschild angebracht.

Anita Färber.

Dass er es hier schriftlich hatte, dass seine Freundin und Mutter seines Kindes tot war, liess ihn trocken schlucken. Er blieb stehen und las ihren Namen. Die Trauer hatte ihn seit ihrem Tod immer wieder in Wellen mitgerissen. Sie waren weniger geworden. Geblieben war die Überraschung, mit welcher Heftigkeit sie jeweils auftraten. Eine weitere Bierflasche verlor den Deckel und flog dann leer auf den Weg. Er bückte sich.

Kies rann zwischen seinen Fingern hindurch. «Was soll das alles?», fragte er das Grab.

Er warf einen Kieselstein gegen das Kreuz.

«Woher hast du das Geld?» Wieder flog ein Kieselstein.

Auch wenn er allmählich betrunken war, wusste er, dass er sich die Fragen selbst beantworten musste. Auch die alten, quälend offenen Fragen stiegen in sein nebliges Bewusstsein hoch. Warum hatte sie wieder damit angefangen? Warum war sie so blöd gewesen, ihren Venen zu viel zuzumuten? Ihrem ganzen Körper?

Er bückte sich, kriegte einen grösseren Stein in die Finger und schmetterte ihn ans Holzkreuz. Die nächste Flasche war leer getrunken. Sie flog ins Dunkel zwischen die Gräber. Ein weiterer Stein traf das Messingschild. Das Kreuz wackelte. Fabian bückte sich wieder. Als er sich wieder aufrichtete, bedeckte ein feuchter Lappen Mund und Nase. Er atmete einen süssen Geruch ein und zerrte an dem Arm, der ihn nach hinten riss. Ihm wurde schwindlig, er versuchte sich noch einmal loszureissen und tauchte dann ab in die Bewusstlosigkeit.

13

Markus Torner setzte sich in den Mercedes, fuhr aus St. Gallens Innenstadt und gelangte auf die Autobahn. Die Klimaanlage hatte den Wagen auf Kühlschranktemperatur hinuntergekühlt. Kalter Schweiss klebte das Hemd an die Haut. Er war bei der Arbeit unkonzentriert gewesen. Der Telefonanruf seiner Frau Lydia war mehr als beunruhigend gewesen. Ihr Ex-Mann war ausgebrochen. Lydia hatte erzählt, sie hätte mit diesem Bärtschi geredet, der damals schon die Untersuchung geleitet hatte. Die Polizei wusste nicht, wo Frank Perler sich aufhalten könnte. Und er würde zwei Beamte antreffen, wenn er zu Hause ankam.

Er schnaubte, setzte den Blinker und überholte einen Lastwagen.

Der Name Perler war inzwischen zum Synonym für Probleme geworden. Lydia hatte sich beinahe Tag und Nacht um den Enkel zu kümmern, weil ihr Sohn Fabian unfähig war, sein eigenes Leben in den Griff zu bekommen. Er liess das Kind oft tagelang bei Lydia und gab vor, nachts arbeiten zu müssen. Das passte Lydia nicht in den Kram. Wenn er abends von der Arbeit nach Hause kam, lag sie ihm schon beim Betreten des Hauses in den Ohren. Jammern konnte sie gut. So würde es auch heute wieder sein.

Markus Torner hatte sich schon am Nachmittag dazu entschlossen, die Heimkehr etwas hinauszuzögern. Auf dem Beifahrersitz lag die Sporttasche. Darin warteten die neuen Vibram-Fivefingers auf ihren ersten Einsatz. Im Sportgeschäft hatten sie ihm Zehen-Socken gegeben, bevor er die Schuhe anprobiert hatte. Es war eine Herausforderung gewesen, die Zehen erst in den Socken und dann in den Fivefingers zu verstauen. Es hatte sich angefühlt wie barfuss gehen. Er freute sich darauf, damit heute sein Training zu absolvieren.

Er hatte die Fivefingers bei Bojana Nikolic gesehen. Ihre waren pinkfarben. Das passte gut zu ihren braunen Beinen. Sie war Instruktorin in der «Box». Heute war Mittwoch. Markus Torner hoffte, dass sie heute das Training leiten würde.

Während er fuhr, zog er das iPad unter der Sporttasche hervor. Er konzentrierte sich halbwegs auf den Verkehr und wischte über den Bildschirm, bis er das Video fand. Er hatte es heimlich mit dem iPhone aufgenommen und auf das iPad geladen. Mit dem Bildschirm vor dem Lenkrad sah er einer muskulösen Frau mit dunklen Haaren zu, wie sie Burpee an Burpee reihte, bis sie erschöpft liegen blieb. Sie atmete schwer. Rücken, Brustkorb und Brüste hoben und senkten sich. Schweiss brachte ihre Haut zum Glitzern. Bojana Nikolic. Die Instruktorin. Der Film lief in einer Endlosschleife vor ihm ab.

Als er auf die Autobahn nach Schaffhausen einbog, vibrierte das iPhone in der Brusttasche. Er zog es hervor. Das Display zeigte an, dass Lydia ihn zu erreichen versuchte. Nein, jetzt nicht. Er tat das Telefon wieder weg.

Er fuhr durch Schaffhausen und parkierte neben dem Kletterpark. Das iPad kam in die Sporttasche, die er über die Schulter schwang und die Treppen zur «Box» hochtrug. Am Eingang hing eine schwarze Tafel. Darauf war mit Kreide die Trainingseinheit des Tages notiert. Die Menükarte des Leidens. Er zog sich um und verstaute seine Zehen in den Fivefingers. Dieses Mal ohne Socken. So gehörte sich das.

Noch bevor er die Box betrat, hörte er rhythmisches Knallen. Es rührte von den Seilen her, die auf den Boden peitschten. Zum Einwärmen wurde Seil gehüpft. Markus Torners Hoffnungen wurden erfüllt. Als er die Tür öffnete, blickte er direkt auf Bojana Nikolics Brüste. Sie gaben den Hüpfbewegungen trotz eines Sport-BHs nach.

Sie lächelte ihn an. «Nun ist auch Michael eingetroffen. Nimm dir ein Seil, Michael.»

«Markus», korrigierte Markus Torner.

«Richtig. Markus.»

Er fragte sich, ob sie seine neuen Fivefingers bemerkt hatte. Nach zehn Hüpfern verfing sich das Seil zwischen den Zehen. Er schüttelte den Fuss und machte weiter.

Fünf Minuten später befahl Bojana Nikolic, dass man nun genügend aufgewärmt zu sein hatte. Das Training begann mit Sit-ups zu einem Set von einer Minute. Rumpfbeugen.

Er gab Gas. Nach gefühlten zwanzig Sekunden brannte die Bauchmuskulatur. Er kämpfte weiter und schaffte die Minute, ohne abzusetzen. Keuchend blieb er liegen. Bojana Nikolic wollte nun Pull-ups sehen. Klimmzüge.

Die Gruppe erhob sich und verteilte sich unter die Reckstangen. Die Trainerin gab ein Zeichen, die Musik wechselte von entspannt zu martialisch. Markus Torner zog sich hoch. Den siebten Klimmzug schaffte er gerade noch so.

Bojana Nikolic trat neben ihn. «Einer geht noch.»

Markus Torner versuchte, ihr den Gefallen zu tun. Die Stange auf Augenhöhe, drohte ihn alle Kraft zu verlassen. Er strampelte mit den Beinen. Er blickte über die Stange hinweg. Noch ein Ruck, das Kinn war drüber. Er liess los und stützte sich mit den Händen auf den Knien ab. Er rang nach Atem.

Bojana Nikolic sah auf die Stoppuhr. «Noch zwanzig Sekunden. Weitermachen, Michael.»

«Markus.»

«Egal. Ich will dich arbeiten sehen.»

Markus Torner sprang hoch. Die Hände waren taub. Er fühlte die Arme kaum, und doch erreichte das Kinn die Stange. Wieder liess er sich zu Boden plumpsen.

«Noch fünf Sekunden! Nicht aufgeben!», schrie Bojana Nikolic.

Er machte sich für den nächsten Versuch bereit, da ertönte das Signal zur Pause.

«Gut gemacht», wurde er gelobt, dann an alle: «Medizinbälle!»

Sie warfen Medizinbälle eine Wand hoch und fingen sie wieder auf, brachten dann armdicke Seile zum Schwingen, hoben Lastwagenreifen in die Höhe, sprangen auf Holzkisten und wieder hinunter und schlossen den ersten Durchgang mit Liegestützen ab. Drei weitere Sets folgten.

Am Schluss fühlte sich Markus Torner schwach und grossartig zugleich. Er glaubte zu fühlen, wie die Endorphine durch seinen Körper rauschten. Die Instruktorin hatte ihn zu Höchstleistungen angetrieben, den inneren Schweinehund gezüchtigt. Unter der Dusche liess er lange warmes Wasser über den Körper rieseln und schloss mit einem Kaltwasserschock ab. Es prickelte am ganzen Körper.

Gerne hätte er an der Bar noch etwas getrunken und einige Worte mit Bojana Nikolic gesprochen. Aber er konnte Lydia nicht zu lange warten lassen. Also winkte er allen zu, verabschiedete sich und versprach, bald wieder vorbeizukommen.

Draussen war es inzwischen diesig geworden. Er liess die Fernbedienung in der Hosentasche, als er sie drückte. Lichter leuchteten auf, und er hörte, wie die Türverriegelung ging. Er warf die Sporttasche auf den Beifahrersitz und rutschte hinters Steuerrad. Bevor er den Motor starten konnte, nahm er eine Bewegung hinter sich wahr. Gleichzeitig spürte er, wie ihm jemand mit einem Stück Metall leicht auf den Hinterkopf tippte und es ihm anschliessend an die Schläfe hielt.

«Sport soll ja gesund sein, Torner.»

Im Rückspiegel sah Markus Torner die Umrisse eines Lockenkopfs. Er wusste, dass die Haare blond waren. «Was wollen Sie von mir?»

«Wir hatten eine Abmachung.»

«Es gibt Probleme», sagte Markus Torner.

«Probleme welcher Art?»

«Der Zoll. Wir stecken fest.»

«Das ist nicht gut. Wir brauchen die Ware.»

«Es sind ja bloss Feuerlöscher. Warum besorgen Sie sich die nicht woanders?»

«Es geht hier nicht um Feuerlöscher. Es geht um eine Abmachung.»

Markus Torner erhielt mit dem Lauf der Waffe einen leichten Schlag auf den Hinterkopf.

«Au. Hören Sie auf damit.»

«Wann?», fragte Lockenkopf.

«Wann was?»

«Wann krieg ich die Ware?»

«Ich weiss nicht. Unser Fahrer steckt in Bulgarien fest.»

«Ruf ihn an», befahl Lockenkopf.

«Ich soll ihn anrufen?»

«Habe ich soeben gesagt.»

Ein weiterer Schlag auf den Hinterkopf. Diesmal etwas kräftiger.

«Ja, ja. Ich rufe ihn an.»

Als er das iPhone aus der Brusttasche zog, bemerkte Markus Torner, wie seine Hände schwitzten.

«Hallo. Hier ich. Wo bist du gerade? Rumänien? Warum weiss ich nichts davon? – Ja. Gut. Danke.»

«Was sagt er?», fragte Lockenkopf.

«Der Fahrer konnte heute Abend die Grenze nach Rumänien passieren. Er schläft jetzt und fährt morgen weiter.»

«Heute.»

«Wie, heute?»

Ein weiterer Schlag. «Jetzt gleich.»

«Das geht nicht. Gesetzlich geht das nicht. Der Fahrer muss Ruhezeiten einhalten.»

Das Metall drückte kräftig an die Schläfe.

«Jetzt gleich.»

«Wir riskieren eine Busse.»

«Ruf an, oder du fliegst auf.»

14

»Dirty old town, Dirty old town.»

Galati betrat grölend ihre neue Wohnung. Während ihre Stimme im Treppenhaus verhallte, warf sie die Tür zu und die Schlüssel auf einen Stuhl. Sie hatte eine Fahrt an den Flughafen hinter sich. Eine alte Lady, die immerfort plapperte. Sie hatte Zwillingssöhne, von denen einer in Kanada lebte und der andere in Australien. Sie fand das sehr unpraktisch, und überhaupt war es immer sie, die ihre Söhne besuchen musste, die würden sich nie die Mühe machen. Ausserdem war es unerklärlich, warum ihre beiden Kinder so weit von ihr weg wohnten. Galati hatte genau das bereits nach dem Tunnel, der aus Schaffhausen hinausführte, begriffen, und in Benken hätte sie die Lady am liebsten aus dem Taxi geworfen.

Immerhin hatte sie gutes Geld verdient und obendrein ein Trinkgeld erhalten. Auf dem Rückweg hatten sich am Himmel eigentümliche Wolkenformationen gebildet. Sie hatte geraucht, und die Pogues hatten ihr die Ohren ordentlich durchgepustet. An einer Tankstelle hatte sie sich eine Tiefkühlpizza gekauft.

Die packte sie jetzt aus. Der Anblick liess sie seufzen. Sie öffnete den Kühlschrank. Zwei Minuten später war aus dem kümmerlich belegten Teig eine Prachtpizza geworden, garniert mit Tomaten, Zwiebelringen, Knoblauch und einem ordentlichen Schuss Tabasco versehen.

Sie hatte Lust, Cobb anzurufen, um zu fragen, ob er vorbeikommen möge. Andererseits hatte sie Hunger und keine Lust, die Pizza zu teilen. Denn das würde sie sicherlich tun müssen. Nicht weil Cobb Hunger haben würde. Er tat so Sachen aus Neugier. Wenn etwas gut aussah, dann musste er wissen, ob es auch gut schmeckte. Und wenn der erste Bissen mundete, konnte man nicht automatisch davon ausgehen, dass dem auch beim zweiten Stück so war. Sie wusste es und hatte auch Verständnis dafür, denn darin waren sie sich gleich.

Mit einem Glas Wein trat sie auf den Balkon und setzte sich

an den Tisch. Sie sah aufs Lindli, Schaffhausens Rheinpromenade. Verliebte, die sich gefunden hatten, gingen Hand in Hand vorüber. Solche, die sich's gegenseitig noch nicht eingestehen konnten, lächelten unsicher vor sich hin. Einige joggten hoch, andere waren unterwegs, um sich weiter oben auf die Wiese zu werfen und zu kiffen.

Als sie das Glas an die Lippen hob, gab es nichts mehr her. Schade. Sie stand auf und ging in die Küche. Es roch nach Knoblauch und Zwiebeln. Als sie den Backofen öffnete, kam ihr heisser Dampf entgegen. Mit einem Küchenmesser hob sie den Teigboden an, um zu prüfen, ob er schön kross war. Leider nein. Sie goss den letzten Schluck aus der Flasche ins Glas und trank es aus. Wo war der Korkenzieher? Sie suchte ihn und fand ihn nicht. Dann erinnerte sie sich an das Taschenmesser, welches Cobb und sie dazu benutzt hatten, die Kommode wieder zusammenzubauen. Es lag im Wohnzimmer. Damit öffnete sie eine neue Flasche Wein.

Auf dem Weg zurück auf den Balkon hörte sie ihr Handy. Cobb? Das Display zeigte eine unbekannte Nummer. Galati zögerte. Fahren konnte sie nicht mehr. War es besser, einen Kunden abzuwimmeln, oder war es ratsam, mit möglichen Kunden in Kontakt zu treten, auch wenn es nicht drin lag, sie zu transportieren? Während sie noch überlegte, nahm sie das Gespräch an.

«Ja.»

«Ist dort Anna Galati?»

«Ja.»

«Sind Sie die Frau, die mich heute im Taxi zur Kinderkrippe gefahren hat?»

Galati überlegte kurz und wunderte sich, wie weit weg der Morgen schon war. «Ja, das war ich.» Da waren ein Unfall und eine verstörte Frau.

«Gut.» Das klang erleichtert.

«Wer möchte das wissen?»

«Oh, Entschuldigung. Mein Name ist Claudia Hügli. Sie haben mich heute mitgenommen.»

«Ja, das sagten Sie bereits.»

«Eben.»

«Ja?»

«Ich vermisse etwas.»

«Ihr Portemonnaie?»

«Nein, nein, ich war ja joggen. Da habe ich es nicht dabei. Ist bei Ihnen im Wagen ein Armband liegen geblieben?»

«Was denn für eins? Goldig, silbern, aus Leder?»

«Nein, nein, nicht so eins. Ich trug zum Joggen ein Fitnessarmband. So eins, das den Kalorienverbrauch ausrechnet, die Durchschnittsgeschwindigkeit und solche Sachen.»

«Ich weiss nicht.»

«Aha.»

«Ich müsste nachsehen.»

«Würden Sie das für mich tun?»

«Gerne, Frau Hügli. Ich weiss bloss nicht, ob die Chancen gross sind. Ich hatte heute eine Menge Fahrgäste», sagte Galati. Sie dachte daran, dass sie morgen die Sitze saugen musste.

Claudia Hügli bedankte sich überschwänglich und versprach, in der Nähe des Telefons zu warten. Was wohl hiess, dass sie das Handy mit sich herumtrug.

Galati trank einen Schluck Wein und prüfte die Pizza. Ersterer schmeckte gut, der Teig aber brauchte noch einige Minuten. Mit dem Schlüssel in der Hand ging sie die drei Stockwerke hinunter zum Taxi. Frau Hügli war hinten gesessen. Galati fuhr mit der Hand zwischen die Polsterung der Sitze und bückte sich mit einem Stöhnen, um im Dunkeln den Boden abzutasten. Das Armband lag unter dem Beifahrersitz. Als sie die Treppen wieder hochging, fühlten sich die Beine bleiern an. Der Zeigefinger machte Wischbewegungen und berührte den Rückrufknopf. Während sich Galati überlegte, ob das nun ein Knopf sei oder ein runder grüner Fleck, ging Claudia Hügli ran.

«Ja?» Erwartungsvoll.

«Ich heb's Ihnen bis morgen auf und bringe es vorbei.»

«Oh, danke.»

Ein Schweigen hing in der Leitung.

«Ehm, Frau Galati, würde es Ihnen was ausmachen, wenn ich kurz vorbeikäme?»

«Es wird Sie nichts kosten. Ich lege das Armband in den Briefkasten, wenn ich in der Nähe rumkurve.»

«Nein, das ist es nicht. Es ist bloss so, dass es mir wichtig ist. Ich überspiele die Daten jeden Abend in den Computer. Kinder im Bett, Mann vor der Kiste. Es ist ein Ritual.»

Galati öffnete die Ofentür. Der Teig war kross.

«Na, meinetwegen, kommen Sie kurz vorbei.»

«Die Adresse, die auf der Visitenkarte steht?»

«Genau.»

«Bin in zehn Minuten bei Ihnen.»

Galati tat die Pizza auf einen Teller. Das Weinglas war wieder leer. Sie füllte es und trug alles auf den Balkon. Es war dunkler geworden. Sie holte den Laptop und legte ihn auf den Tisch. Während sie ass, las sie online die Zeitung. Als noch die Hälfte der Pizza auf dem Teller lag, gingen dank Bewegungsmeldern auf dem Weg zu ihrem Wohnblock die Lichter an. Eine Frau um die dreissig und in bunte Farben gekleidet hüpfte der Eingangstür entgegen. Wenige Augenblicke später erklang die Türglocke.

«Guten Abend.» Die Frau schien nun nicht mehr so durchsichtig wie morgens, als sie ins Taxi gestiegen war. Sie hatte rote Backen.

«Kommen Sie herein.»

«Ich will nicht lange stören.»

«Das tun Sie nicht. Kommen Sie herein.»

Galati ging voraus in die Küche. Claudia Hügli schnupperte. «Riecht gut.»

«Abendessen für Faule. Pizza von der Tankstelle.»

«Kenn ich. Aber Sie müssen an den besseren Tankstellen verkehren als ich.»

«Ich habe Reste aus dem Kühlschrank raufgeräumt. Ein Glas Wasser?»

«Ja, gerne.»

Claudia Hügli trank das Glas in einem Zug leer.

«Noch eins?»

«Nein, danke.»

«Mögen Sie Wein?»

«Ja, aber ich darf nicht.»

«Warum nicht?»

«Diät.» Sie zwickte sich in den Hüftspeck.

«Schade. – Ich hab das Fitnessband auf dem Balkon. Da lang.»

Claudia Hügli folgte ihr. Auf dem Tisch lag die Pizzahälfte beleuchtet vom Computerbildschirm. Daneben das Band.

«Sieht lecker aus, die gepimpte Pizza», sagte Claudia Hügli.

«Wollen sie einen Bissen versuchen?»

«Einen kleinen vielleicht. Nur um zu kosten.»

Galati seufzte ein bisschen und schnitt ein Stück ab.

«Oh, das ist aber gross. Danke.»

Claudia Hügli schlug die Zähne in den Teig und schloss die Augen. Während sie kaute, wurden sie ganz gross. «Scharf!»

«Wasser?»

«Vielleicht doch ein Glas Wein, gehört ja irgendwie dazu.»

«Scheiss auf die Diät?»

«Genau. Scheiss drauf.»

«Nehmen Sie noch ein Stück.»

Galati kam mit zwei vollen Gläsern zurück auf den Balkon.

Claudia Hügli hatte sich gesetzt und kaute zufrieden. «Schöne Aussicht.»

«Ein bisschen dunkel momentan. Aber schön, ja. Prost. – Anna.»

«Claudia. – Prost. Und vielen Dank für das Fitnessband.»

«Keine Ursache.»

«So hat der Tag doch noch ein glückliches Ende gefunden.»

«Waren Sie heute Morgen in einen Unfall verwickelt?»

«Ich weiss nicht, was es war. Auf jeden Fall habe ich einen Toten gefunden.»

«Oh.»

«Ja. Er lag im Wasser, muss an den Sträuchern hängen geblieben sein. Dann habe ich angerufen. Die Polizei. Nachdem die mich befragt haben, konnte ich auf ihre Kosten ein Taxi benutzen.»

«Meins.»

«So, ich sollte nach Hause.» Claudia Hügli erhob sich. Sie wollte gehen, drehte sich aber wieder um. «Am schlimmsten war dieses Gesicht. Seit heute Morgen verfolgt es mich. Wie es an der Wasseroberfläche auftaucht. Immer wieder. Mit dieser schrecklichen Narbe.»

Galati stellte das Glas ab. «Was war das für eine Narbe?»

«Von da nach da.» Sie fuhr sich von der Stirn übers linke Auge bis zum Kinn. «Schrecklich.»

«Claudia?»

«Ja?»

«Bitte setz dich nochmals kurz hin.»

15

Cobb hatte die Ellbogen auf den Küchentisch gelegt und sah zu, wie der Wasserhahn leckte. Tropfen für Tropfen fiel auf die Kante eines Tellers, rann hinunter aufs restliche Geschirr, welches im Spülbecken lag, und verschwand im Ausguss. Er sollte das endlich mal in Ordnung bringen, dachte er. Und abwaschen sollte er auch.

Egal.

Viel mehr beschäftigten ihn Gedanken anderer Art. Es war kaum eine Woche her, da war Bärtschi noch ein gesunder, etwas rundlicher Mann gewesen. Nun lag er im Spital und musste um sein Herz fürchten. Fing nun alles an?

Cobbs Zunge fühlte sich pelzig an. Der Geschmack im Mund war übel. Er hatte nachgelesen, dass dies eine Folge des Rauchstopps war. Die Lunge versuchte loszuwerden, was sie nie gerne zu sich genommen hatte. Cobb machte sich zum ersten Mal in seinem Leben wirklich Sorgen, dass da noch was sein könnte, das sich nicht so einfach von selbst entfernen würde.

War er schon längst von innen her morsch?

Er hätte am liebsten eine geraucht. Mit einem Ruck stand er vom Tisch auf, ging ins Wohnzimmer und öffnete den Laptop. Im Handy suchte er nach dem Link und gab die Adresse ein. Anstelle des Terror-Videos füllte noch immer ein Standbild den Bildschirm aus. Es hatte gewechselt. War das erste Bild in Rottönen gehalten, schimmerte es jetzt bläulich. Die Anordnung der Flecken und Punkte mochte sich geändert haben. Cobb wusste es nicht so genau. Er drückte drei Tasten und erstellte einen Screenshot. Eben wollte er ihn in einen Ordner ziehen, als die Tür aufging.

Cobb hörte Geklapper und Gefluche. Marlen schob mit der einen Hand ihr Velo ins Wohnzimmer. In der anderen trug sie ein Vorderrad. Sie lehnte beides an die Sofalehne.

«Was tust du hier?», fragte Cobb.

«Wo ist der Werkzeugkasten?», fragte Marlen.

«Ich war zuerst.»
«Wie?»
«Ich habe gefragt, was du hier tust.»
«Ich wohne hier.»
«Mit dem da.»
«Dem Velo?»
«Ja, Marlen, mit dem Velo.»
«Ich repariere es, siehst du doch.»
«Im Wohnzimmer?»
«Im Keller ist es so düster. Und ständig geht das Licht aus.»
«Ja dann.»
«Und?»
«Was?»
«Werkzeugkasten. Wo?»
«Schau mal im Schrank nach.»
«In welchem?»
«Im Gang.»

Marlen entfernte sich. Cobb wandte sich wieder dem Computer zu. «Kann das nicht bis morgen warten?»

«Im Schrank ist nichts.»
«Dann im Estrich!», rief Cobb.
«Kommst du mit?»
«Warum?»
«Spinnen.»

«Mann.» Cobb klappte den Computer zu und stand auf. Gemeinsam gingen sie die Stufen hoch in den Estrich. Cobb voraus, um allfällige Spinnweben zu beseitigen. Die Werkzeugkiste stand neben einem Stützbalken, die Werkzeuge lagen daneben. Cobb erinnerte sich, einmal einen passenden Schraubenzieher gesucht zu haben. Als er ihn gefunden hatte, konnte er die Schrauben nicht finden. Es endete damit, dass er den Küchenstuhl mit Hammer und Nagel zusammenflickte. Er hielt.

Auf der Treppe zurück in die Wohnung wiederholte er seine Frage. «Kann das nicht warten? Bis morgen.»

«Nein, geht nicht. Leila und ich wollen morgen in die Fluba.»
«Fluba?»
«Flurlinger Badi.»

«Ach so.»

Cobb setzte sich wieder an den Computer. Kaum hatte er die Datei angeklickt, fragte Marlen: «Was meinst du, soll ich erst das kaputte Rad lösen oder zuerst den Pneu vom neuen Rad wegnehmen?»

«Warum wegnehmen?»

«Weil der Schlauch ein Loch hat.»

«Vom neuen Rad?»

«Das ist nicht neu. Das hat mir ein Kollege gegeben.»

«Hast du denn einen neuen Schlauch?»

«Paps, überleg doch mal. In dem Rad, welches ich in den Graben gesteuert habe, ist doch auch ein Schlauch drin. Ich muss nur diesen Schlauch aufs neue Rad tun.»

Cobb überlegte kurz. «Und der ist noch in Ordnung?»

«Wer?»

«Der Schlauch im kaputten Rad.»

«Warum nicht?»

«Nur so. Ich würde zuerst das alte Rad vom Velo nehmen.»

Während Cobb in der Garderobe seine Jacke nach Nikotinkaugummis absuchte, machte sich Marlen ans Werk. Als er einen Kaugummi aus der Folie drückte, hörte er es rasseln und schimpfen.

«Wo sind die Dinger, um den Pneu zu lösen?», rief Marlen.

«Welche Dinger?»

«Na, die Dinger eben, mit denen man den Pneu löst.»

«Ach die. Die müssten in der Küche sein. In der Schublade mit den Kochlöffeln.»

«Bei den Kochlöffeln?»

«Ja.»

Cobb wollte nicht zurück ins Wohnzimmer. Stattdessen setzte er sich aufs Klo und blätterte in einer Zeitung.

«Mist!»

«Was ist?» Cobb legte die Zeitung nieder.

«Der andere Schlauch ist auch hin.»

Scheisse, dachte Cobb.

Marlen klopfte an die Badezimmertür. «Paps, fährst du mich?»

«Moment.» Er liess sich Zeit, bis er in den Gang trat. «Wohin willst du, dass ich dich fahre?»

«In der Breite oben gibt es einen Velomechaniker.»

Cobb tippte auf die Uhr am Handgelenk. «Es ist zehn vorbei. Willst du den Mechaniker rausklingeln?»

«Nein, nein. Da gibt's einen Automaten. Einen für Veloschläuche.»

«Was es nicht alles gibt.»

«Paps, bitte.»

Cobb atmete hörbar aus und nahm die Autoschlüssel an sich. «Gehen wir.»

Der Abend war lau. Sie durchquerten den Park und setzten sich in den Ford Fiesta. Cobb lenkte den Wagen zurück zum Kreisel und fuhr den Hügel hoch. Beim Velomechaniker hielt er an, und Marlen stieg aus. Als sie beim Automaten angekommen war, rief sie etwas. Cobb verstand nicht. Er liess die Scheibe herunter.

«Hast du Kleingeld dabei?»

Cobb schüttelte die Jackentasche. Es klimperte, also hatte er. Die Münzen fielen in den Apparat. Cobb kam sich vor, als würde er Zigaretten kaufen. Als er genug reingezählt hatte, entnahm Marlen die Packung mit dem Veloschlauch. Sie setzten sich wieder ins Auto. Cobbs Handy vibrierte. Er las die SMS.

Wo bist du?

Cobb schrieb zurück. *Bald zu Hause. Und du?*

Schon da.

«Wer war das?», fragte Marlen.

«Anna. Sie wartet vor der Tür.»

«Hat sie keinen Schlüssel?»

«Nein, sie will keinen.»

«Sture Person.»

«Ja, meine liebe Tochter, so was soll's geben.» Er startete den Motor, fuhr in die Stadt und war froh, dass der Parkplatz, den er verlassen hatte, noch frei war.

Galati lehnte an der Hauswand, rauchte und hielt eine Flasche Wein in der Hand. Sie küssten sich auf den Mund. Cobb sog den Duft der Zigarette durch die Nase. Marlen ging an den beiden vorbei nach oben, um das Velo zu reparieren. Galati schlug vor, ein paar Schritte zu spazieren.

Sie schlenderten auf den Herrenacker. Cobb wollte wissen, was denn los sei. Sie sagte, dass er sitzen sollte, bevor sie loslegte. Sie setzten sich auf eine Bank, und Galati erzählte ihm von Claudia Hügli und der Leiche, die sie gefunden hatte. Nachdem Cobb die Geschichte gehört hatte, stand er auf und streckte sich. Er nahm einen Schluck Wein und blieb mit der Flasche in der Hand stehen.

«Wenn man es sich einfach machen wollte, könnte man denken, dass er unbedingt ins Wasser wollte, um sein Leben zu beenden.»

«Aber das ist nicht unsere Art», entgegnete Galati.

«Nein, ist es nicht.» Cobb sah hoch.

«Dann haben wir dieses Bild auf dem Handy. Dasselbe wie wir auf YouTube gesehen haben, statt der Terrordrohung.»

«Das Bild hat gewechselt.»

«Wie?»

«Es sieht noch immer aus wie ein Fleckenteppich, bloss ist er jetzt blau.»

Galati nahm Cobb die Flasche aus der Hand, hob sie an die Lippen und setzte sie wieder ab. «Cobb, ich nehme das persönlich.»

«Dass man einen, den du aus dem Wasser gezogen hast, ersäuft?»

«Genau das.» Sie trank.

«Ich werde Bärtschi anrufen. Er soll die Ohren offen halten und mich informieren.»

«Tut er das?»

«Er schuldet mir einen Gefallen.»

«Seit wann?»

«Seit heute.»

Galati drehte die Flasche auf den Kopf. Einige Tropfen Wein fielen auf den Boden und färbten ihn dunkel. «Ich werde sehen, ob ich Rudi erreiche.»

«Rudi?»

«Rudi, den Bademeister.»

«Oh, Bademeister Rudi.»

«Vielleicht hat er das Handy noch.»

Cobb setzte sich neben Galati. «Glaubst du, da ist was dran an dieser Terrordrohung, von der Fink gesprochen hat?»

«Was sagt dir dein Bauchgefühl?», fragte Galati und schlang ihre Arme um seine Schultern. Cobb roch Wein und Zigaretten.

«Mein Bauchgefühl sagt mir, dass wir etwas tun sollten, das auf eine Zigarette danach hinausläuft.»

Galati lächelte. «Zu dir oder zu mir?»

Cobbs Handy vibrierte. Er las.

Wo ist die verdammte Pumpe?

Er tat das Handy weg.

«Zu dir.»

16

Aaron Weber hatte den letzten Bus nach Herblingen genommen und war bei der Post ausgestiegen. Er ging einen Umweg und überquerte den leeren Parkplatz vor dem Einkaufszentrum. Hier war vor einem Jahr der Plan geboren worden. Damals war er offiziell aus dem Islamischen Zirkel ausgeschlossen worden. Inoffiziell stand er weiterhin mit einigen Mitgliedern in Kontakt. Über diese Leute finanzierte und organisierte er das Projekt.

Er hatte etwas Brot gekauft. An der Kasse war er in einer langen Reihe gestanden. Zeit und Raum schienen stillgestanden zu sein. Leute dicht an dicht. Das Piepen von den Kassen. Das Kreischen von Kindern. Er hätte sie am liebsten alle in die Luft gesprengt.

Mit in den Tod gerissen.

Die Idee war geblieben, das Ziel hatte gewechselt. Aus dem impulsiven Wunsch, in einem Einkaufszentrum zuzuschlagen, hatte sich ein ausgeklügelter Plan entwickelt. Er stand nun kurz vor der Vollendung.

Die Vorfreude trieb ihn vorwärts. Er fühlte sich leicht. Statt den Weg zur Strasse zu nehmen, hüpfte er über eine Abschrankung, rutschte eine Böschung hinunter und überquerte die Autobahn. Grillen verstummten, als er über Brachland lief. Weiter vorne befanden sich die Lagerhallen und verlassenen Fabrikgebäude. Er wich Laternen aus und umging die Bewegungsmelder der Scheinwerfer.

Bei einem schmalen Abgang blieb er stehen und lauschte in die Dunkelheit. Als er sicher sein konnte, dass ihm niemand gefolgt war, nahm er die Betontreppe in die Tiefe. Die Tür war nur angelehnt, das Schloss war schon vor langer Zeit aufgebrochen worden. Es hatte niemanden geschert, und es war nie repariert worden.

Die Wände waren feucht. An einigen Stellen fielen Tropfen zu Boden. Aaron Weber wich Pfützen aus, die am Boden schwach schimmerten. Weiter vorne war ein heller Strich zu erkennen.

Er stammte vom Licht, welches durch den Türspalt drang. Aaron Weber ging darauf zu.

Er betrat den Raum. Dashurije Bajrami wandte sich ihm zu.

«Du bist zu spät.» Ihre blauen Augen sahen durch ihn hindurch. Das Gesicht wurde von einem Hijab eingerahmt.

«Ich weiss.»

Die Augen starrten noch immer.

Aaron Weber schluckte. «Ich habe mich um die Lieferung gekümmert.»

«Und?»

«Morgen.»

«Wird knapp.»

«Ja.»

Aaron Weber schnappte sich einen Stuhl und setzte sich an den Tisch zu den drei anderen Männern.

«Ayan, kannst du bitte mal damit aufhören», sagte er.

«Wie?»

«Dir dein Gesicht mit dem Mist einzureiben. Stinkt wie Iltispisse.»

«Die Frauen mögen's.» Ayan Al Sayeds Pupillen schnellten hoch zu Dashurije Bajrami. Sie versuchte, davon keine Notiz zu nehmen. Sie wusste, wofür er gesessen hatte, und verachtete ihn dafür. Ganz egal, wie viele Koransuren er nun auswendig dahersagen konnte.

Neben Ayan Al Sayed sass Ekrem Berk und starrte die Tischplatte an. Kahler Kopf und gedrungener Körper. Er hielt die Arme verschränkt. Die Muskeln spannten und lockerten sich rhythmisch. Seine Hände drückten auf einer Knetmasse herum. Zu Hause kräftigte er seinen Körper mit Hanteln und hätschelte die Seele mit Gebeten. Hin und wieder verdingte er sich als Türsteher. Die Differenz zwischen seinem Lohn und dem, was er zum Leben tatsächlich benötigte, berappte die Organisation.

Neben ihm hatte sein Bruder Tarek Berk die Ellbogen auf die Knie gestützt. Er schien die Muster des Betonbodens zu studieren. Seit der Vater der beiden im Gefängnis sass, war der schlaksige junge Mann mehr und mehr in den Einflussbereich seines Bruders geraten. Inzwischen war er überzeugt davon, dass der sogenannte Ehrenmord, an dem sein Vater beteiligt gewesen war, richtig gewesen war und dass die dekadente Lebensart des Westens die Schuld am Ausscheren seiner Cousine und an der Verurteilung seines Vaters trug.

Ekrem räusperte sich, richtete sich auf und legte die Knetmasse auf den Tisch. «Wo ist Fabian?»

«Fabi wird kommen. Hat sich wohl verspätet», antwortete Aaron Weber.

«Ich hasse das.» Dashurije Bajrami trat gegen ein Tischbein.

«Entspann dich, Daschi.»

«Wie sollen wir das Ding durchziehen? Wir haben genaue Zeitvorgaben für jede Aktion und schaffen es nicht einmal, uns pünktlich zu einer Sitzung zu treffen.»

«Ich nehme an, Hamdan kommt nicht mehr.» Ayan Al Sayed legte eine Zeitung auf den Tisch. Die Seite mit der Meldung über den Toten im Rhein lag aufgeschlagen da. «Das ist doch Hamdan, oder?»

Aaron Weber wechselte einen Blick mit Dashurije Bajrami.

«Ja, das ist Hamdan», antwortete er.

«Du hast ihm gesagt, er soll schwimmen lernen. Und jetzt ist er abgesoffen.»

Die Berk-Brüder sahen Aaron Weber an.

Der hob die Arme. «Ich habe ihn ins Freibad geschickt, nicht in den Rhein. Weiss der Teufel, was er dort wollte.» Er verschränkte die Arme. «Weiss man schon was über die Frau, die ihn dort aus dem Becken gefischt hat?»

Die Berk-Brüder schüttelten die Köpfe.

«Ich will nicht, dass sie anfängt, über Sachen nachzudenken. Sie muss weg. Ayad, das ist dein Job. Ich denke, er wird dir gefallen.»

Dashurije Bajrami schnaubte und drehte sich weg. Die Berk-Brüder bleckten die Zähne.

«Also sind wir einer weniger.» Ayad Al Sayed sah in die Runde. «Wie gefällt euch das?»

Die Brüder betrachteten wieder Tischplatte und Boden. Dashurije Bajrami biss sich auf die Lippen.

Aaron Weber lehnte sich in seinem Stuhl zurück. «Was willst du uns sagen?»

Ayad Al Sayed stützte die Ellbogen auf dem Tisch ab und lehnte sich vor. Die Berk-Brüder wichen unmerklich zurück. Tarek wischte sich unbewusst über die Nasenflügel. «Hamdan fehlt. Fabian ist noch nicht aufgetaucht. Wir waren einmal sieben Leute. Jetzt sind wir noch fünf. Und morgen? Vielleicht sollten wir die Sache abblasen.» Er lächelte schief. «Um die Frau kann ich mich ja trotzdem kümmern.»

Aaron Weber begann mit dem linken Oberschenkel auf und ab zu wippen. «Du denkst, wir sollten die Sache abblasen?»

«Habe ich eben gesagt.»

«Es wäre besser, du würdest mit denken aufhören. Wir ziehen es durch.»

Ekrem klaubte die Knetmasse vom Tisch.

In einem der Rohre gluckerte Wasser.

«Gut.» Ayad Al Sayed erhob sich. «Dann bin ich raus.»

Ohne dass der Ansatz einer Bewegung erkennbar gewesen wäre, stand Aaron Weber hinter ihm, hatte ihn am Hals nach hinten gerissen und hielt ihm einen Revolver an den Kopf.

«Mach keinen Scheiss, Aaron.» Ayad Al Sayed hob die Arme nach oben.

«Ich habe schon damit begonnen, Ayad. Dein Rasierwasser stinkt wirklich beschissen.» Er spannte den Hahn der Waffe.

Tarek hielt sich die Ohren zu.

Aaron Weber drückte ab.

Nichts als ein Klicken.

«Och, hab ich vergessen. Ist nur noch eine Patrone in der Trommel. Soll ich es noch einmal versuchen, Ayad?»

Ayad Al Sayed brachte keinen Ton heraus.

«Du entscheidest, Ayad. Möchtest du hier einen jämmerlichen Tod sterben oder als Held?»

Ein Krächzen.

«Wie?»

Ayad Al Sayed krächzte wieder.

«Soll ich das als ein Ja verstehen?»

Kopfnicken.

«Ja?»

Kopfnicken.

Aaron Weber liess Ayad los. Der sackte in sich zusammen, kam auf alle viere und erbrach sich auf den Betonboden.

«Nun, ich denke, wir gehen etwas an die frische Luft, bis Ayad das aufgeputzt hat. Dann planen wir die letzten Schritte.» Aaron Weber ging voraus, die Berk-Brüder erhoben sich, und Dashurije Bajrami spuckte auf den Boden.

17

Cobb rollte sich mit steifen Gliedern aus dem Bett und versuchte Galati nicht aufzuwecken. Er stützte sich am Bettrand ab, richtete sich auf, bückte sich mit einem Ächzen nach den Kleidern und ging damit ins Badezimmer. Er duschte lange und ausgiebig. Nachdem er sich abgetrocknet hatte, fühlte er sich geschmeidiger.

In der Küche stand eine Kaffee-Kapsel-Maschine. Er schaltete sie ein und füllte Wasser nach. Kapseln waren keine zu finden. Cobb suchte halbherzig in den Umzugskisten, die noch vereinzelt herumstanden. Statt Kapseln fand er eine Kaffeemaschine von Bialetti. Damit kannte er sich aus. Schnell war sie gefüllt und stand auf dem Herd. Cobb hielt sich an der Küchenkombination fest und machte langsam Kniebeugen. Dann tippelte er mit den Füssen rückwärts und beugte den Rücken nach vorne. Die Muskeln gaben nur langsam nach.

Er hörte, wie das Wasser zu kochen anfing, und stellte eine Tasse bereit. Der Kaffee rann in den oberen Teil der Maschine. Als sie nur noch Tropfen spuckte, nahm Cobb sie vom Herd.

Auf dem Balkon blieb er stehen, blies über den Rand der Tasse und drückte mit dem Zeigefinger auf die Krumen, die auf dem Tisch lagen. Sie schmeckten gut. Der Himmel war verhangen, am Rhein spazierten Senioren in farblosen Kleidern, Möwen hockten auf den Pfählen und taten nichts.

Cobb setzte sich und stöhnte. Es war so ein Tag, an dem man schon morgens wusste, dass man abends mit dem Gefühl ins Bett ging, nichts wirklich erledigt zu haben.

«Reiss dich zusammen.»

Er erhob sich vom Stuhl, ging ins Wohnzimmer und suchte Papier und Stift. Eine Liste musste her. Cobb schrieb «Bärtschi» hin und überlegte. Mehr fiel ihm nicht ein. Der Rest des Tages ergab sich von selbst. Er musste in die Redaktion, einkaufen und wegen der Velopumpe sicherlich auch einen Zusammenschiss von Marlen über sich ergehen lassen. Die Liste blieb kurz. Cobb faltete das Blatt zusammen und steckte es in die Hemdtasche.

In der Küche spülte er die Tasse aus und trocknete sie ab. Als er an der Schlafzimmertür vorbeikam, lauschte er. Nichts. Galati schlief. Cobb zog die Jacke an und verliess die Wohnung.

Er ging den Rhein entlang in Richtung Stadt. Seine Gedanken wanderten zurück zu seiner Zeit in Boston. Oft war er den Charles River entlangspaziert, um einen klaren Kopf zu bekommen. Offiziell war er dort, um in Ruhe einen Roman zu schreiben. In Wirklichkeit hatte er nicht an den Unfalltod seiner Eltern geglaubt, die in einem Kleinflugzeug in den Atlantik gestürzt waren. Aber die Recherchen hatten zu nichts geführt.

Oft war er im Park gesessen und hatte alten Chinesen zugesehen, wie sie in ihre Übungen vertieft waren. Konzentriert und in fliessenden Bewegungen. Vielleicht wäre das was für ihn. Nicht im Park in Schaffhausen, wo jeder sehen konnte, wie er turnte. Aber auf der Dachterrasse. Etwas musste er tun, um die Steifheit aus seinen Gliedern zu bringen, dachte er und wartete an der Ampel auf Grün, um über den Fussgängerstreifen zu gehen.

In der Stadt betrat er eine Bäckerei und kaufte sich ein Thonsandwich. Die Stimme der Verkäuferin war schrill, und sie wollte wissen, ob er sonst noch etwas wünsche. Er sagte nicht, dass sie die Klappe halten solle, denn dies sei im Moment sein einziger Wunsch, sondern schüttelte den Kopf und bezahlte.

Eulacher sass wie immer auf seinem Platz und kaute. Es roch nach Butter und Teig. Krümel waren auf seinem Bauch gelandet. Cobb grüsste, Eulacher nickte und sah ihn über die Brillengläser hinweg an.

«Ist was?», fragte Cobb.

«Ein bisschen spät.»

«Ich habe eben Nicole Kidman in der Bäckerei getroffen und ein Autogramm von ihr bekommen.»

«Wen?»

«Vergiss es.»

Cobb holte Kaffee und riss die Folie vom Sandwich auf. Er biss ein Stück ab, als Deupelbeiss den Raum betrat. Cobb konzentrierte sich auf den Bildschirm, loggte sich in den internen Server ein und kaute. Deupelbeiss stand da und wedelte mit einer Boulevardzeitung.

«Warum haben wir das nicht?»

«Haben wir was nicht?» Cobb sah hoch.

«Da plant jemand einen Terroranschlag in Schaffhausen.»

«Man muss nicht alles glauben, was in den Zeitungen steht, Herr Deupelbeiss.»

«Herr Cobb, für einmal sollten Sie genauer hinschauen, bevor Sie den Mund aufmachen.» Er knallte Cobb die Zeitung vor die Nase.

Fink war fleissig gewesen. Und schnell, das musste Cobb neidlos eingestehen. Fink hatte sogar ein Videostill der Anschlagsdrohung veröffentlicht.

«Da. Hier. Das Bild sagt schon alles.» Deupelbeiss klopfte mit dem Zeigefinger auf die Seite.

«Ich sehe nur einen Mann, der etwas anhat, das aussieht wie ein Morgenrock, und daneben die Fahne des Islamischen Staates.»

«Eben!»

«Eben was?»

«Die Fahne, der bärtige Typ und die Hinweise. Da steht, dass die Apotheken in Schaffhausen vermehrt Wasserstoffsuperoxyd verkauft haben.»

«Und?»

«Wasserstoffsuperoxyd ist ein Bestandteil von Triaceton-Triperoxid.»

«Das sagt mir nichts, Herr Deupelbeiss.»

«Da steht's: Triaceton-Triperoxid, kurz TATP, ist der bevorzugte Sprengstoff der Attentäter des Islamischen Staates.»

Eulacher sah hoch. «Wasserstoffsuperoxyd, ist das nicht was zum Putzen?»

Deupelbeiss fixierte Eulacher. «Wie?»

«Ein Putzmittel. Tötet Bakterien ab.»

«Kann schon sein», sagte Deupelbeiss.

«Saubere Arbeit, Fink», murmelte Cobb.

«Wie?»

«Saubere Arbeit, Fink, habe ich gesagt.»

«Wer ist Fink?»

«Mathias Fink, der Verfasser des Artikels. Da steht's.»

«Ach ja.»

Wieder meldete sich Eulacher. «Ich habe den Link aufgerufen, aber man sieht nichts.»

«Was sieht man nicht?», fragte Deupelbeiss.

«Die Terrordrohung.»

Deupelbeiss ging um den Tisch herum und sah bei Eulacher auf den Bildschirm. «Tatsächlich.»

«War vielleicht doch nur ein Witz.»

«Witz oder nicht, das ist egal. Es ist ein Ereignis, welches in den Medien stattfindet. Das sind wir. Wir müssen uns darum kümmern. Cobb, das ist Ihr Job.»

Valentin betrat den Raum und warf seinen Rucksack in die Ecke. «Was gibt's?»

Deupelbeiss zielte mit dem Zeigefinger in seine Richtung. «Herr Huber, veröffentlichen Sie das in unserer Online-Ausgabe.»

Valentin breitete die Arme aus. «Sagen Sie mir, was Sie meinen?»

Eulachers Blick klebte an ihm. «Terrordrohung. Schaffhausen. Boulevardzeitung. Abschreiben.»

«Ich?»

«Ja, genau, Sie», sagte Deupelbeiss, dann wandte er sich an Cobb. «Und Sie gehen der Sache nach. Interviewen Sie einen Experten.»

«Welche Art Experte?»

«Finden Sie einen. Und Sie, Eulacher, arbeiten weiter an der Triathlonsache.»

Eulacher zuckte mit dem Kopf und wandte sich dem Bildschirm zu.

«Na, dann ist ja alles klar.» Deupelbeiss drehte sich um und ging aus dem Raum.

Cobb lehnte sich zurück und las den Artikel in der Zeitung. Fink hatte schon immer einen guten Riecher für Sensationen gehabt. Allerdings war die Faktenlage, die er präsentierte, sehr dünn. Auch das hatte sich nicht geändert.

Was hatte er? Ein Video, das nicht mehr existierte, und Informationen von drei Apotheken, die besagten, dass vermehrt

Putzmittel über den Ladentisch gegangen waren. Cobb hätte dem hinzuzufügen, dass die Farbe der Flecken, die jetzt als Videostill zu sehen waren, gewechselt hatte und dass sie den Sperrbildschirm eines Handys zierten, welches einem Toten gehörte. Ausserdem konnte mit grosser Wahrscheinlichkeit davon ausgegangen werden, dass der Besitzer des Handys ermordet worden war. Er hatte gegenüber Deupelbeiss diese Informationen zurückgehalten. Der Aktivismus seines Chefs machte jede seriöse journalistische Arbeit zunichte.

Das Telefon klingelte. Die Empfangsdame meldete Galati, und Cobb liess sie durchstellen.

«Hallo, Anna. Ausgeschlafen?»

«Habe zwei Kilometer im Wasser und einen heftigen Flirt hinter mir.»

«Rudi, der Bademeister?»

«Ja, genau. Ich habe das Handy.»

«Gut. Sobald Valentin Zeit hat, frage ich ihn.»

Valentin hob den Kopf. «Was ist?»

Cobb fuchtelte mit den Händen, um Valentin zu zeigen, dass er später mit ihm reden werde.

«Ja, bis dann.» Er hängte auf und sah im Computer nach. Als er die Adresse des Spitals auf dem Bildschirm hatte, wählte er die Nummer. Er liess sich Zimmer 325 geben.

«Ja …», ein Räuspern, «… hier Bärtschi.»

«Hier Cobb.»

«Hallo, Cobb. Kann ich dich zurückrufen? Soeben kommt das Geschwader zur Tür herein.»

«Geschwader?»

«Ja. Der Oberarzt, Chefarzt, Ärztin oder wer auch immer mitsamt den Assistenten.»

«Ja, rufe zurück. Ich sitze in der Redaktion.»

«Und ich liege auf der Station. Tschüss.»

18

Lydia Torner stand im Badezimmer vor dem Spiegel und seufzte. Ihr Enkelkind war seit fünf Uhr wach. Benjamin hatte sich in den Kopf gesetzt, endlich auf zwei Beinen vorwärtszukommen. Er zog sich an allem hoch und plumpste nach ein paar Schritten wieder hin. Lydia Torner musste gebückt hinter ihm hergehen und seine Hände halten, sonst war er nicht zufrieden. Und das hiess Geheule und Gebrülle. Jetzt sass das Kind auf dem Tripp Trapp und ass Nutellabrot. Das war nicht gesund, aber dafür war Ruhe.

Die Haut sah leblos aus. Sie liess kaltes Wasser einlaufen, tauchte zuerst die Arme ein und dann das Gesicht. Als sie zum Luftholen hochkam, war das Gesicht bereits rosiger. Lydia Torner wiederholte die Prozedur drei Mal und schrubbte dann die Haut ab. Sie wählte eine Crème mit Algenextrakt und massierte sie gründlich ein.

Aus der Küche kam unzufriedenes Gegrunze. Lydia Torner ging nachschauen. Das Brot lag am Boden, und der Kleine verzerrte eben das Gesicht zu einer Heulattacke. Sie gab ihm das Brot und streichelte ihm flüchtig über den Kopf.

Sie musste das Kind loswerden. Das hatte sie auch ihrem Mann gesagt, als er gestern müde vom Training am Tisch gesessen und auf der gebratenen Pouletbrust herumgekaut hatte. Er hatte genickt, den Bissen hinuntergewürgt und geantwortet: «Geh doch bei Fabian vorbei.»

«Und wenn er nicht zu Hause ist?», hatte sie gefragt.

«Dann schreib einen Zettel.»

«Was soll ich denn draufschreiben?»

«Was weiss ich. Dass du die Schnauze voll hast.»

Er war aufgestanden und mit dem iPad aufs Klo verschwunden.

Genau das würde sie ihrem Sohn auf einen Zettel schreiben. «Schnauze voll».

Sie trank ein Glas Wasser. Bereits das vierte am heutigen Morgen. Das gehörte zur Pflege der Haut dazu. Viel trinken.

Zurück im Badezimmer betrachtete sie ihr Gesicht von Neuem. Sie war zufriedener. Ihr war, als wären die Knitterfältchen etwas geglättet worden. Die Haut war bereit für die Grundierung. Danach wählte sie einen Concealer, der Nuancen heller war als die Grundierung, um die Augenringe zu kaschieren. Nach dem Puder kam ein Rouge in Apricot auf die Wangen.

Sie musste aufs Klo. Gerade als sie sich gesetzt hatte, hörte sie Gequengel aus der Küche. Sie beeilte sich. In der Küche hob sie das Brot auf und stellte die Schnabeltasse mit Milch in Benjamins Nähe.

Im begehbaren Schrank hing bereit, was sie heute anzuziehen gedachte. Sie stieg in die hellblauen Jeans und bemerkte mit Genugtuung, dass sich die Hose locker zuknöpfen liess. Dazu kam eine weisse Bluse. Sie würde ein graues Cape dazu kombinieren und mit den Füssen in Mokassins schlüpfen. Eine Sonnenbrille von Ray Ban und eine Handtasche von Valentino würden das Outfit komplettieren.

Es klingelte. Adelina Kelmendi stand vor der Tür. Sie sorgte zweimal die Woche dafür, dass bei Torners der Boden gesaugt, die Wäsche gewaschen und die Keramikplatten geschrubbt wurden. Sie erledigte alles, was die Hausherrin sonst noch an Wünschen offen hatte, und das waren nicht wenige.

«Gut, Frau Kelmendi, dass Sie da sind. Ich sollte dringend in die Stadt, um ein paar Sachen zu erledigen. Es macht Ihnen doch nichts aus, auf das Kind aufzupassen.»

«Nein, kein Problem», sagte Adelina Kelmendi. Das sagte sie immer. Lydia Torner schätzte das. Sie schrieb es der hilfsbereiten Art ihrer Reinigungskraft zu. Sie wusste nicht, dass der Ehemann der Frau arbeitslos war und sie für den Familienunterhalt sorgen musste. Sie brauchte den Job und traute sich nicht, Forderungen zu stellen.

Lydia Torner schrieb mit dickem Filzstift die Botschaft an ihren Sohn auf einen Zettel und faltete ihn zusammen. Sie entschied sich um und wählte die kleine Handtasche von Chloé. Sie passte farblich besser zu ihrer Jeans.

Draussen erschrak sie, als sie von den beiden Polizisten begrüsst wurde.

In der Stadt parkierte sie auf dem Kirchhofplatz. Auf dem Weg in die Repfergasse entdeckte sie ein neues Studio. Es bot an, Haare dauerhaft und schmerzfrei zu entfernen. Vielleicht sollte sie sich das gönnen.

Sie kramte den Schlüssel aus der Handtasche. Das Treppenhaus roch muffig. War hier niemand, der ab und zu lüftete? Fabian wohnte im zweiten Stock. An der Tür hing eine Fotografie. Sie zeigte Fabian, der Anita an sich drückte. Dazwischen Benjamin als kleines Baby. Die jungen Eltern lächelten in die Kamera.

Das Glück hatte nicht lange gedauert. Ein halbes Jahr nach der Geburt konnte Anita Färber die Finger nicht vom Stoff lassen. Zu viel Heroin hatte ihren Körper geflutet.

Lydia Torner betrachtete das Bild und schüttelte den Kopf. Wie konnte man sich derart gehen lassen? Es war Anitas Schuld, dass sie sich nun um den Balg kümmern musste. Sie hatte Fabian vor der Frau gewarnt, und er hatte nicht hören wollen. Die grosse Schweinerei lag darin, dass sie ausbaden musste, wovor sie gemahnt hatte. Sie nahm den Zettel mit der Botschaft aus der Handtasche und öffnete die Tür.

Und blieb im Eingang stehen. Die Möbel waren weg. Weder Jacken noch Schuhe in der Garderobe. Wo der Spiegel gehangen hatte, war nur noch ein helles Rechteck geblieben. Sie tat einen Schritt in die Wohnung. Und einen zweiten. Stiess die Badezimmertür auf. Der Duschvorhang fehlte. Keine Zahnbürste. Keine Zahnpasta. Nichts.

In der Küche leere Schränke, im Kinderzimmer fehlte das Bett. Im Wohnzimmer lag ein Kleiderhaufen, und ein grosser Rucksack war an die Wand gelehnt worden. Daneben ein Schnellfeuergewehr, Kisten mit Munition, fünf Kanister, die mit einer Flüssigkeit gefüllt waren. Lydia Torner ging näher und las. Aceton. Sie drehte sich zum Gewehr und fand nun, dass es eher aussah wie eine grosse Pistole. Ein Zwitterding aus schwarzem Metall und dunklem Holz, das Magazin nach vorne gebogen.

Lydia Torner nahm das Handy aus der Handtasche, wählte einen Kontakt und starrte auf den kleinen Teppich, der auf dem Holzboden ausgebreitet war. Zum Klingelton an ihrem Ohr mischte sich ein weiteres Geräusch. Ihre Nackenhaare sträubten sich. Unten wurde die Haustür zugeschlagen. Das Holz der Treppe knarrte. Sie unterbrach die Verbindung und sah sich um. Schliesslich verschwand sie in einem Wandschrank.

Durch einen Spalt fiel ein Lichtstreifen in die Dunkelheit. Schnell stellte sie das Handy stumm, überlegte kurz und schaltete es ganz aus. Ihr Herz raste. War ihr Sohn bisher ein Ärgernis gewesen, fürchtete sie sich jetzt vor ihm. Sie hörte es an die Wohnungstür klopfen. Eine Stimme rief. Sie gehörte nicht zu Fabian. Lydia Torner hätte beinahe aufgeschrien. Der Holzboden knackte, als der Mann die Wohnung betrat.

Die Schritte entfernten sich. Als sie nichts mehr hörte, vermutete sie, dass der Eindringling Turnschuhe trug und sich lautlos auf den Keramikplatten der Küche bewegte. Dann war das Knarren wieder da. Es kam näher. Sie hielt die Luft an. Nun musste sich die Person im Wohnzimmer befinden. Für einen Moment herrschte absolute Stille. Lydia Torner fürchtete, dass das Pochen ihres Herzens zu hören war. Sie drohte zu ersticken und begann, flach zu atmen. Als sie Metall klappern hörte, wusste sie, dass der Mann sich an der Waffe zu schaffen machte. Sie hörte Plastik rascheln. Vermutlich wurde die Waffe eingepackt. Weitere Gegenstände fielen in die Plastiktüte. Die Munition. Ein Klebeband wurde von der Rolle gezurrt. Wieder raschelte das Plastik. Dann war ein Augenblick Ruhe. Die Schritte entfernten sich. Die Wohnungstür fiel ins Schloss.

Lydia Torner wartete und zählte langsam bis hundert, bevor sie aus dem Wandschrank trat. Sie hatte richtig vermutet. Die Waffe war weg, auch die Munition fehlte. Von den fünf Kanistern mit Aceton standen noch drei da. Sie drückte die Handtasche an den Körper und beeilte sich, aus der Wohnung zu kommen. Im Treppenhaus stockte sie. Wieder ging die Haustür unten auf. Verdammt, schoss es ihr durch den Kopf, die anderen drei Kanister.

Zurück in die Wohnung wollte sie nicht. Rückwärts tastete sie sich hoch in den dritten Stock und drückte sich dort in eine Nische. Wieder lauschte und wartete sie. Als der Mann aus der Wohnung ging, beugte sie sich vorsichtig vor und sah hinunter. Sie erhaschte einen kurzen Blick. Blondes gelocktes Haar.

Lydia Torner hätte gerne gewusst, ob er mit zwei oder drei Kanistern die Wohnung verlassen hatte. So hätte sie einschätzen können, ob er nochmals zurückkäme. Sie setzte sich auf eine Stufe und wartete. Von ferne war die Glocke einer Turmuhr zu hören. Immerhin ein Anhaltspunkt. Eine halbe Stunde lang wollte sie sich nicht von der Stelle rühren.

Sie versuchte, das Erlebte zu ordnen, und brachte es nicht fertig. Nichts passte zusammen. Dass die Wohnung leer war und sie ihr Enkelkind am Hals hatte, deutete darauf hin, dass Fabian alle Brücken niederreissen und wegziehen wollte. Deshalb auch der gepackte Rucksack. Hingegen passten Waffe und Munition nicht ins Bild. Und wozu das viele Aceton? Was wollte der Blondschopf in der Wohnung? Sein Erscheinen liesse darauf schliessen, dass ihr Sohn möglicherweise schwul war. Dass er deshalb im Leben keinen Tritt fand. Ähnliches hatte sie bereits vermutet. Dass er ein Kind hatte, hiess nichts. Wozu aber brauchte er die Waffe? Oder versuchte er mit illegalen Geschäften sein Gehalt aufzubessern? Welches Gehalt? Hatte er denn eines?

Lydia Torner dachte dreissig lange Minuten im Kreis und tat sich leid. Ihr Ex-Mann, der Mörder, war aus dem Gefängnis geflüchtet, und ihr Sohn schien wie vom Erdboden verschluckt. Sie fühlte sich bedroht und ausgenutzt. Eine doppelte Last.

Endlich gab das Schlagen der Turmuhr sie frei. Draussen ärgerte sie sich darüber, dass der Hosenboden ihrer hellblauen Jeans schmutzig geworden war. Sie nahm das Handy in Betrieb, wählte einen Kontakt, überlegte es sich anders, wühlte im Portemonnaie nach einer Visitenkarte und wählte eine Nummer.

«Bärtschi.»

«Hier Lydia Torner. Ich muss mit Ihnen reden.»

19

Cobb keuchte. Galati hatte den Lift ignoriert und die Treppen genommen. Als sie ins Zimmer traten, legte Bärtschi eben den Telefonhörer ab. Er sah bleicher aus als sonst. Die Gesichtsfarbe erinnerte an alten Käse. Er verhedderte sich am Venenkatheter und murmelte Verwünschungen, während er den Schlauch wieder richtete.

Galati sah zu Cobb und musste grinsen. Sie hob die Hand. «Hallo.»

Bärtschi sah hoch und liess sich ins Kissen sinken. «Hat man euch nicht beigebracht anzuklopfen, bevor man einen Raum betritt?»

«Schlechte Laune?», fragte Cobb.

«I wo! Hab ich Grund dazu?»

«Wie geht's?»

«Stabil.»

«Das heisst?»

«Was weiss ich. Das Geschwader war hier. Der Oberarzt hat mich kaum angesehen. Er blickte auf sein Tablet, scrollte rauf und runter, nickte und grunzte. Irgendwann hat er durch mich hindurchgesehen und gesagt, alles sei stabil. – Moment.» Bärtschi drehte sich zur Kommode neben dem Bett und nahm einen Zettel zur Hand. Er legte sich wieder zurück. «Da steht's.» Er las vom Zettel ab: «Endokarditis heisst das Zauberwort.»

«Endokarditis?» Galati ging zu Bärtschi und sah auf den Zettel.

«Ja. Das habe ich. Da drinnen.» Er zeigte auf seine Brust.

«Und die ist stabil?», fragte Cobb.

«Ich nehm's an. Also werde ich den heutigen Tag wohl überleben.»

Ein leises Klopfen, dann klackten Absätze ins Zimmer, und Susan Bärtschi stand da. Bärtschi lächelte sie an, sie lächelte zurück. Er richtete sich auf und sah sie an.

«Schöne Schuhe.»

«Schlicht.» Susan sah an sich herunter. «Und teuer.»

«Das will ich hoffen. Wo ist Leila?»

«Sie kommt nach. Marlen und sie sind mit dem Velo unterwegs. Es wurde etwas später. Sie konnte die Pumpe nicht finden.»

«Ist das Velo kaputt?»

«Nein, nein, Marlen hatte eine benötigt.»

Cobb sah zu Boden. Susan setzte sich auf den Stuhl neben dem Bett und öffnete den Rucksack. Sie fischte ein paar Turnschuhe heraus und schlüpfte aus den neuen Schuhen.

«Was tust du da?», fragte Bärtschi.

«Sie bringen mich um, Peter. Ich muss sie erst einlaufen.»

Susan streckte die Beine von sich und wackelte mit den Zehen. «Was gibt's Neues?»

Galati und Cobb kamen sich fehl am Platz vor und sagten das auch. Sie vereinbarten, später wiederzukommen, und verliessen das Zimmer. Galati ging am Lift vorbei zum Treppenhaus. Cobb seufzte und folgte. Vor dem Haupteingang blieb er neben ihr stehen und atmete den Rauch aus ihrer Zigarette ein. Er kam sich blöd vor, begab sich in die Kantine, bestellte zwei Espresso und kaufte einen Schokoriegel.

Galati setzte sich zu ihm an den Tisch. «Der macht dick.»

«Ich weiss. Aber Nikotinkaugummis schmecken scheisse.»

«Danke für den Kaffee.»

Cobb starrte die Fische im Aquarium an und gab sich Mühe, die übrigen Gäste nicht zu beachten. Patienten mit Bettfrisuren, umringt von besorgt blickenden Angehörigen. Hin und wieder Angestellte, die sich kurz hinsetzten, um gleich wieder hochzuschnellen und weiterzuarbeiten. Es schien hier grundsätzlich nur zwei Tempi zu geben. Die einen schlurften langsam durch die Gänge, die anderen flitzten von einem Ort zum anderen.

Galati legte ihre Hand auf Cobbs und holte ihn wieder zurück ins Hier und Jetzt. «Erzähl mir mal, was wir haben.»

«Wie?»

«Angefangen bei Fink, dem Video, dem Handy.»

«Das weisst du doch alles selber.»

«Manchmal muss man es hören, um einen neuen Blick zu kriegen.»

Cobb lehnte sich zurück. «Wir haben eine Videobotschaft, die nicht mehr existiert. Stattdessen tauchen Muster auf, die sich ändern.»

«In Form und Farbe.»

«Ja. Weiter gibt es da ein Handy, auf dessen Sperrbildschirm auch so ein Muster zu erkennen ist. Wir haben den toten Besitzer des Handys, und wir haben Finks Recherche, die uns zu diesem Putzmittel führt.»

«Wasserstoffsuperoxyd.»

«Das ist es.»

«Ergibt das einen Sinn?» Jetzt war es Galati, die ins Aquarium stierte.

«Vielleicht ist was im Gange.»

«Was denkst du?», fragte Galati.

«Ja.»

«Geht uns das alles etwas an?»

«Können wir anders?»

«Kannst du?»

«Nein. – Du?»

«Nein.»

Sie blieben sitzen und starrten weiter. Cobb sah eine blondierte Frau bei der Anmeldung stehen und ungeduldig auf den Klingelknopf drücken, weil niemand auf sie aufmerksam geworden war. Der Schmutzfleck am Hintern ihrer hellblauen Jeans passte nicht zu ihrem Outfit. Endlich erschien ein Mann am Tresen und gab eine Auskunft. Die Frau drehte sich weg und schritt zu den Liften.

«Von Chloé», sagte Galati.

«Wie?»

«Die Handtasche.»

«Welche denn?»

«Von der da.» Galati nickte in Richtung der Frau mit dem schmutzigen Hosenboden.

«Und?»

«Teure Sache. Noch einen Kaffee?»

«Ja, gerne.»

Galati liess sich am Tresen zwei Espresso geben. Mit den beiden Tassen ging sie an Cobb vorbei ins Freie, um zu rauchen. Cobb erhob sich und klopfte die Taschen der Jacke nach Kaugummis ab, überlegte es sich anders und sah sich im Kiosk um. Bei der Kasse stand ein Dispenser mit E-Zigaretten. Er nahm sich eine und bezahlte.

Draussen fummelte er die Folie weg und nahm einen Zug. Galati schaute zu.

«Schmeckt's?»

«So habe ich wenigstens was zu tun.»

«Darf ich?»

Cobb reichte Galati die E-Zigarette. Sie zog und rümpfte die Nase. «Was ist das?»

«Wassermelone. Steht drauf.» Cobb drückte einen Kaugummi durch die Folie.

«Du hast Geschmacksrichtung Wassermelone gewählt?»

«Ich habe nichts gewählt. Ich hab einfach eine genommen.»

«Da ist nicht mal Nikotin drin.»

Cobb nahm den Kaugummi in den Mund. «Jetzt schon, irgendwie.»

Gemeinsam bliesen sie Wolken in den Himmel und tranken Kaffee. Galati drückte die Zigarette aus. «Wie wär's mit Snus oder Schnupftabak?»

«Ich werd's mir merken.»

Als sie zurück in die Cafeteria kamen, sass die Frau mit den hellblauen Jeans dort. Sie hatte einen grünen Smoothie vor sich und benutzte die Kamera des Smartphones als Spiegel, um die Frisur zu ordnen. Dann sah sie ins Aquarium und fummelte an der weissen Bluse herum.

Galati kaufte ein Donald-Duck-Taschenbuch und setzte sich zu Cobb. Sie blätterte darin und kicherte hin und wieder, während er den Kopf seitlich in die Hand stützte und mit der E-Zigarette im Mundwinkel spielte. Hin und wieder entwich ihm eine kleine Dampfwolke, und er sah sich um, ob sie bemerkt worden war.

Als Susan Bärtschi an ihnen vorbei nach draussen ging, erhob sich die Frau mit dem Fleck am Hintern. Cobb steckte die E-Zigarette ein, und Galati tat das Buch weg. Dieses Mal weigerte sich Cobb, die Treppe zu nehmen. Gemeinsam mit der Frau warteten sie auf den Lift. Sie fuhren in dasselbe Stockwerk. Sie folgten ihrem Duft.

«Calvin Klein Nummer zwei», sagte Galati.

«Wo?»

«Ihr Parfüm.»

«Hat was von nassem Kopfsteinpflaster.»

Während der Duft noch in den Gängen hing, verschwand die Frau in Zimmer 325. Galati und Cobb sahen sich an und klopften. Drinnen setzte sich die Frau neben das Bett und zog ein Papiertaschentuch aus der Box, die neben dem Bett stand.

«Es war schrecklich», begann sie und hörte zu sprechen auf, als sie Cobb und Galati dort stehen sah.

«Fahren Sie nur fort, Frau Torner. Das sind meine Mitarbeiter», log Bärtschi und zwinkerte den beiden zu. Galati und Cobb gaben sich Mühe, etwas strammer zu stehen.

«Darf ich vorstellen: Lydia Torner, ehemalige Perler. Ex-Frau des flüchtigen Häftlings.»

Die beiden nickten Bärtschi zu und sahen Lydia Torner an, um ihr zu zeigen, dass sie bereit waren zuzuhören.

Lydia Torner erzählte, was ihr an diesem Morgen passiert war. Demnach war die Dunkelheit im Wandschrank total gewesen. Sie habe den Atem des Eindringlings durchs dünne Holz gehört und auch, wie er die Waffe durchgeladen habe.

Zum Zeichen dafür, dass sie mit der Geschichte durch war, schüttelte sie eine Pille aus einer Schachtel und trank sie mit einem Schluck Wasser aus Bärtschis Glas hinunter.

«Vielen Dank, Frau Torner, dass Sie damit gleich zu uns gekommen sind.» Bärtschi sah sie ernst an.

«Wo ist Ihr Enkelkind jetzt?», wollte Galati wissen.

«Jesses Gott!» Lydia Torner schnellte hoch und wählte einen Kontakt. «Frau Kelmendi? Ja, hier Lydia Torner. Ich bin in einer Viertelstunde zu Hause. Ja, ich weiss, dass Sie für Ihre eigenen Kinder kochen müssen, ja, es tut mir leid. Es tut mir leid, habe ich gesagt!» Sie steckte das Smartphone weg. «Undankbares Pack.» Ohne sich zu verabschieden, hetzte sie zur Tür.

«Sie hören von uns», sagte Bärtschi.

Lydia Torner drehte sich um. «Ich hoffe, dass dieser Alptraum bald zu Ende ist.»

«Wir arbeiten daran.»

«Die Beamten vor dem Haus bleiben doch noch eine Nacht, oder?»

«Selbstverständlich, Frau Torner.»

Lydia Torner ging aus der Tür und liess sie offen stehen. Galati schloss sie, trat ans Bett und blieb auf der gegenüberliegenden Seite von Cobb stehen.

Bärtschi drückte einen Knopf, und das Kopfende des Bettes fuhr nach oben. «Das heisst für dich, Cobb, dass du herausfinden musst, wo sich Frank Perlers Sohn befindet. Vielleicht führt er uns zu ihm.»

Cobb sah Galati an und räusperte sich. «Das tun wir gerne, Bärtschi.»

«Wer ist der Lockenkopf, von dem uns Lydia Torner eben erzählt hat? Sollen wir nach ihm suchen? Vielleicht führt er uns zum Sohn und der zum Vater», sagte Galati.

Bärtschi legte die Hände auf der Bettdecke übereinander. «Vielleicht, vielleicht.» Er seufzte. «Und wie passen Waffe und Aceton dazu? Und wie der Rucksack?»

«Wir haben auch was.» Cobb lehnte sich ans Bettgestell.

«Ja?»

«Eine Terrordrohung, die sich in einen Fleckenteppich auflöst, ein Handy und den Besitzer des Handys, der tot aus dem Rhein geborgen wurde.»

«Was habe ich damit zu tun?»

«Nichts», entgegnete Galati. «Du bist ja krankgeschrieben.»

«Mein Herz ist befallen. Das da oben funktioniert noch.» Bärtschi tippte mit dem Finger an die Stirn.

«Es ist so, dass ich den Mann, der aus dem Rhein gezogen wurde, einen Tag zuvor aus dem Schwimmbecken gerettet hatte», sagte Galati.

«Sie nimmt das sehr persönlich, weisst du.» Cobb grinste.

«Weiter?», fragte Bärtschi.

«Straumann war am Tatort. Und da dachten wir …» Galati sah Cobb an.

«… dass ich die Ohren offen halten soll», beendete Bärtschi den Satz.

«Ja.» Cobb nickte.

«Ist das ein Geschäft?», fragte Bärtschi.

Cobb hängte sich die E-Zigarette in den Mundwinkel. «Ja. Wir helfen dir mit Frank Perler, du hilfst uns mit dem Toten aus dem Rhein.»

Bärtschi schloss die Augen. Er tastete nach der Bedienung. Das Kopfende des Bettes fuhr zurück in eine flache Position. Dort blieb er liegen.

«Bärtschi?» Galati sah zu ihm hinunter. Bärtschi tat keinen Wank.

«Bärtschi?» Cobb steckte die E-Zigarette weg. «Bärtschi?»

Als sich Galati zu ihm hinunterbeugte, öffnete er ein Auge. «Einverstanden.» Cobb und Galati entspannten sich. «Ich bin etwas müde. Bevor ich einschlafe, noch ein letzter Gedanke. Aceton in Kanistern und die Waffe in der Wohnung. Wonach sieht das aus?»

Cobb drückte den Rücken durch. «Du denkst, dass die beiden Fälle zusammenhängen?»

Bärtschi war eingeschlafen.

20

Galati fuhr. Cobb sass auf dem Beifahrersitz und betrachtete das Bild auf dem Handy. Wenn nicht alles täuschte, war es dasselbe, das er zuerst auf YouTube gesehen hatte.

«Jedenfalls ist es rot», sagte er.

Galati nickte und klopfte mit der Hand ungeduldig aufs Steuerrad. Cobb sah hoch. Sie tuckerten hinter einem Rentnerpaar her, und auf dem Rücksitz des Wagens sass ein weiteres Rentnerpaar. Der Mercedes war bestimmt zwanzig Jahre alt. Im Kreisel nahmen sie dieselbe Ausfahrt, die auch Galati würde nehmen müssen.

Sie tat es nicht. Sie blinkte und nahm die nächste. Cobb sah sie an. Sie zuckte mit den Schultern. «Hunger?», fragte sie.

Cobb nickte.

«Ruf Valentin an. Er soll mitkommen.»

«Warum?», fragte Cobb.

«Weil wir ihn brauchen. Er soll alles über diese Torners ausfindig machen. Und er soll dir gleich sagen, was er essen möchte.»

Cobb rief an, und sie vereinbarten, sich am Lindli zu treffen.

«Er fragt, was es denn gibt.»

«Kebab.»

Cobb gab die Information weiter und steckte das Handy wieder ein.

«Er nimmt mit allem.»

«Das kannst du gleich dem da drinnen sagen.» Galati fuhr rechts ran. «Du holst Kebab, ich warte hier. Ich nehme auch mit allem.»

Cobb seufzte und quälte sich aus dem Sitz. Er verschwand und kam kurz darauf mit einem weissen Plastiksack zurück. Als er sich setzte, füllte der Duft von Zwiebeln und Saucen den Fond des Wagens.

«Ich habe drei Colas dabei», sagte Cobb.

«Perfekt.»

Kaum hatten sie parkiert und sich am Lindli auf eine Bank

gesetzt, kreischten in ihrem Rücken Velobremsen. Valentin hüpfte auf dem Velo über den Bordstein, fuhr über den Rasen und stützte sich mit dem Fuss auf der Bank ab.

«Da bin ich.»

Cobb reichte ihm das Essen. Valentin blieb auf dem Sattel sitzen und sah in den Plastiksack. «Kebab ist auch gut.»

Cobb sah hoch. «Du wolltest doch Kebab.»

«Eigentlich Dürüm.»

«Du sagtest Kebab.»

«Sagte ich Kebab?»

«Ja, Kebab.»

Galati drehte sich zu ihnen um. «Könntet ihr mal mit essen beginnen, statt übers Essen zu plaudern?»

«Ich dachte bloss, er wollte Kebab. Dabei wollte er Dürüm.»

«Aber Kebab ist auch super», sagte Valentin und biss hinein.

Sie sahen aufs Wasser und assen, wischten sich die Sauce von den Fingern, spülten mit Cola nach, warfen den Abfall in den Kübel und setzten sich wieder. Galati zündete sich eine Zigarette an. Cobb steckte sich einen Kaugummi und die E-Zigarette in den Mund, und Valentin trommelte ungeduldig auf den Lenker.

«Also, was gibt's?», fragte er.

Cobb hielt ihm das Handy hin. «Zuerst einmal wollen wir, dass du das Ding hackst.»

«Das geht nicht», sagte Galati.

«Was geht nicht?» Valentin wischte über den Bildschirm.

«Das kann nicht einmal das FBI.»

«Bin ich das FBI?», fragte Valentin, ohne aufzublicken. «Ist doch nur ein dummes Smartphone.»

Galati sah hoch zu Valentin. «Eigentlich wollten wir was ganz anderes.»

«Nämlich?»

«Wir hätten gerne, dass du alles über Torners in Erfahrung bringst.»

«Ist das ein Virus?»

«Nein, ein Name. Sie heisst Lydia mit Vornamen. Seinen Vornamen kenne ich nicht.»

«Sie hiess früher Lydia Perler», fügte Cobb hinzu.

«Wie der Perler, der jetzt sitzt?», fragte Valentin.
«Der ist ausgebrochen.»
«Ausgebrochen?»
«Himmel, liest du denn keine Zeitung?»
Valentin trank einen Schluck Cola. «Ich kenne ihren Sohn.»
Galati stand auf. «Du kennst ihren Sohn?»
«Sag ich doch. Zwei Klassen über mir. Er war das grosse Thema, als ich am Gymnasium anfing, weil sein Vater diesen Polizisten ermordet hatte. In der ersten Zeit kam er gar nicht mehr zur Schule. Später tauchte er wieder auf. Meist war er bekifft oder sonst wie verladen. Aber er hielt durch.»
«Will heissen?», fragte Galati.
«Ja, eben. Der war hier oben hell genug.» Valentin tippte sich an die Stirn. «Der brauchte nichts zu lernen und konnte reinlassen, was er wollte. Die Matura schaffte er, ohne einen Finger zu rühren. Jeder andere wäre rausgeflogen. Richtig übel wurde es, als er diese Frau kennengelernt hatte. Die beiden lungerten am Bahnhof rum und waren meist kaum ansprechbar. Na ja, irgendwann ist sie schwanger geworden, und die beiden haben sich wieder aufgerappelt. Hatte eine harte Zeit, der Kerl.»
«Und wo ist er jetzt?» Cobb blies etwas Dampf aus.
«Ich sehe ihn hin und wieder. Ich glaube, seine Freundin ist gestorben. Ich weiss es auch nicht so genau. – Warum?»
«Er scheint verschwunden. Sein Vater ist ausgebrochen. Ist doch eine interessante Geschichte.»
«Das ist ein Scoop!» Valentin schlug die rechte Faust in die Linke.
Cobb stand auf. «Setzt dich, Valentin.» Er wartete, bis der junge Redaktor sass. «Bis jetzt sind das vertrauliche Informationen. Reine Vermutungen. So etwas veröffentlicht man nicht. Klar?»
Valentin hielt Cobbs Blick stand. «Klar.»
«Zuerst müssen wir einige Fragen klären.»
«Zum Beispiel, warum Fabian Perler verschwunden ist.» Galati hob einen Kieselstein hoch und warf ihn ins Wasser.
«Da müsste man die Freundin fragen», sagte Valentin.
«Die ist doch tot.»

Eine Ente schwebte heran, fand, dass das, was ins Wasser geplumpst war, nicht essbar war, und machte kehrt.

«Nicht die. Die andere. Die Freundin des Vaters.»

«Frank Perler hat eine Freundin?» Cobb steckte die E-Zigarette weg.

«Ja. Habe etwas nachgeforscht.»

«Ich dachte, du weisst von nichts.»

«Ein guter Journalist muss bluffen können.» Valentin versuchte eine Augenbraue anzuheben.

«Von wem hast du das?»

«Von dir, Cobb.»

«Du Aas. Ich brauche ihre Adresse.»

«Moment.» Valentin tippte und wischte über den Bildschirm seines Smartphones, dann sah er auf. «Jetzt hast du sie.»

«Wo?»

«Auf deinem Telefon, auf deinem Computer, überall.»

Cobb blickte zu Galati, die sich eben ein Lächeln verkniff. Er zückte sein Handy, wischte und tippte und steckte es wieder ein. «Valentin, ich hab dir einen Link geschickt. Schau, was du da herausfindest.» Er wandte sich an Galati. «Fahren wir?»

«Wohin?»

«Nach Hause. – Zu dir oder zu mir?»

«Ich zu mir, du zu dir.»

«Was?»

«Ich lade dich ab», sagte Galati.

Die Wohnungstür stand weit offen. Von der Dachterrasse hörte er Wasser aus einer Düse schiessen und fragte sich, ob Marlen den Basilikum giessen würde. Er ging hoch. Seine Tochter stand da, hatte einen Wasserschlauch in der Hand und hielt den Strahl auf ihr Velo gerichtet. Eine Brühe aus Wasser und Kettenöl lief in den Abfluss.

Sie bemerkte Cobb. «Die Kette benötigt neue Schmiere.»

«Der Rest funktioniert wieder?»

«Ja. Hast du Anna gefragt?»

«Was gefragt?»

«Ob sie mit mir am Triathlon teilnimmt.»

«Das fragst du sie.»

«Ich dachte, wenn du sie schon siehst, könntest du sie auch gleich fragen. Hätte dich nichts gekostet.»

«Ich habe aber nicht.»

«Dann werde ich ihr schreiben.»

«Ruf sie an.»

«Warum kann ich ihr nicht einfach schreiben?»

«Wenn du was von wem willst, musst du mit der Person reden.»

Marlen zuckte mit den Schultern und stellte das Wasser ab. «Ich habe Hunger. Was essen wir?»

«Ich habe schon gegessen», erwiderte Cobb.

«Haben wir was im Kühlschrank?»

«Schau nach.» Cobb drehte sich um und ging nach unten. In der Wohnung wäre er beinahe über den Velohelm gestolpert. Er bezwang den Impuls, dagegenzutreten.

Er öffnete den Laptop und notierte Name und Adresse von Petra Surber auf einen Zettel, druckte die Wegbeschreibung aus und gab ihren Namen in Googles Bildersuchmaschine ein. Die Auswahl bestand aus einer dunkelhaarigen, verkniffen dreinschauenden Dreissigjährigen, einer grauhaarigen Dame mit Kurzhaarschnitt und einer Frau um die fünfundvierzig, die in die Kamera lachte. Dunkle Haare.

«Ich habe sie nicht erreicht.» Marlen stand in der Tür.

«Wen?»

«Na, Anna.»

«Und?»

«Der Triathlon findet bereits in zwei Tagen statt», maulte sie. «Du hättest sie früher fragen können.»

«Oder du.»

Sie stiess sich ab und verschwand. Cobb schloss den Laptop und legte Adresse und Wegbeschreibung bereit.

«Und im Kühlschrank ist auch nichts», hörte er Marlen aus der Küche.

«Nimm dir Geld und geh was einkaufen», rief Cobb.

«Ich habe keine Lust.»

«Dann iss, was da ist.»

Marlen kam und setzte sich auf einen Stuhl. «Es ist ja nichts da.»

«Du hast Ferien. Du hast genügend Zeit, um einkaufen zu gehen. Ich sehe nicht ein, warum ich arbeiten, einkaufen, putzen und die Abfälle entsorgen soll, wenn du genügend Zeit hättest, das eine oder andere zu erledigen. Ich muss mal kurz weg.»

«Und mich lässt du hier verhungern.»

Cobb langte in seine Hosentasche und zog eine Note hervor. «Hier, hol dir einen Kebab.»

«Mann, Kebab.»

21

Fabian Perler kam zu sich, als es in seinen Ohren ploppte. Er öffnete die Augen und sah nichts. Sie waren verbunden. Er lag auf der Seite. Unter ihm dröhnte ein Motor. Die Akustik änderte sich, woraus er folgerte, dass das Auto aus einem Tunnel hinausfuhr.

Die rechte Schulter tat ihm weh. Er versuchte, die Arme nach vorne zu bringen. Das war nicht möglich. Die Handgelenke waren auf dem Rücken zusammengebunden. Er vermutete Kabelbinder. Sie schnitten ein. Die Beine liessen sich nicht einzeln bewegen. Sie waren in den Knien und um die Fussgelenke verschnürt. Fabian versuchte, sich auf die andere Seite zu werfen, aber der Platz war zu eng.

Er hatte keine Idee, wie lange er schon unterwegs war. Der Alkohol hatte sich in Kopfweh verwandelt. Die Trockenheit des Mundes wurde durch den Stofffetzen verstärkt, mit dem er geknebelt worden war. Er rieb die Zunge am Gaumen, um den Speichelfluss in Gang zu bringen. Es half nichts.

Wenn er nach unten blickte, vorbei an der Nasenwurzel, erkannte er vage seine Knie. Er drehte den Kopf, um das Innere des Wagens anzuschauen. Es war nicht viel. Etwas Polster, Blech und ein Rucksack. Die Knie waren von einem gelben Seil umschlungen, die Karosserie schien blau zu sein, der Rucksack rot.

Der Blinker ging. Der Wagen fuhr rechts weg. Er rutschte kaum merklich nach vorne, als erst Tempo weggenommen und schliesslich gebremst wurde. Eine Kurve sorgte dafür, dass er dem Rucksack näher kam. Der Wagen bremste weiter ab, bis er stillstand. Wieder der Blinker, und der Wagen fuhr weiter. Dieses Mal nach links.

Er hatte sich als Kind oft vorgestellt, dass er entführt worden sei und dass er blind in einem Auto liegen würde. Er würde sich jede Richtungsänderung merken.

Das versuchte er jetzt. Allerdings änderte sich vorläufig nicht viel. Ausser dass das Innere des Autos in regelmässigen Abständen hell aufleuchtete. Er vermutete, dass sie auf einer Hauptstrasse fuhren, die von Laternen gesäumt wurde. Wieder bremste der Wagen ab und fuhr gleichmässig in einem langsameren Tempo weiter. Innerorts. Dafür sprach auch, dass die Lichtscheine häufiger und ohne klares Muster aufleuchteten. Schaufenster und Leuchtreklamen.

Er versuchte, sich auf die Richtungswechsel zu konzentrieren, gab aber schliesslich auf. Allerdings stellte er fest, dass der Fahrer genau zu wissen schien, wohin er das Auto steuern wollte. Es fuhr flüssig durch die Strassen.

Oder war es eine Fahrerin?

Das Licht wurde weniger. Die Kurven wurden mehr. Sie sorgten dafür, dass er hin und her rutschte. Er hörte, wie die Kupplung getätigt wurde und die Gänge wechselten. In einer besonders scharfen Kurve fiel der Rucksack auf ihn. Er schubste ihn, so gut es ging, mit dem Kopf weg und benützte ihn als Kopfkissen. Er roch muffig.

Der Wagen bremste ab und fuhr langsam weiter. Der Weg war uneben. Fabian kam sich vor wie auf einem schwankenden Kahn. Sein Körper wurde durchgerüttelt. Er rutschte nach unten zur Hecktür. Erst scheuerten die Knie an der Karosserie, dann der Kopf. Endlich blieb das Auto stehen. Er versuchte, von der Heckklappe wegzurutschen, aber der Wagen stand zu steil.

Die Fahrertür wurde geöffnet, und kühle Luft zog an Fabians Nase vorbei. Die Hecktür ging auf, und er fiel wie ein Sack auf den steinigen Boden. Jemand zerrte ihn hoch und setzte ihn auf. Die Heftigkeit, mit der dies geschah, liess auf einen Mann schliessen. Fabian trat mit zusammengebundenen Beinen nach ihm. Der Mann schlug ihm mit der flachen Hand ins Gesicht, setzte sich auf seine Beine, löste die Schuhbändel und zog ihm die Schuhe aus. Dann stand er auf. Fabian versuchte hochzukommen, fiel aber auf den Rücken zurück. Wieder setzte sich der Typ auf ihn. Fabian spürte, wie er wieder Schuhe an die Füsse bekam. Schwere, klobige Schuhe, die bis über die Fussgelenke gingen. Wanderschuhe.

Der Mann erhob sich, trat hinter ihn und setzte ihn auf. Er hob die Augenbinde ein wenig an, sodass Fabian etwas mehr sehen konnte. Er vernahm ein Rascheln, wurde an den Haaren gepackt, und der Kopf wurde in den Nacken gezogen. Er blickte unter der Augenbinde hindurch. Das Licht einer Taschenlampe beleuchtete ein Stück Papier. Fabian las.

Wenn dir was an deinem Sohn liegt: kein Scheiss.

Er erhielt einen Klaps auf den Hinterkopf. Das Papier verschwand aus seinem engen Blickfeld. Der Mann entfernte sich. Ein Schleifen. Der Mann zog den Rucksack aus dem Wagen und warf ihn über. Die Autotüren fielen zu. Er kam zurück.

Fabian spürte, wie das Seil um die Knie gelockert wurde. Die Fussfesseln wurden durchtrennt. Der Mann half Fabian auf die Beine. Er löste den Stofffetzen vom Mund und gab ihm Wasser zu trinken. Dann band er ihn wieder um. Erneut packte ihn die Hand am Hinterkopf, riss an den Haaren und hielt den Kopf fest. Fabian spürte, wie etwas in die Nase eingeführt wurde. Nasenspray. Zwei Stösse in jedes Nasenloch. Der Mann liess die Haare los. Das Gummiband, welches Fabian um den Kopf gebunden bekam, erwies sich als eine Stirnlampe. Sie beleuchtete den Boden knapp vor seinen Füssen.

Er erhielt einen Stoss in den Rücken und ging los.

Nach einigen Schritten auf einer Schotterstrasse gelangten sie auf weicheren Untergrund. Fabian erkannte Fichtennadeln und Zapfen. Hin und wieder war ein grösserer Schritt über felsiges Gestein nötig, um weiterzukommen. Es ging zügig aufwärts. Fabian war froh um den Nasenspray.

Gefühlte zwei Stunden später streiften Farne die Beine. Der Tau nässte die Hose. Ein bekanntes Gefühl. Fabian bemerkte eine Hand auf der Schulter. Sie dirigierte ihn durch den Farn und drückte ihn dann nieder. Vorsichtig ging er in die Knie, bis er mit dem Po festen Grund spürte. Offensichtlich sass er auf einer Bank. Der Mann setzte sich neben ihn. Er nahm ihm die Stirnlampe vom Kopf. Es war hell geworden.

Der Stofffetzen wurde ihm vom Mund genommen, und er erhielt Wasser zu trinken. Fabian roch Käse. Der Geruch wurde intensiver, und er sah, wie ihm ein Stück vor den Mund gehalten wurde. Er nahm den Bissen und kaute. Brot wurde nachgeschoben. Und wieder Wasser.

Fabian räusperte sich. «Was soll das alles?», fragte er.

Die Antwort war ein Klaps auf den Hinterkopf.

«Ich muss pinkeln.»

Der Mann riss ihn auf die Beine, öffnete ihm die Hose und zog sie samt Unterhose bis zu den Knien. Er hielt Fabian an den Schultern fest. Dieser beugte den Körper in der Hüfte nach vorne. Es war nicht einfach, auf diese Art Wasser zu lassen, aber nach einer Weile fühlte er sich erleichtert. Die Hose kam wieder hoch.

Der Mann liess ihn stehen und packte den Rucksack. Fabian zog den Kopf in den Nacken und drehte sich um die eigene Achse, um sich orientieren zu können. Er sah einzelne Bäume, mehr Farn und die Beine des Mannes.

Er war sich beinahe sicher.

Der Mann kam auf ihn zu und lotste ihn zurück auf den feuchten Weg.

Sie hatten die Bäume und die Farne hinter sich gelassen. Das Atmen ging nun einfacher, da Fabian den Mund frei hatte. Schon bald war kein Weg mehr zu erkennen. An der Nasenwurzel vorbei sah er Granitblöcke, die von Flechten bewachsen waren. Er kannte das Brennen in den Oberschenkeln, kannte den Geruch, wenn die Sonne die Matten beschien und der Tau verdunstete.

Am Boden zog Leinkraut vorbei, er setzte die Füsse neben Alpenrosen ab, Hauswurz reckte sich in die Höhe. Als er eine Silberdistel erblickte, hielt ihn der Mann an der Schulter zurück. Fabian hörte, wie er sich bückte und ein Taschenmesser öffnete.

«Bist du das?»

22

Cobb stellte die Lüftung ein. Der Zettel mit Petra Surbers Adresse und der dazugehörigen Wegbeschreibung flatterte auf dem Armaturenbrett. Er lenkte den Wagen über die Rheinbrücke. Jungs und Mädchen in Badesachen hielten sich am Geländer fest, entschlossen, sich in den Fluss zu stürzen. Nach einigen Metern freiem Fall und einem Adrenalinschub landeten sie im Wasser und liessen sich mit der Strömung zur Flurlinger Badewiese treiben.

Im Tunnel schob Cobb die Sonnenbrille hoch. Der Verkehr floss zäh. Der Anhänger eines Lastwagens schwankte bedrohlich. Cobb pfiff auf die Geschwindigkeitsbeschränkung, setzte den Blinker und überholte.

Frank Perlers Freundin wohnte in Benken. Das war eine schlechte Wahl. Die «Nationale Gesellschaft für die Lagerung radioaktiver Abfälle» beabsichtigt, dort ein Endlager für hochradioaktive Abfälle zu bauen. Atommüll, der für eine Million Jahre strahlt, soll in der Erde versenkt werden. Die Bevölkerung ist aufgebracht, die nationale Politik spricht von Sicherheit. Cobb fragte sich jedes Mal, wenn er auf die vergangenen zweitausend Jahre zurückblickte, wie jemand, der alle Sinne beieinanderhat, für die Sicherheit von hochgefährlichem Gift bürgen könne. Aber Politiker setzen ihre Sinne für andere Zwecke ein. Zuoberst auf der Prioritätenliste steht die Wiederwahl. Und damit geht nicht unbedingt der Wille einher, sich für die Lösung von Problemen einzusetzen.

Cobb erinnerte sich an die Demonstrationszüge gegen Atomkraftwerke in den achtziger Jahren. Sie standen auch für den Protest gegen das Gemauschel von Behörden und Betreibern. Die Kühltürme wurden vom Steuerzahler berappt. Verdient hat die Stromwirtschaft, die sich aus der finanziellen Verantwortung für den Rückbau stiehlt. Wenn sich heute in Japan Brennstäbe in den Boden schmelzen, geht das im Strudel des Unterhaltungs- und Sensationsjournalismus unter.

Cobb fuhr hinab ins Zürcher Weinland. Er hängte sich die E-Zigarette in den Mundwinkel. Wenn er daran zog, leuchtete die Spitze blau auf. Das Handy auf dem Beifahrersitz vibrierte. Er nahm ab.

«Cobb, wie geht's?»

«Was willst du, Fink?»

«Ein bisschen plaudern.»

«Such dir jemand anderen.»

«Schau mal in den Rückspiegel.»

Cobb sah hoch. Hinter ihm fuhr ein schwarzer Porsche Cayenne. Darin sass ein schmächtiger Mann mit einer schütteren James-Dean-Frisur. Cobb erinnerte sich, dass Fink bereits in jungen Jahren Haare auf die kahlen Stellen transplantieren liess.

«Bist du jetzt bei den Schamhaaren angelangt, Fink?»

«Der Punkt geht an dich.»

«Lass mich in Ruhe.» Cobb drückte ihn weg.

Wie zu erwarten gewesen war, folgte der Porsche Cayenne auch, als Cobb die Ausfahrt nach Benken nahm. An der Abzweigung entschied Cobb, zuerst einer Nebenstrasse und dann einem Schotterweg entlang der Autobahn zu folgen, statt nach Benken abzubiegen. Der Weg führte an einen Wald. Cobb fuhr rechts ran und stieg aus. Statt Vogelgezwitscher dröhnte der Verkehr.

Fink liess die Scheibe hinunter. «Wohin des Weges, Cobb?»

«Das möchte ich dich fragen, Fink.»

«Ich dachte, ich sehe mal nach, was der gute alte Cobb so treibt.»

«Ich werde mich in mein Auto setzen und versuchen, nicht zu rauchen. Und das werde ich so lange tun, bis dir hier der Arsch abfault.»

Fink stieg aus. «Wäre ein Geschäft nicht die bessere Idee?»

Cobb sah in den Wald. «Ich könnte dich auch erschlagen und hier irgendwo verbuddeln.»

Fink liess sich nicht beirren. «Ich weiss, dass du Bärtschi so nahestehst, dass du über den Ausbruch von Frank Perler besser informiert bist, als du zugeben würdest.»

«Weiter.»

«Ich hingegen bin dir voraus, was die Terrordrohung angeht.

Wie du sicher gelesen hast, habe ich die Apotheken der Gegend besucht. Das war erst der Anfang. Ich habe mehr.»

«Die Terrordrohung ist ein Hirngespinst.»

«Ich bin nah dran.»

«Du bluffst.»

«Ach ja? Und was ist das?» Fink zog in einer Bewegung sein iPhone aus der Gesässtasche, öffnete den Bildschirm und hielt es Cobb vor die Nase. Das Bild zeigte zwei vermummte Gestalten, welche die Fahne des IS schwenkten. Dahinter waren die Statue des Schaffhauser Bocks und dessen goldene Hoden zu erkennen.

«Das habe ich heute in der Früh erhalten.» Fink lächelte und steckte das iPhone wieder weg.

«Photoshop», entgegnete Cobb.

«Du bist nicht misstrauisch, Cobb, du hast Paranoia.» Er drehte sich weg, setzte sich in den Porsche und lehnte den Unterarm aus dem Fenster. «Geschäft oder nicht Geschäft?»

Cobb drückte den Autoschlüssel in den Lack. Er fing zu gehen an. Ein kratzendes Geräusch begleitete ihn.

«He! Cobb, was tust du da?» Fink sah entsetzt aus dem Fenster.

Cobb ging weiter.

«Lass das!» Fink stieg aus.

Cobb war beim Heck angelangt. Fink packte ihn an der Schulter. Cobb wirbelte herum und drückte ihn an die Karosserie.

«Fink, verschwinde aus meinem Leben.»

Fink hob die Arme seitlich in die Höhe. Seine Stimme quengelte. «Ist ja gut, Cobb. Ich dachte bloss, du wärest an einer Story interessiert.»

«Deine Storys sind nicht meine Storys, Fink.»

«Nicht mehr.»

Cobb sah ihn lange an.

Fink liess die Arme sinken. «Ja, ja, ich hab's begriffen.»

Cobb packte ihn am Kinn. «Verpiss dich.»

«Ja, gut, ich verpisse mich», presste Fink undeutlich hervor.

Cobb liess ihn los und ging zurück zum Ford Fiesta.

«Das war nicht immer so, Cobb.»

Cobb blieb stehen.

«Wir waren ein Team», fuhr Fink fort, «eins der besten. Wie hätten wir wissen können, dass er springen würde?»

Cobb drehte sich um. «Das befreit uns nicht von unserer Schuld.»

«Kollateralschaden.»

«Wenn einer seine Kinder von der Brücke wirft und hinterherspringt, ist das mehr als ein Kollateralschaden.»

«Alles sprach dafür, dass er sie ermordet hat.»

«Nur, was wir auf die Schnelle ans Tageslicht bringen konnten. Hätten wir sorgfältig recherchiert, hätten wir Respekt vor unserem Job und mehr Respekt vor diesem Mann gezeigt ...» Cobb rang nach Worten. «Es hat uns an Respekt gefehlt. Mit dem Scoop vor Augen hatten wir den Respekt verloren. Das hat die Kinder und den Mann das Leben gekostet.»

«Aber die zerrissene Bluse, das Blut auf der Bluse und sie unauffindbar, alles sprach für ein Verbrechen. Es hatte so ausgesehen, als hätte er sie verschwinden lassen.»

«Nur dass sie nach seinem Sprung wiederauftauchte.» Cobb steckte sich einen Nikotinkaugummi in den Mund.

«Woher konnten wir denn wissen, dass sie für ein paar Tage im Wald in einem Erdloch sass? Die psychotische Kuh.»

Cobb bückte sich nach einem Stein und warf. Fink konnte ausweichen, aber der Porsche kriegte eine Delle. Cobb bückte sich nach einem weiteren Stein.

«Warte, Cobb! Nicht!» Fink riss die Tür auf und startete den Motor.

Cobbs Handy klingelte. Er behielt den Stein in der Hand und ging dran.

«Ja?»

Der Motor starb wieder ab.

«Hier Susan.»

«Was gibt's?»

«Es ist wegen Peter.»

«Bärtschi? Was ist mit ihm?»

«Es geht ihm nicht besonders.»

«Ich weiss.»

Cobb hörte Susan atmen. «Septischer Schock.»

Er tastete nach der E-Zigarette. «Was heisst das?»

«Zuerst einmal, dass er im Koma liegt. Und niemand weiss, ob er wieder zu sich kommt.»

Cobb ging einige Schritte vom Wagen weg. Er schluckte. «Die im Spital werden wissen, was sie tun.»

«Das reicht womöglich nicht.»

«Du musst ihnen vertrauen.» Cobb fühlte sich hilflos.

«Die Chancen stehen fünfzig zu fünfzig, auch wenn die Ärzte Himmel und Hölle in Bewegung setzen.»

«Wer sagt das?»

«Ich habe nachgesehen.»

«Wo nachgesehen?»

«Im Internet.»

«Man soll nicht alles glauben, was dort steht.»

«Ich wollte bloss, dass du es weisst.» Susan hängte auf.

Cobb hatte vergessen, an der E-Zigarette zu ziehen, und holte es nach. In diesem Augenblick heulte der Motor des Porsches wieder auf. Fink fuhr in halsbrecherischem Tempo rückwärts über den Schotterweg auf die Strasse zurück. Cobb blies Dampf aus und sah ihm nach. Dann bemerkte er, dass die Fahrertür des Ford Fiesta offen stand. Cobb ging näher. Als er aufs Armaturenbrett sah, schleuderte er die E-Zigarette wütend zu Boden. Der Zettel mit Petra Surbers Adresse war weg.

«Du Schwein.» Er hob die E-Zigarette wieder auf.

Bis Cobb die Adresse im Handy gefunden hatte, war eine Viertelstunde vergangen. Als er ins Dorf fuhr, hielt er es in der Linken und verglich die Realität mit dem, was er auf dem Bildschirm sah. Endlich stand er vor dem Haus, in dem er Petra Surber vermutete. Ein Blick auf den Briefkasten brachte Gewissheit.

Er klingelte, und Petra Surber öffnete. Vor ihm stand eine kräftige Frau mit dunklen Haaren.

«Sagen Sie nicht, Sie kämen auch von der Polizei.»

«Nein», entgegnete Cobb.

«Ich habe den andern nämlich zum Teufel gejagt. Ein Polizist in einem Porsche. Für wie blöd hält der mich?»

«Mein Name ist Cadoc Cobb.»

«Und?»

«Ich bin kein Polizist. Trotzdem brauche ich Informationen zu Frank Perler.»

«Wie kommen Sie darauf, dass Sie hier welche finden?»

«Sie sind seine Freundin.»

«Und?» Petra Surber lehnte sich an den Türrahmen und verschränkte die Arme.

«Sein Sohn ist verschwunden.»

«Fabian?»

«Vielleicht stecken sie in Schwierigkeiten.»

«Ganz bestimmt steckt Frank in Schwierigkeiten. Wie sollte es sonst sein?»

«Ich vermute, die sind ein bisschen grösser, als Sie sich vorstellen können.»

«Wie soll ich das verstehen?» Petra Surber kniff die Augen zusammen.

«Ich mache Ihnen einen Vorschlag.»

«Ja?»

«Sie lassen mich rein, und ich erzähle Ihnen, was ich weiss.»

«Tönt gut. Weiter?»

«Dann entscheiden Sie, was Sie mir verraten wollen.»

Petra Surber stiess sich vom Türrahmen weg. «Gut.»

Nachdem Cobb über Fabian Perlers Verschwinden, die Chemikalien und die Terrordrohung informiert hatte, schwieg Petra Surber eine ganze Weile. Zuerst sass sie da und betrachtete den Boden ihrer Kaffeetasse. Anschliessend stand sie auf, ging zum Fenster und sah hinaus. Sie drehte sich zu Cobb. «Noch einen Kaffee?»

«Ja, gerne.»

Sie tat eine Kapsel in die Maschine. «Seit Anita tot ist, geht es mit Fabian wieder abwärts. Anita ist die Mutter des Kindes. Sie starb an einer Überdosis. Während der Schwangerschaft und der ersten paar Monate war sie clean. Niemand weiss, welcher Teufel sie geritten hatte. Bis zu diesem Zeitpunkt kam Fabian hin und wieder vorbei. Wollte News von seinem Vater. Das hörte auf, als sie tot war. Ich sah ihn noch ein, zwei Mal in der Stadt. Er hat mich kaum gegrüsst.»

«Ist Frank Perler deshalb ausgebrochen?»

«Ich glaube nicht. Sonst hätte er das schon zuvor getan.»

«Weshalb dann?», fragte Cobb.

«Es liegt an Ihnen, das herauszufinden.» Sie stellte zwei Tassen auf den Tisch, ging zu einer Kommode und nahm ein verlebtes Notizbuch heraus. Sie legte es Cobb hin. «Das ist Franks Logbuch.»

«Er segelte?»

«Nein, er nennt es so. Er ging in die Berge. Schon immer. Und als Fabian alt genug war, nahm er ihn mit. Manchmal blieben sie mehrere Tage weg. So hat er es mir erzählt. Er muss da einen vergessenen Bunker gefunden haben. Sie hatten vorgehabt, sich dort wohnlich einzurichten. Dazu ist es nie gekommen. Fabian schlief lieber unter freiem Himmel. Nehmen Sie es mit.»

Cobb blätterte. Er fand handschriftliche Einträge, Skizzen von Felsformationen, von Pflanzen und von Tieren. «Und wie finde ich die beiden?»

Petra Surber blätterte durchs Notizbuch und hielt den Finger auf eine Stelle. Cobb sah Zahlen. «Was ist das?»

«Die Koordinaten.»

23

Galati sass in ihrem Taxi am Bahnhof und klopfte mit den Fingern aufs Lenkrad, als die SMS einging. Cobb hatte ihr geschrieben. Sie las, dass er mit Petra Surber gesprochen hatte und nun wusste, wo sich Fabian Perler aufhalten könnte, und dass er bereits unterwegs in die Berge war. Sie drückte die Aus-Taste, überlegte und fuhr mit dem Daumen über den Touchscreen. Sie fand, dass es keine gute Idee war. Die Nacht war angebrochen. Und sie konnte sich nicht daran erinnern, dass Cobb jemals von einer Bergwanderung oder Ähnlichem gesprochen hatte. Er hatte sich nie dahingehend geäussert, dass er jemals dazu Lust verspürt hätte. Auch hatte er nie von Ausflügen in die Höhe geschwärmt, die er während seiner Schulzeit erlebt hatte. Der Grund lag auf der Hand. Die Berge interessierten ihn nicht.

Cobb war in Gegenden, die höher als siebenhundert Meter über Meeresspiegel lagen, ein Fremder. Sie wollte ihn eben anrufen, um ihm alles auszureden, als jemand ans Fenster auf der Beifahrerseite klopfte.

Während sie schnaubte und das Handy weglegte, öffnete ein Mann die Tür.

«Ist bei Ihnen noch frei?», fragte er. Der Duft des Aftershaves raubte ihr für eine Sekunde den Atem.

«Wonach sieht es aus?»

«Blöde Frage, entschuldigen Sie.» Er lächelte und schloss die Tür.

Galati öffnete das Fenster und gab sich Mühe, trotz des penetranten Geruches freundlich zu sein. «Wohin soll's denn gehen?»

Er rieb sich die Hände. «Och, fahren Sie einfach mal los.»

«Kenne ich nicht.»

«Wie?»

«‹Einfach mal los› kenne ich nicht.»

«Ich bin mir noch nicht ganz sicher, deswegen.» Er fuchtelte mit der flachen Hand in Fahrtrichtung. «Einfach mal los, und beim Kreisel die Erste rechts.»

«Überlassen Sie die Route mir, ja?»

«Aber …»

«Mein Job ist, Sie an die richtige Adresse zu fahren. Ihrer ist es, sie mir zu nennen.»

«Ja. Ja, natürlich. Zur International School.»

«Um diese Zeit?»

«Ja. Ich habe einige Unterlagen vergessen. Die möchte ich gerne holen.»

Galati startete den Motor und fuhr los.

«So, what subjects are you teaching?», fragte sie, als sie in die Mühlentalstrasse einbog.

«Wie bitte?»

Galati wiederholte die Frage. Der Mann verstand nicht.

«Ich fragte Sie, welche Fächer Sie unterrichten.»

«Ich?»

«Ja.»

«Ach so. Nein. Missverständnis. Ich bin nicht Lehrer. Ich bin der Abwart der Schule.»

«Ach so.»

«Aber woher haben Sie Ihr Englisch?», fragte er.

Galati antwortete: «Ich habe einige Zeit in Australien gelebt.»

«Muss schön sein.» Der Fahrgast nahm sich eine Visitenkarte. «Galati. – Sie sehen aber nicht nach Italienerin aus.»

«War verheiratet.»

«In Australien?»

«Ja.»

«Und dann?»

«War ich eben nicht mehr verheiratet.»

«Ach.» Er sah sich die Visitenkarte genauer an. «Sie arbeiten allein?»

«Ja.»

Galati fuhr in die Dunkelheit.

«Gerne?», fragte er.

«Was?»

«Allein?»

«Wir sind bald da.»

Der Fahrgast sah aus dem Fenster. «Nach dem Kreisel fahren Sie am besten links ran.»

Sie tat wie geheissen, blinkte im Kreisel rechts und danach links. Das Taxi fuhr in einen leeren Parkplatz. Büsche nahmen die Sicht auf die Strasse. Galati blickte auf die rote Anzeige des Taxameters.

«Dreizehn achtzig krieg ich von Ihnen.»

Ihr Kopf wurde an den Haaren nach hinten gerissen. Ein spitzer Gegenstand drückte die Haut am Hals. Im Rückspiegel erkannte sie ein Messer. Sie roch das Aftershave ganz nah. Und üblen Atem.

«Du kriegst von mir noch was ganz anderes, Schlampe.»

Galati atmete stossweise aus. So konnte die Angst nicht von ihr Besitz ergreifen. Das hatte sie von Marlen. Cobbs Tochter trainierte seit ihrer frühen Jugend Karate. Sie fühlte eine Hand an ihrem Busen. Sie drückte zu, und die Brust schmerzte.

Weiter ausatmen, befahl sich Galati. Sie fuhr mit ihrer Linken das Innere der Fahrertür hinab. Endlich ertastete sie die Schlaufe aus Leder. Ihre Hand umfasste den etwa zwölf Zentimeter kurzen Stock eines Haselstrauches. Die Lederschlaufe ging durch ein Loch im Stock, damit er nicht verloren gehen konnte.

Nun kam es auf die innere Entscheidung an, hatte Marlen betont. Die Entschlossenheit. Einmal entfesselt, durfte kein Zweifel den Angriff stoppen. Galati stiess zweimal Luft aus. Dann schlug sie zu.

Das Ende des Stockes traf den Mann hart an der Schläfe. Er schrie auf. Das Messer fiel zu Boden. Der nächste Schlag galt der Nase. Er rutschte ab und landete in der linken Augenhöhle. Der Mann hatte die Tür geöffnet und versuchte zu entkommen, indem er mit dem Oberkörper voraus aus dem Wagen kroch. Galati verpasste ihm Schläge auf den Hinterkopf und ins Genick. Sie trat nach ihm, und er liess sich auf den Asphalt fallen.

Sie rannte ums Taxi herum und trat ihn in den Bauch, in die Nieren und an den Kopf. Als sie sicher war, dass er sich für die nächsten Momente nicht rühren würde, schwang sie sich hinters Steuerrad, legte den Rückwärtsgang ein und setzte zurück. Der Motor machte einen Mordslärm, als sie im ersten Gang die

Kupplung losliess und mit Abblendlicht auf den Mann zuraste. Der hob erschrocken die Hand vors Gesicht. Der offene Mund verriet, dass er in Todesangst schrie. Galati bremste wenige Zentimeter vor ihm ab.

Das Handy lag am Boden. Sie hob es auf.

«Das Passwort!», schrie sie den Typen an. Er versuchte, sich auf den Ellbogen wegzuziehen.

«Das Passwort, Arschloch!» Sie trat ihn ins Kreuz.

Wimmernd gab er Auskunft.

«Ich versteh dich nicht.» Nächster Tritt.

Als er ihr das Passwort deutlich genug diktiert hatte, entsperrte sie das Handy und wählte eine kurze Nummer.

«Ist dort die Polizei?»

Wer sonst.

«Ich habe ein Arschloch vermöbelt. Holen Sie den Typ ab.»

Sie nannte den Ort, unterbrach die Verbindung und schleuderte das Handy in den nahen Wald. Und hätte sich am liebsten den Arm abgerissen. Zu spät realisierte sie das Muster auf dem Sperrbildschirm.

Auf der Fahrt in die Stadt fing das Zittern an. Eine Polizeistreife fuhr ihr mit Sirenengeheul entgegen und entschwand in der Dunkelheit. Galati fuhr rechts ran, öffnete die Tür und übergab sich auf den Asphalt. Als sie sich mit dem Handrücken über den Mund fuhr, bemerkte sie, dass der Holzstab noch immer am Lederband vom Handgelenk baumelte.

Sie mochte jetzt nicht allein sein. Cobb war unterwegs in die Berge. Sie hoffte, Marlen anzutreffen. Sie parkierte in der Nähe der Altstadt und ging zu Fuss zur Wohnung. Als sie hochblickte, sah sie Licht. Sie klingelte. Der Türöffner summte. Auf der Treppe fühlten sich ihre Beine müde an. Oben wartete Marlen bei geöffneter Tür.

«Wie siehst du denn aus?», fragte sie.

Galati ging an ihr vorbei. «Es ist nichts.» Sie überlegte es sich anders, trat zurück und knuffte Marlen in den Oberarm. «Danke.»

«Wofür?»

«Die Lektion mit dem Holzstab.»

«Mit dem Small Stick?»
«Ja. Gute Sache.»
«Krav Maga. Du hast ihn benutzt?»
«Und wie. Ich hätte das Arschloch am liebsten umgebracht. Krav Maga?»
«Ich erklär dir's später. Da drin sitzt eine Frau mit geschwollener Nase und will Paps sprechen.»
«Der ist in die Berge gefahren.»
«Wohin?»
«Irgendwohin, keine Ahnung. Hoch.»
«Das musst du mir erklären.»
«Auch später.»
Marlen trat zur Seite. In der Küche sass eine Frau vor einem Glas Wasser. Als sie Galati sah, erhob sie sich. «Margrit Meister. Es stört Sie doch nicht, wenn ich hier warte.»
«Galati.» Sie setzte sich ihr gegenüber. «Herr Cobb wird heute nicht auftauchen. Er ist verreist.»
«Schade.»
«Was ist mit Ihrer Nase passiert?»
Margrit Meister nahm einen Schluck und stellte das Glas behutsam ab. «Das wollte ich Ihrem Mann erzählen.»
«Er ist nicht mein Mann.»
«Oh, ich dachte, weil Sie hier …» Der Satz endete mit einer flüchtigen Bewegung in den Raum. «Aber heute ist das wohl nicht mehr so wichtig.»
«Nein. – Ihre Nase, was ist damit?»
Margrit Meister atmete ein und wieder aus, dann hob sie den Kopf. «Ich glaube, wir haben jemanden umgebracht. Es stand in der Zeitung.»
«Dass Sie jemanden umgebracht haben?»
«Nein. Dass man ihn gefunden hat.»

24

Straumann trat vor die Tür und streckte sich. Die beiden Chihuahuas zogen die Leine aus der Leinenspule und warteten am Gartentor. Herrchen liess sich Zeit und betrachtete den Nachthimmel. Die Wolken, die sich während des Tages hoch aufgetürmt hatten, hingen düster über dem Wald und gaben hin und wieder einen Blick auf den Mond frei. Man hatte mit Gewitter gerechnet. Es war ausgeblieben.

Es raschelte in Straumanns Regenmantel. Die Hand kam hervor und führte ein Pfefferminzbonbon zum Mund. Er lutschte, seufzte und ging die drei Schritte die Treppe hinunter. Die Hunde hechelten und wedelten. Der Blick der Chihuahuas ging zum Gartentor. Noch bevor es vollständig geöffnet war, quetschten sie sich hindurch.

Max und Julie, wie die beiden hiessen, hatten schon mehrfach Preise gewonnen. Sie gehörten Straumanns Freundin Marietta Rossi. Gemeinsam verbrachten sie manches Wochenende bei Hundeshows. Marietta Rossi frisierte die Chihuahuas, und Straumann führte sie über den Laufsteg. Nicht dass er sich besonders für Hunde interessiert hätte. Er war bloss gerne in Marietta Rossis Nähe. Er war es auch, der ihr vorgeschlagen hatte, ihren Hundesalon im gemeinsamen Haus unterzubringen.

Die Hunde kannten den Weg vorbei am Waldrand, dann zur Rechten der Spielplatz, links der Volg und schliesslich zurück zum Gartentor. Straumann war ihnen so oft gefolgt, dass er den Spaziergang blind hätte zurücklegen können. Also konnte er nachdenken.

Die Nachricht über Bärtschis Gesundheitszustand hatte ihn erschüttert. Niemand wusste besser als Straumann, dass Menschen sterblich waren. Seine Frau war vor sieben Jahren einem Krebs erlegen. An das Sterben gewöhnen würde er sich nie.

Er blieb stehen und reckte das Kinn in die Höhe. Nachdem er nachgerechnet hatte, kam er zum Schluss, dass er seit zwanzig Jahren mit Bärtschi zusammenarbeitete. Es war eine gute Zeit.

Ihre Beziehung war nicht immer von eitel Sonnenschein geprägt gewesen. Sie stritten sich mehr, als ihm lieb war. Aber war es nicht so, dass man sich oft deshalb stritt, weil man sich gegenseitig etwas bedeutete? Wie alte Ehepaare streiten. So fühlte sich Straumann: Wie wenn ein Lebenspartner mit dem Tod kämpfte. Schon wieder.

Die Tiere erledigten ihre Geschäfte beinahe synchron und führten Straumann heim. Er öffnete die Tür, und der Geruch von warmer Butter empfing ihn. Popcorn. Er hängte den Mantel auf. Darunter trug er einen gestreiften Pyjama. Die nackten Füsse traten auf den Krümel eines Hundekekses. Er wischte ihn an der Hose ab und folge Max und Julie ins Wohnzimmer.

Marietta Rossi lag auf dem Sofa. Ihre Fülle beanspruchte zwei Plätze. Sie atmete ruhig, sah zu ihm hoch und wieder zurück zum Bildschirm. Die weich gepolsterten Finger ihrer linken Hand klaubten sich Popcorn um Popcorn. Jedes einzeln.

Er mochte diese Hände. Unschuldig wie diejenigen gesunder Babys. Vielleicht war es das, was ihn zu ihr zog. Sie war nicht nur etwa um die Hälfte jünger als er, sie lebte auch in einer anderen Welt. Sie verschönerte Hunde, er jagte seit mehr als zwanzig Jahren Verbrecher. Bei ihr im Salon lagen Illustrierte, die von den Schönen und Reichen dieser Welt erzählten. Womit sie haderten, worüber sie sich freuten. Marietta Rossi haderte und freute sich mit. Es war ihr egal, dass die Promis auch dunkle Seiten haben konnten, viel dunklere als in den Magazinen dargestellt. Straumann beschäftigte sich mit dem, wozu ganz normale Menschen fähig waren. Er fand es hin und wieder haarsträubend.

Marietta Rossi fragte ihn nie danach, er hielt es aus ihrem Leben draussen.

Straumann fröstelte. Er bückte sich und zog vorsichtig eine Decke unter einem der Hunde weg. Julie knurrte leise, blieb eine Weile darauf sitzen, gab dann aber auf und verzog sich beleidigt in eine Ecke. Marietta Rossi hob die Schale mit dem Popcorn hoch und stellte sie auf ihren Bauch. Straumann setzte sich an die frei gewordene Stelle. Er zog die Decke über sich und lehnte den Kopf an Marietta Rossis Busen. Sie legte den Arm um ihn, und gemeinsam sahen sie «My Big Fat Gypsy Wedding».

Er war nur kurz eingenickt. Marietta Rossi drückte Salz und Fett auf ihre Fingerspitzen und schleckte diese ab. Das Handy klingelte in seinem Mantel. Straumann wickelte sich aus der Decke. Ein Blick auf die Uhr. Kurz nach elf.

Er nahm den Anruf entgegen. Während er zuhörte und hin und wieder einen Ton von sich gab, rutschte er aus dem Pyjama. Mit flatternden Unterhosen suchte er im Wohnzimmer seine Kleider zusammen und zog sich an. Als das Gespräch zu Ende war, stand er im Mantel neben dem Sofa.

«Ich muss. Bis dann.»

Marietta Rossi hob die Wimpern, lächelte und winkte ihm zum Abschied.

«Ciao.»

Der Uniformierte, der beim Kreisel stand, um den Verkehr zu regeln, wurde von kreisenden Lichtern rot beleuchtet. Er bedeutete Straumann abzubremsen. Als er ins Wageninnere sah, winkte er ihn durch. Die Zufahrt zum Parkplatz war abgesperrt. Als er das Auto zwischen zwei Streifenwagen abgestellt hatte, stieg er aus und strich den Regenmantel glatt. Nicht dass das was genutzt hätte. Es war mehr ein Tick. Andere rieben sich die Hände.

Ein junger Beamter näherte sich ihm. Straumann gab ihm die Hand. «Müller, was gibt's?»

Der junge Beamte hatte einen kräftigen Händedruck. Augen, blau wie Gletscherwasser, hielten Straumann fest. Der rötliche Bart hätte in eine gepflegte Fondue-Werbung gepasst. Die Frisur liess einen teuren Coiffeur vermuten. «Moser.»

«Ja, natürlich. Entschuldigung. Moser. Sie hatten angerufen. Ein Toter?»

«Da liegt einer auf dem Parkplatz.» Moser zeigte auf die andere Strassenseite.

«Sie sagten was von einer Schussverletzung.»

«Das ist korrekt.»

«Wer hat ihn gefunden?»

«Die Zentrale erhielt einen Anruf. Es sei einer zusammengeschlagen worden. Die beiden Beamten da rückten aus.» Er deutete auf einen Streifenwagen. Auf dem Fahrersitz sass ein bulliger Polizist, die Beine auf dem Asphalt abgestellt, die Ellbogen auf den Knien. Er starrte vor sich hin. Daneben eine blonde Polizistin mit Pony, die nervös mit den Zehenspitzen an einen Reifen trat.

«Brauchen die Betreuung?», fragte Straumann.

«Er hat seit unserer Ankunft nicht mehr gesprochen. Sie scheint mir nervös zu sein, aber ansonsten in Ordnung. Der ganze Zirkus ist unterwegs.»

Spurensicherung, Leichenwagen, noch mehr Polizisten.

Straumann überquerte die Strasse und schwang seine hageren Beine übers Absperrband. Der Fotograf war bereits dabei, den Toten abzulichten. Blitzlicht flammte auf. Straumann sah einen Mann, der vornübergekippt auf dem Parkplatz lag. Die Knie waren unter den Körper gezogen, auch die Arme lagen darunter. Straumann befahl dem Fotografen, für einen Moment seine Arbeit zu unterbrechen, und verlangte eine Taschenlampe. Er ging näher und entdeckte das Einschussloch. Genickschuss. Aus den Ohren trat Blut.

Straumann stand auf und sah sich um. Die Sicht auf den Parkplatz war durch eine Hecke erschwert. Mitten in der Nacht war es unmöglich, von der Strasse aus zu erkennen, was sich hier abspielte. Oder was sich hier abgespielt hatte. Straumann ging ein paar Schritte und überlegte.

Er hatte einen Telefonanruf.

Er hatte eine Schlägerei.

Er hatte einen Genickschuss.

Er stellte sich neben Moser. «Wer hat angerufen?»

«Eine Frau.»

«Name?»

«Nicht bekannt. Sie legte gleich wieder auf.»

«Lässt sich der Anruf zurückverfolgen?»

«Wir arbeiten daran.»

Straumann liess Moser stehen und ging der Strasse entlang in Richtung Kreisel. Er hätte sich jetzt gerne mit Bärtschi gestritten. Er fehlte ihm.

Er sah ein schwaches weisses Licht in den Kreisel einbiegen. Es bewegte sich auf ihn zu.

«Noch immer ohne Helm unterwegs, Dr. Guzzi?», fragte Straumann.

Dr. Guzzi schnaubte. «Wo liegt er?»

Straumann zeigte mit dem Daumen hinter sich. Dr. Guzzi fuhr weiter. Mit einem Pfefferminzbonbon setzte sich Straumann auf einen Baumstrunk und wartete. Der Wagen der Spurensicherung fuhr an ihm vorbei und parkierte mitten auf der Strasse. Eine Frau und ein Mann hüpften zu beiden Seiten heraus. Die Frau stellte ein Warndreieck auf, der Mann öffnete den Kofferraum. Sie streiften weisse Übergewänder über. Straumann lachte kurz auf. Angesichts dessen, dass bereits gegen zehn Beamte, der Fotograf und er selbst die Leiche begutachtet hatten, fand er diese Vorsichtsmassnahme lächerlich.

Die Beamten von der Spurensicherung betraten den Parkplatz. Straumann hörte einen heftigen Streit. Dann ging das Velolicht wieder an und kam auf ihn zu.

«Ärger?», fragte Straumann.

«Na ja. Ich entdeckte Blut in der Gegend des Unterleibs. Da habe ich den Toten etwas angehoben, um nachzusehen. Muss ich doch! Und dabei haben mich die beiden erwischt.»

«Und?»

«Wie bitte?»

«Woher kam das Blut?»

«Von den Fingerspitzen. Respektive davon, dass sie ihm abgeschnitten wurden. Aber da war er schon tot. War nicht sehr viel Blut. Das Herz pumpte nicht mehr.»

«Der Glückliche.» Straumann erinnerte sich an einen Geschäftsmann, dem die Finger wie bei einer Salami abgeschnitten worden waren. Scheibe für Scheibe. Bei lebendigem Leibe.

«Na dann, Straumann. Viel Spass bei der Arbeit.» Dr. Guzzi wandte sich ab.

«Guzzi.»

«Ja?»

«Die Sache mit Bärtschi.»

«Habe davon gehört.»

«Er wird es schaffen. Wenn er will, wird er es schaffen.»

«Viren und Bakterien gehorchen keinem Willen.»

«Er wird kämpfen.»

«Womit?»

Dr. Guzzi setzte sich aufs Velo und verschwand in der Dunkelheit. Moser kam vom Parkplatz auf ihn zu. In der Hand hielt er eine Plastiktüte. Er beleuchtete sie mit der Taschenlampe.

«Das da ist liegen geblieben», sagte er. «Nicht etwas, was man als appetitlich bezeichnen würde.»

Straumann nahm die Tüte in die Hand. «Sieht aus, als hätte sich jemand beeilen müssen.»

In der Tüte befand sich ein Finger.

Moser strich sich über den Bart. «Ja, zum Aufräumen blieb nicht viel Zeit. Eins zu null für uns. Ich werde einen Fingerabdruck nehmen lassen.»

Straumann gab den Finger in der Tüte zurück. «Am besten gleich. Wer immer das getan hat, wollte genau das verhindern.»

«Sie kommen allein klar?», fragte Moser.

Straumann sah hinüber zum Parkplatz, wo ein geschäftiges Gewusel herrschte. «Allein?»

Moser lachte und verabschiedete sich. Kurze Zeit später raste ein rotes Auto heran. Es bremste. Die Scheiben gingen runter. «Die Frau, die angerufen hat, und diese Kugel im Genick. Ich denke, das sind zwei verschiedene Geschichten.»

«Da könnten Sie recht haben, Moser.» Straumann beugte sich zu ihm hinunter. «Ist das ein Testarossa?»

Moser lächelte. «Baujahr 1984.»

«Gute Löhne, da in Zürich.»

«Deshalb hab ich auch gekündigt. Wusste nicht mehr, wohin mit dem Geld.»

Der Motor des Ferrari Testarossa heulte auf, und Moser war weg.

Straumann ging zurück zum Parkplatz und sah sich noch eine Weile um. Der Psychologe war da. Er unterhielt sich mit dem Streifenpolizisten, der die Leiche entdeckt hatte. Nachdem Straumann mit den Beamten der Spurensicherung gesprochen, mit einem jungen Polizisten Kaffee getrunken und schliesslich die Leiche zum Abtransport freigegeben hatte, war es an der Zeit, ins Präsidium zu fahren, um einen Bericht zu schreiben.

Auf halbem Weg änderte er seinen Plan. Er machte einen Umweg und hielt an einer Tankstelle. Dort kaufte er für sich eine Cola und Croissants für Marietta Rossi. Im Auto nahm er einen Schluck und sog den Geruch des fettigen Gebäcks durch die Nase. Er freute sich auf ihr Lächeln, wenn sie die Tüte auf dem Frühstückstisch entdecken würde.

Auf dem Weg ins Gebäude begrüsste er die Kolleginnen und Kollegen, welche die Schicht beendeten oder begannen. Am Empfang hielt ihn Meyer auf.

«Einen Augenblick!»

«Ich habe wenig Zeit.»

«Da ist eine Frau.»

«Wo?»

«Ich habe sie hochgeschickt. In dein Büro.»

«Was will sie?»

«Keine Ahnung. Mit dir reden, nehme ich an.»

«Bin ich der Einzige, der hier arbeitet?»

«Sie wollte dich.»

«Da muss ich mich wohl geehrt fühlen.»

Straumann nahm den Lift hoch und ging den Gang entlang. Als er die Tür öffnete, erhob sich eine Frau vom Stuhl und hielt ihm die Hand entgegen. Die Ringe unter den Augen zeugten von einer schlaflosen Nacht. Die Nase war geschwollen.

«Guten Morgen. Ich heisse Margrit Meister.»

25

Es roch übel aus dem Schlafsack. Bohnen waren das Einzige, was Fabian zu essen bekommen hatte. Er war wider Erwarten eingeschlafen. Als er aufgewacht war, klebten tausend Sterne am Himmel. Aber er konnte sich nicht dafür begeistern. Er wollte raus aus dem Schlafsack, runter vom Berg, um seinen Plan zu Ende zu führen.

Genau das ging nicht. Er hing wenige Schritte vom Bunker entfernt verschnürt an der Wand. Nicht besonders hoch.

Gleich nach der Ankunft hier oben hatte ihn sein Vater festgemacht. Ein Karabiner, der vor ewigen Zeiten in den Fels gebohrt worden war, hatte seine Hände im Rücken festgehalten. Er hatte ihn beobachtet und gestaunt, wie die Jahre im Gefängnis anscheinend spurlos an ihm vorübergegangen waren. Dann war Frank Perler verschwunden und mit einem blauen Fass aus Plastik zurückgekehrt. Fabian wusste, woher er es hatte. Weitere lagerten gut versteckt in einem Felsloch. Sie enthielten das Notwendige, um hier oben beim Bunker einige Wochen überleben zu können. Zum Beispiel Bohnen in Büchsen.

Nach dem Nachtessen hatte ihn sein Vater in einen Schlafsack gezwungen. Darum herum kam ein Biwaksack. Aus einem weiteren Fass kramte er eine Seilwinde, die sonst fürs Aufseilen benutzt wurde. Damit hatte ihn Frank Perler hochgezogen, an die Wand gehängt und zusätzlich ein Seil um seine Füsse geschlungen. Dann hatte er es sich im eigenen Schlafsack auf einer Matte bequem gemacht.

Sie hatten den ganzen Tag keinen Satz miteinander gesprochen. Fabian kannte das. Wenn Feuer im Dach war, wurde sein Vater ruhig. Er zog jeweils den Kopf etwas tiefer zwischen die Schultern. So wirkte er wie ein Stier vor dem Angriff. Fabian wusste, dass er kommen würde. Aber dieses Mal wollte er dagegenhalten. Schliesslich hatte der ganze Schlamassel damals damit begonnen, dass sein Vater den Polizisten erschossen hatte.

Am Horizont war das Schwarz der Nacht einem dunklen

Blau gewichen. Fabian versuchte, einen Blick auf seinen Vater zu erwischen. Er nahm aus den Augenwinkeln wahr, dass Frank Perler auf den Beinen war. Er hörte den Gaskocher brennen und lauschte weiter. Das Blubbern von Wasser. Ein Löffel rührte in einem Metallbecher. Kaffee. Sein Vater trank Kaffee.

Fabian hob den Kopf. Er hörte Schritte. Ein Kopf tauchte neben dem seinen auf.

«Gut geschlafen?», fragte Frank Perler.

Fabian sagte nichts.

«Ich koche Bohnen. Silberdisteln sind auch noch da.»

Herzen der Silberdisteln, auch Jägerbrot genannt, hatten sie bereits zum Abendessen verspeist. Auch deren Wurzeln. Sie schmeckten bitter. Genau wie damals, als sie zu gemeinsamen Wochenenden hier hochgekommen waren. Sein Vater hatte ihm erzählt, dass er davon so stark werden würde wie drei Männer zusammen. Deshalb hatte er sie als Junge zerkaut und geschluckt. Geschmeckt hatten sie ihm nicht.

Frank Perler zerkleinerte die Herzen. Er warf sie zu den Bohnen in den Topf. Während alles kochte, löste er Fabian von der Wand und setzte ihn auf einen Stein. Die eine Hand band er wieder an den Karabinerhaken, die andere liess er frei. Den Oberarm machte er mit Klebeband am Torso fest.

Er reichte Fabian eine Tasse Kaffee. Mit einer knappen Bewegung aus dem Handgelenk schwappte die heisse Brühe aus der Tasse direkt in Frank Perlers Gesicht. Er schrie auf und versetzte Fabian eine Ohrfeige. Die freie Hand kam wieder auf den Rücken. Klebeband auf den Mund.

Frank Perler stand da und sah Fabian an. «So sieht er also aus, der wütende Muselmann. Der gefährliche Terrorist.»

Er lächelte und schlürfte heissen Kaffee.

«Du solltest dich sehen können. In deinen schmutzigen Trainerhosen. Du siehst beschissen aus. Vielleicht wunderst du dich. Vielleicht auch nicht. Kann sein, dass dein Gott dir jegliche Neugier genommen hat. So wie er dir jedes Mitgefühl ausgemerzt hat.» Frank Perler ging näher und hielt den Zeigefinger an Fabians Stirn. «Da oben ausgemerzt. Und da drin.» Der Finger stach in die Herzgegend. «Du bist mein Sohn. Und du bist ein

Verlierer. So lasse ich dich nicht gehen. Wir bleiben hier. Nicht dass ich denken würde, dass du in den nächsten paar Tagen zur Vernunft kommst. Möglich, dass es in ein paar Wochen so weit sein wird. Nimm es als Chance.»

Er stellte die Tasse auf ein Holzbrett, ging zu einem der Fässer, wühlte darin und entnahm ihm einen gebogenen Gegenstand, der in ein Tuch eingewickelt war. «Was ist mit Benjamin? Du hast einen Sohn. Du allein bist für ihn verantwortlich. Wo ist er in diesem Augenblick?»

Er sah Fabian lange an.

«Du hast keine Ahnung, nicht? Gut. Womöglich ist er bei Lydia. Ist das ein guter Ort? Er sollte bei dir sein. Du solltest dich um sein Leben kümmern. Nicht wirren Ideen hinterherrennen.»

Das Tuch gab einen modernen Sportbogen frei. Frank Perler spannte die Sehne. «Vielleicht willst du wissen, woher ich das weiss? Dass du eines dieser beleidigten Arschlöcher geworden bist. Vom Vater der Berk-Brüder. Er sitzt am selben Ort, wo ich gesessen hatte. Er hat geholfen, seine Nichte zu ermorden. Zusammen mit drei anderen Männern aus dem Clan. Weisst du, was ihr Vergehen war? Sie hatte sich in einen jungen Mann verliebt, der nicht Mitglied in Allahs Club war. Der feige Hund bereut einen Scheiss. Im Gegenteil. Bei jeder Gelegenheit liegt er dir damit in den Ohren. Kann die Klappe nicht halten. Eines Tages klopfte er mir auf die Schulter. Wir seien ja quasi Gefährten, sagte er. Er nutzte einen unbeobachteten Augenblick. Das kam mir entgegen. Ich packte ihn und drückte ihn gegen die Wand. Hielt ihm das da an die Eier.»

Frank Perler langte in seine Hosentasche und zog eine Gabel mit geschliffenen Zacken hervor. «Ich musste nicht mal zustechen, da plapperte er alles aus. Seine Söhne seien drauf und dran, einen Anschlag zu verüben. Wo und wann, wisse er nicht. Aber was er ganz genau sagen könne, ist, dass du auch mit drinhängst.»

Er lehnte den Bogen gegen den Felsen. Aus der Tonne zog er drei Pfeile. Die metallenen Spitzen waren rostig geworden.

«Ich hab ihn dann doch ein bisschen gestochen, aber mehr war nicht aus ihm rauszubringen. Ich hatte die Wahl. Sollte ich die Polizei informieren oder mich persönlich um dich kümmern?»

Mit dem Tuch reinigte er sorgfältig die Spitzen der Pfeile.

«Du hast einen Sohn. Er braucht dich. Deshalb kam Polizei nicht in Frage. Ich tat es deinem Sohn zuliebe, meinem Enkel.»

Er warf die Pfeile auf ein am Boden liegendes Stück Holz. Sie blieben stecken.

«Tja. Und da bin ich. Der leibhaftige Teufel für deinen Gott. Wir zwei, du und ich, bleiben zusammen, bis sich in deinem Hirn einiges wieder zurechtgerückt hat.»

Mit einem leichten Ruck zog er einen Pfeil aus dem Holz. Er betrachtete die Spitze und lächelte zufrieden.

«Was meinst du? Bohnen und Disteln sind auf Dauer nichts. Beim Aufstieg sind wir am Bau vorbeigekommen. Es gibt ihn noch immer. Die Murmeltiere sind sofort darin verschwunden, als du hingefallen bist. Mit ein bisschen Glück gibt's heute Abend einen Braten. Holz liegt auch noch oben.» Er deutete auf eine Stelle unter einem grossen Felsvorsprung. «Vielleicht auch nicht.»

Aus einer weiteren Tonne holte er ein Tarnnetz hervor. Er roch daran. «Muffig. Für den Moment habe ich nichts anderes. Besser, ich decke dich damit zu, damit dich niemand sieht. Bist ein jämmerlicher Anblick.»

26

Die Fahrt endete in Realp auf dem Parkplatz neben dem Bahnhof. Cobb legte die Füsse aufs Armaturenbrett und drückte die Rückenlehne nach hinten. Der Nikotinkaugummi flog aus dem Seitenfenster. Die Luft war hier anders. Cobb schnupperte. Sie schmeckte ihm nicht. Ausserdem war es kühl. Er knöpfte sein Jackett zu und kurbelte die Scheibe nach oben.

Obwohl die Fahrt angenehm gewesen war, begann er müde zu werden. Mitternacht war längst vorbei. Er schloss kurz die Augen.

«Schadet nichts», murmelte er und verschränkte die Arme vor der Brust.

Nach einer Weile rutschten sie seitwärts hinunter. Erst der linke, dann der rechte Arm. Cobb verhakte sie stärker ineinander. Es half nichts. Schon bald schlug die Hand – dieses Mal die rechte – auf der Handbremse auf. Er legte sie auf den Beifahrersitz. Die Linke ruhte zwischen Tür und Sitz. Sie wurde kalt. Cobb zog sie hoch und klemmte sie in den Schritt.

Das sähe komisch aus, wenn er zu lange schlafen würde. Auf dem Parkplatz, wenn die ersten Pendler zum Bahnhof eilten. Er nahm die Hand wieder hervor und legte sich seitlich auf den Sitz. Nun kühlte der Rücken aus. Cobb wuchtete sich hoch, riss die Nackenstütze des Beifahrersitzes aus der Halterung und klemmte sie zwischen Rücken und Tür. So musste es funktionieren.

Als er wieder aufwachte, waren die Beine eingeschlafen, und der Rücken liess sich nur mit grösster Vorsicht strecken. Er fiel mehr aus dem Auto, als dass er ausstieg. Ein Blick aufs Handy zeigte ihm, dass er rund zwei Stunden geschlafen hatte und dass er die Batterie dringend aufladen musste. Er schloss das Telefon am Feueranzünder an.

Der Himmel über ihm war noch immer dunkel. Wolkenlos. Sterne blinkten.

Wenn er schon nicht schlafen konnte, wollte er wenigstens einen Kaffee trinken. Er ging vom Bahnhof weg in Richtung

Hauptstrasse. Das Dorf war schnell abgeschritten. Die Häuser waren dunkel. Auch das Hotel «Des Alpes» sah wenig einladend aus, die Tür war verschlossen. Er machte kehrt, setzte sich ins Auto, stellte den Sitz gerade und fuhr los. Zurück in Göschenen begab er sich wieder auf die Autobahn und fuhr weiter nordwärts. Nach zwanzig Kilometern gelangte er zu einer Raststätte.

Er kaufte Kaffee und zwei Sandwiches, eine Cola und ein Mineralwasser. Die Cola stellte er zurück und tauschte sie gegen die Light-Version aus.

Wieder im Auto startete er den Motor und stellte ihn gleich wieder ab.

Er fragte nach Wanderkarten. Die Verkäuferin meinte, da wären welche. Mit der Lesebrille auf der Nase versuchte er, die Koordinaten zu finden. Er hielt den einen Finger auf die Stelle und zeichnete mit dem anderen den Weg nach. Von Realp aus kam man demnach zuerst bei der Rotondohütte vorbei. Er sah nach. Die Hütte wurde vom Schweizer Alpen-Club betrieben und bot Wanderern und Bergsteigern ein Nachtlager. Von da aus ging es weiter in hochalpines Niemandsland.

Cobb fuhr zurück nach Realp. Auf dem Parkplatz blieb er sitzen und blätterte in Frank Perlers Notizbuch. Neben Aufzeichnungen übers Wetter, Zeichnungen von Pflanzen und Tieren fanden sich nützliche Informationen. Er erfuhr, dass sich die Wanderzeit bis zur Rotondohütte auf etwas mehr als eine Stunde verkürzte, wenn er mit dem Auto bis nach Oberstafel fuhr. Allerdings hätte er eine Bewilligung der Schweizer Armee benötigt. Er pfiff darauf.

Als es hell wurde, machte er sich auf zur Hütte. Nach ersten tapsigen Schritten ging es flott voran. Hin und wieder blieb Cobb stehen und betrachtete die Gegend. Berge. Er hatte stets ausgeblendet, dass es sie gab. Deshalb konnte er nicht beurteilen, ob er sie mochte oder nicht. Sie waren einfach da, für andere da. Für Wanderer, Bergsteiger, Kletterer und vaterländische Typen, welche die Alpen für die Schweiz und die Schweiz für sich reklamierten. In Cobb kam wenig Begeisterung auf. Es ging aufwärts, das war beschwerlich. Und später ging es unweigerlich wieder abwärts, und er bezweifelte, dass ihm das gefallen würde.

Während einer Verschnaufpause trank er die Flaschen leer und gab die Koordinaten zu Frank Perlers möglichem Aufenthaltsort in Google Maps ein. Er verglich die Informationen mit der Karte und zeichnete einen Kreis.

Auf halbem Weg zur Hütte freundete sich eine Fliege mit ihm an. Sie begleitete ihn, surrte um seinen Kopf und versuchte, etwas von Cobbs Schweiss zu trinken, der sich in feinen Tropfen auf seiner Stirn gebildet hatte. Erst scheuchte er sie mit unbewussten Handbewegungen weg. Als sie sich auf seinem Mundwinkel niederliess, schlug er zu. Sie flog davon und setzte sich auf seine Hand. Schliesslich blieb er stehen und lauerte. Nach einem Schlag aufs Knie und zweien auf den Nacken erwischte er sie auf der Backe.

Die nachfolgende Ruhe wurde einige Höhenmeter später vom rechten Schuh gestört. Bei jedem Schritt quietschte das Leder. Cobb zog ihn aus und klopfte die Sohle auf einen Stein. Es nützte nichts. Der Schuh nervte, bis er die Rotondohütte erreicht hatte.

Der steinerne Bau stand auf einer Anhöhe. Cobb konnte einige farbige Gestalten erkennen, weiter weg farbige Punkte. Menschen in Funktionskleidung, die sich vorgenommen hatten, einen Gipfel zu erklimmen, einen Pass zu überqueren oder den Wegmarkierungen bis zur nächsten Hütte zu folgen, in der sie wieder übernachten würden.

Oben angekommen, trat eine Familie aus der Tür. Die drei Kinder trugen Klettergurte, die Eltern sahen übernächtigt aus. Cobb bekam mit, dass sie den Klettergarten aufsuchen würden. In der Hütte besorgte er sich einen Kaffee und setzte sich in die Sonne. Ein junger Mann humpelte an ihm vorbei. Er ächzte bei jedem Schritt. Als er Cobb bemerkte, pflanzte er sein Hinterteil neben ihn.

«Geschäftlich hier?», fragte er.

«Weiss nicht.»

«Sie sind wohl kaum zu Fuss hier herauf gelangt.»

«Und?»

«Sie sehen ja. Ich habe mich verletzt. Und nun suche ich einen Weg, ins Tal zu kommen. Bis Oberstafel würde ich es schaffen.»

«Oberstafel?», fragte Cobb.

«Ja, Sie müssen das Auto dort abgestellt haben. Ich könnte vorausgehen. Wenn Sie Ihre Sitzung beendet haben, werden Sie mich einholen und mich mitnehmen.»

«Ich habe keine Sitzung.»

«Ich dachte wegen Ihres Aufzugs. Ich habe hier oben noch nie jemanden in Lederschuhen und einer Leinenjacke angetroffen.»

«Trotzdem. Ich fahr heute möglicherweise gar nicht zurück. Und den Wagen habe ich in Realp stehen.» Cobb log, und das war ihm egal.

Der Mann schwieg, doch Cobb wusste, dass sie nun kommen würde, die Geschichte. Und sie kam.

«Sehen Sie dort oben.» Er zeigte hoch.

Cobb sah Berge. Es konnte irgendeiner sein.

«Dort, die Wand. Dort bin ich eingebrochen.»

«In der Wand?», fragte Cobb.

«Nein. Ein Schneefeld. Unterhalb der Wand. Bis hierhin steckte ich im Schnee.» Er hielt die Hand unter die Achseln. «Unten rauschte der Bach. Glücklicherweise hielt ich die Arme so.» Der Mann hob die Arme zu beiden Seiten hoch, verzog das Gesicht und senkte sie vorsichtig wieder.

«Schürfungen in den Achselhöhlen», erklärte er. «Ich ruckelte mich hoch, strampelte mit den Beinen, dann brach alles ein. Muss mit dem Fuss im Bachbett auf einem Stein ausgerutscht sein. Ich kämpfte zwei Stunden, bis ich mich hochgearbeitet hatte. Erst der Fels, dann wieder der Schnee. Und dann kamen die Schmerzen.»

Cobb nickte.

«Als ich nachts hier ankam, war ich beinahe tot vor Hunger. Aber zuerst wollte ich etwas gegen die Schmerzen. Viel hat's nicht genützt. Bin die ganze Nacht wach gelegen.»

Cobb stellte die Kaffeetasse ab und erhob sich. «Ich wünsche Ihnen eine gute Besserung.»

Er schritt aus in Richtung Berg.

«Was sind denn Sie für einer?», hörte er den Mann rufen. «Wo wollen Sie hin?»

Cobb antwortete nicht und entfernte sich vom letzten Rest Zivilisation.

Der Weg wurde enger. Immer wieder zupfte Cobb die Hose am Oberschenkel hoch, um den Fuss auf Gesteinsbrocken zu setzen. Wo es ging, nahm er die Hände zu Hilfe. Er fluchte, als die Ledersohle keinen Halt bot, er ausrutschte und den linken Knöchel schürfte. Auf einem Felsblock sitzend inspizierte er die Stelle. Äusserlich war nicht viel zu erkennen. Als er das Sprunggelenk bewegte, meinte er, ein Knacken zu hören.

Er zog Karte und Handy aus der Jackentasche. Die geballte Ladung Elektronik in seiner Hand nützte nichts. Der Empfang war weg. Also faltete er die Karte auseinander und versuchte sich zu orientieren.

Er sah Felsblöcke, die in kalter Zufälligkeit dahin geworfen schienen. Jeder einzelne musste sich einmal weiter oben gelöst haben und den Berg hinuntergerollt sein. Viele von ihnen waren gross genug, um Mehrfamilienhäuser zum Einsturz zu bringen, kaum einer, der nicht einen Menschen zermalmen könnte. Auf den älteren Kolossen wuchsen Flechten. Ansonsten hatte sich die Vegetation verabschiedet. Ein kühler Wind zog um die Ohren.

Über den Gipfeln in seinem Rücken zogen Wolken auf.

Das hier war keine Gegend, in der der Mensch willkommen ist. Er ist ihr gleichgültig.

In Gedanken versunken faltete Cobb die Karte zusammen, presste die Hände auf die Knie und kam hoch. Die ersten Schritte glichen Gehversuchen. Er setzte Fuss um Fuss auf Gesteinsblöcke. Einige waren so gross, dass er sie beinahe erklettern musste. Wenn er hinuntersah, hinein in die Löcher und kleinen Abgründe zwischen dem Geröll, packte ihn der Schwindel.

Laut Karte musste er auf die andere Seite des Gebirgszugs. Auf dem Grat kam er besser voran. Die Freude währte kurz. Cobb gelangte an eine Stelle, die nur zu bewältigen war, indem er sich an einem Stahlseil festhielt, welches am Felsen befestigt war. Die Hände klammerten sich fest, die Knöchel traten hervor. Auf seine Schuhe konnte sich Cobb nicht verlassen. Der Oberkörper hing über dem Abgrund. Nach einem ersten Blick über die Schulter zwang er sich, nicht wieder hinunterzuschauen. Als er es doch tat, war da nichts mehr zu erkennen. Wolken versperrten die Sicht.

Er drängte Gedanken fort, Gedanken an Körper, die endlos durch Wolkenformationen fielen.

Mit steifen Fingern öffnete er die Karte. Die Stelle, die er eingezeichnet hatte, musste weiter unten liegen, abseits dessen, was als Weg bezeichnet wurde. Cobb tat einen ersten Schritt ins Geröll. Er bewegte sich rücklings auf Händen und Füssen vorwärts. Die Hose zerriss, als er auf dem Hintern eine Granitplatte hinunterschlitterte. Unten angekommen, trat er auf einen losen Brocken. Er gab nach. Cobb rumpelte mit. Geröll rutschte nach. Der Knöchel sass zwischen zwei Brocken fest. Cobb rollte den oberen weg. Er versuchte, in Bauchlage hochzuklettern. Mit jeder Bewegung rutschte er weiter hinunter. Felsschutt und Steine kamen mit. Schliesslich zwang er sich dazu, bewegungslos und sich mit einer Hand an alles klammernd, was Halt bot, seine Lage und die verbleibenden Möglichkeiten abzuwägen.

Eine Armlänge entfernt bemerkte er einen Vorsprung. Vorsichtig löste er die rechte Hand und krallte sich daran fest. Auch der rechte Fuss fand eine Nische, in die er sich verkeilen konnte. Cobb zog sich hinüber. Das Geröll, auf dem er gelegen hatte, polterte in die Tiefe.

Sein Blick ging nach oben. Er zog sich hoch. Der linke Arm war keine Hilfe. Er schmerzte im Ellbogen und gehorchte kaum. Als er sich hinsetzte, wurde ihm schlecht.

Er wurde von einem Windstoss überrascht. Oder von dem Krachen. Cobb war es im Nachhinein unmöglich zu beurteilen, was zuerst da war. Er warf sich hin und hielt die Hand schützend über den Kopf. Regen prasselte auf ihn herab. Die Kleider waren nasse Lappen. Als er sich vom ersten Schock erholt hatte, hob er den Kopf. Ein gleissendes Licht zerschnitt das Grau. Mit dem Knall zitterte der Untergrund, der Blitz teilte sich und schoss in tausend Verästelungen über den Fels. Cobb kroch rückwärts. Ein Reflex, aber nutzlos.

Etwas packte seine Kleider und riss ihn vom Felsen herunter in eine Rinne. Er schlug hart auf und wurde hochgerissen.

«Auf die Beine stellen!» Die Stimme eines Mannes. «Füsse zusammen!»

Cobb begriff nicht.

Klobige Bergschuhe brachten seine Füsse in die richtige Position. «Und jetzt in die Knie!»

Der Mann drückte ihn hinunter. «So bleiben wir, bis es vorüber ist.»

Cobbs Beine schmerzten, kalte Nässe kroch in ihn hinein, aber er gehorchte.

Ein Rucksack flog seitwärts weg. Metall klirrte. Vor Cobbs Füssen landete ein grosses Meerschwein.

«Was ist das?», fragte Cobb.

«Murmeltier.»

27

Stefan Rainer öffnete die Augen und horchte. Die Jalousien waren verschlossen. Die Dinge in seinem Zimmer zeichneten sich grau in grau voneinander ab. Es fiel ihm schwer, etwas zu erkennen.

Eigentlich sah er nicht viel mehr als einen Haufen. Vor zwei Wochen noch hatte er getrennte Abteilungen gehabt. Vor dem Kasten hatten die Kleider gelegen. Auf dem Pult neben dem Computer hatten sich Pizzakartons gestapelt und waren leere Dosen umgefallen, die Energiedrinks enthalten hatten. Einige von ihnen hatte er zerdrückt, andere waren unversehrt geblieben. Neben dem Bett hatten sich Handykabel, Handy und einige Lautsprecher befunden. Auch Verpackungen. Jetzt waren auch die Abteilungen durcheinandergeraten.

In der Wohnung war jemand. Was er hörte, erkannte er als die gewohnten Beschäftigungen seiner Mutter. Eigentlich hätte sie bei der Arbeit sein müssen. Stefan Rainer stöhnte und setzte sich auf die Bettkante. Sein Gehirn brauchte eine Weile, bis es sich an die neue Lage in Raum und Zeit gewöhnt hatte. Gestern war nur Joachim Kohlen zum Rundgang der Munot-Hüter aufgetaucht. Sie hatten ihn abgeblasen. Er war bei Joachim Kohlen hängen geblieben. Bei Jägermeister besprachen sie das weitere Vorgehen. Bei einigen Jägermeistern.

Joachim Kohlen hatte versprochen, ihn bei der Vertuschung des Mordes zu unterstützen. Denn er hatte die Geschichte, die Stefan Rainer ihm aufgetischt hatte, ohne zu zögern geschluckt. Die Version ging so, dass der Mann mit der Narbe zu sich gekommen wäre, ein Messer gezückt hätte und auf Stefan Rainer losgegangen wäre. Er hätte in Notwehr gehandelt.

Stefan Rainer rieb sich mit den Handflächen das Gesicht frisch, zog sich an und watete durchs Zimmer. Das Handy baumelte in der Trainerhose. Seine Mutter sass am Küchentisch und rauchte. Er öffnete den Kühlschrank und nahm ein Red Bull heraus. Gestern hatte er sich einen ganzen Karton davon gekauft.

«Bist du nicht bei der Arbeit?», fragte er.

«Nein. Ich war schon auf dem Weg, da hat der Kunde eine SMS geschickt. Er ist in den Ferien», sagte die Mutter.

«Ist doch schön.» Stefan Rainer öffnete die Dose.

«Und was tu ich jetzt? Geld sehe ich auch keines.»

«Ist eh ein Scheissjob. Putzfrau.» Er liess die Flüssigkeit aus der Dose direkt in den Magen stürzen. Ein Geruch nach Gummibärchen und toter Maus verbreitete sich in der Küche.

«Wenigstens kommt mit Putzen Geld ins Haus. Iss was.»

«Keinen Hunger.»

«Du solltest etwas essen.» Die Mutter stand auf und spülte die Kaffeetasse ab. «Und du solltest früher aus den Federn kommen. So kommst du nicht weiter.»

Stefan Rainer liess die Dose auf dem Tisch stehen. «Ich gehe duschen.»

Er stellte sich unter die Brause. Als er fertig war, setzte er sich nass auf den Rand der Dusche und lehnte sich an die Fliesen. Noch immer strömte Wasser aus dem Duschkopf. Er brauchte Zeit zum Nachdenken. Mit Mutter im Nacken ging das nicht.

Sein Onkel war schuld an dem ganzen Schlamassel. Hätte er ihm das Geld einfach so herausgerückt, hätten jetzt beide ihre Ruhe. Er hatte versprochen, es ihm zurückzubezahlen. Der Onkel hatte nur gelacht. Er solle sich endlich eine anständige Arbeit suchen. Er hatte ihm nicht geglaubt, dass er etwas in Aussicht hätte. Stefan Rainer hatte bloss ein paar Hunderter benötigt. Das Abo im Gym lief aus. Ein Leben ohne Gym ging nicht.

Er hatte den Onkel bloss ein bisschen geschubst. Im Fallen hatte der den Hinterkopf an der Kommode angeschlagen. Erst war er auf alle viere gegangen, um wieder aufzustehen, dann war er zusammengebrochen. Er war wie tot dagelegen. Stefan Rainer hatte die Geldkassette unter dem Bett hervorgeholt. Um sicherzugehen, schlug er deren Kante dem Onkel noch auf den Hinterkopf. Die Schläge hatte er nicht mitgezählt.

Das Narbengesicht war ein Zufallsopfer gewesen. Irgendwer musste ja vorbeikommen. Er hatte ihm eine gewaschen und ihm gedroht. Dann war der Mann weggerannt, bis der Baseballschläger von Martin Fuchs ihn gestoppt hatte. Der perfekte Sündenbock. Andere Kultur, vernarbt, hässlich und schwach.

Er hatte sich für den heutigen Abend mit den Munot-Hütern zu einer Aussprache verabredet. Er würde ihnen den gleichen Mist auftischen, den Joachim Kohlen auch geschluckt hatte.

In denselben Kleidern, die er vor dem Duschen angehabt hatte, schlurfte er in sein Zimmer. Aus der Küche rief die Mutter.

«Stefan!»

«Was ist?» Er blieb in der Tür stehen.

«Hast du dich auf die Stelle beworben?»

«Beim Gerüstbauer?»

«Ja!»

«Ich wollte die Bewerbung eben schreiben.»

Sie kam aus der Küche auf ihn zu. «Das wolltest du bereits am Mittwoch erledigen.»

«Ich hatte zu tun.»

«Was zu tun? Im Kraftraum sitzen?»

Gut, wusste sie nichts von den Munot-Hütern.

«Ich pflege Kontakte. Ich erzähle herum, dass ich einen Job brauche. Das ist die beste Methode.»

«Hat nicht viel gebracht, bisher.» Sie hustete und hielt sich an der Wand fest.

Stefan Rainers Handy gab einen Ton von sich. Er zog es hervor.

Die Mutter starrte. «Woher hast du das Geld?»

Ein heisser Schauer stieg seinen Nacken hinauf. «Wie?»

«Du hast ein neues Handy.»

«Och, das. Das Abo ist abgelaufen. Da habe ich ein neues gekriegt.»

«Da stehen neue Turnschuhe in der Garderobe», bohrte sie weiter.

«Ja, die habe ich mir gekauft.»

«Mit welchem Geld?»

«Mama, die waren Aktion. Da musste ich zugreifen. Hab mir von einem Kollegen was gepumpt.»

«Du sollst dir kein Geld leihen.»

«Die Schuhe waren Aktion.» Stefan Rainer ging ins Zimmer

und las die Nachricht auf seinem Handy. Joachim Kohlen hatte geschrieben. Er hatte Margrit Meister nicht erreicht. Sie hatte im Chat nicht geantwortet, und sie gehe auch nicht ans Telefon. Ob er Zeit hätte, bei ihr vorbeizuschauen.

Stefan Rainer fluchte. Er hatte vorgehabt, die Geldkassette verschwinden zu lassen. Nun würde er beides erledigen müssen. Scheissonkel. Er zog die Kassette unter einem Kleiderhaufen hervor, wickelte T-Shirts und kurze Hosen darum. Er schnappte sich einen der Plastiksäcke und zwängte den Packen hinein. Die Noten hatte er bereits am Vorabend in eine Aludose gezwungen.

Er bückte sich, um die neuen Turnschuhe zu binden.

Im Wohnzimmer sass die Mutter und blätterte im Coop-Magazin. «Ich war gestern bei meinem Bruder.»

Wieder der heisse Schauer im Nacken. Stefan Rainer stand auf. Mit losen Schuhbändern stand er im Türrahmen. «Bei Onkel.»

«Ja, bei deinem Onkel.»

«Und?»

«Nichts.»

«Wie geht's ihm?»

Die Mutter sah hoch. «Besser.»

«Gut.» Stefan Rainer widmete sich wieder den Turnschuhen.

«Wenn es so weitergeht, kann er kommende Woche wieder heim.»

Er hielt sich am Türrahmen fest, als er hochkam. «Schön.»

«Ja, nicht?»

«Hast du mit ihm gesprochen?» Seine Stimme klang belegt. Er räusperte sich.

«Ja.» Sie blätterte weiter.

«Hat er was gesagt?»

«Was soll er gesagt haben?»

«Irgendwas, wie's ihm geht oder so.»

«Besser eben, hab ich doch gesagt.»

«Das war alles?»

«Er war nicht sehr gesprächig.»

«Gut. – Also, ich muss dann.»

«Wo gehst du hin?»

«Sachen erledigen. Ich brauche Druckerpatronen. Für den Drucker. Wegen der Bewerbung für den Job.»

Er drehte sich weg. Die Schuhe konnte er auch draussen binden.

«Brauchst du Geld?», rief sie aus dem Wohnzimmer.

«Nein … ich meine, ja.»

Die Mutter stand auf, kramte in ihrem Portemonnaie und steckte ihm einen Hunderter zu. «Hoffe, das Geld ist nicht für nichts.»

«Ganz bestimmt nicht, Mama. Wird schon klappen.»

«Geh jetzt.» Sie strich ihm über die Wange.

Er liess es sich gefallen und änderte in seinem Kopf die Reihenfolge.

Erst der Onkel.

Die Mutter blieb eine ganze Weile stehen und starrte die geschlossene Tür an. Als sie sich umdrehte, um weiterzublättern, ging die Klingel. Sie seufzte und öffnete.

«Ich frage mich manchmal, wo du deinen Kopf hast», sagte sie und starrte überrascht den Mann im grauen Regenmantel an. Sie wich einen Schritt zurück. «Wer sind Sie?»

«Straumann von der Kantonspolizei. Kann ich einen kurzen Moment mit Ihnen reden?»

Sie riss die Augen auf. «Stefan ist ein guter Junge. Er hat eine schwierige Zeit, seit sein Vater gestorben ist.»

«Kann ich mir denken. Ist er zu Hause?»

«Er ist eben gegangen. Druckerpatronen kaufen. Ich weiss auch nicht, wo.»

«Und sonst?»

Sie verstand nicht. «Wie?»

«Was wollte er sonst noch?»

«Ich weiss nicht. Er erzählt nicht so viel.»

«Ja, ja, die Jungen. Ist Ihnen in den vergangenen Tagen etwas aufgefallen? War er anders als sonst?»

Ihr wurde kalt. «Warum? Was hat er angestellt?»

28

Der Schlauch in Bärtschis Hals wurde unterhalb der Nase von weissem Klebeband festgehalten. Die Haut des Gesichts war käsig. Die Augen waren geschlossen. Der Brustkorb bewegte sich leicht auf und ab.

Am Zeigfinger war eine Klammer befestigt, die durch ein Kabel mit dem Computer verbunden war. Auf einem Bildschirm leuchtete grün die Anzeige und informierte über Bärtschis Körperfunktionen wie Herzschlag und Sauerstoffgehalt des Blutes.

Susan hielt seine Hand und ging gleichzeitig mit ihrem Gesicht nah an sein Ohr. «Ich weiss nicht, ob du mich hören kannst, Peter. Vermutlich nicht. Und falls doch … Ich möchte, dass du dir keine Sorgen um uns machst. Wir schaffen das. Leila hat heute tapfer ihre Sachen gepackt und ein lockeres Training hingelegt. Ich habe ihr eine neue Trinkflasche gekauft.»

Susan rückte etwas weg und betrachtete das Gesicht ihres Mannes. Es blieb unverändert. Sie beugte sich wieder zum Ohr.

«Und heute Abend kochen wir Spaghetti. Einen grossen Topf voll. Sie wünschte sich Carbonara. Du weisst ja, sie will fit sein für den Triathlon morgen.»

Sie drückte seine Hand fester.

«Du musst das schaffen, Peter. Es gibt gar nichts anderes.» Sie legte ihren Kopf auf sein Kissen.

Als sie hinter sich ein Räuspern hörte, schreckte sie hoch. Eine Frau legte ihr die Hand auf die Schulter.

«Ich bin die stellvertretende Chefärztin. Elisa Sorrentino.» Sie hielt ihr die Hand hin. «Wenn Sie möchten, können wir kurz zusammen sprechen.»

«Hier?»

«Gehen wir wohin, wo wir einen Kaffee bekommen.»

Susan stand auf und folgte der Ärztin durch die Gänge. In einem schlichten Büro setzten sie sich gegenüber.

«Zucker?»

«Ja, gerne. Nur Zucker.»

Elisa Sorrentino reichte Susan die Tasse. Sie selbst liess vier Espresso eine grosse Tasse füllen.

«Ihr Mann hat einen septischen Schock erlitten.»

«Ja, das sagte man mir bereits.» Susan rührte den Zucker.

«Das stellt uns vor verschiedene Probleme. Eines haben wir ziemlich schnell in den Griff gekriegt. Zu Beginn eines septischen Schocks ist ein extremer Blutdruckabfall zu beobachten. Die Blutgefässe erweitern sich stark. Das Herz ist nicht mehr in der Lage, lebenswichtige Organe mit Blut zu versorgen. Das Blut versackt gewissermassen in den Gefässen. Anlass für den Blutdruckabfall sind Krankheitserreger in einer Menge, die der Körper nicht mehr verarbeiten kann. Es sind zu viele Entzündungsherde, der Körper muss gegen alle gleichzeitig vorgehen. Ein hoffnungsloses Unterfangen.»

Susan nickte. «Der Blutdruck ist wieder stabil?»

«Ja. Wir verabreichten ihm gefässverengende Wirkstoffe. Zusätzlich setzten wir Infusionen. Nun gilt es, die Krankheitserreger zu bekämpfen. Ihr Mann liegt im künstlichen Koma, und er wird mit Antibiotika quasi geflutet. Nun kommt es darauf an, wie schnell wir sie totkriegen, wenn ich mich so ausdrücken darf.»

«Ja, Sie dürfen. Wie geht es weiter?»

«Ich will ehrlich sein.» Elisa Sorrentino stellte die Tasse auf den Tisch. «Ein septischer Schock kann tödlich verlaufen. Vieles hängt davon ab, wie schnell man reagiert. Wir waren schnell. Die Therapie gegen die Erreger ist äusserst aggressiv. Wir schiessen mit Kanonen auf Spatzen, denn es sind jede Menge davon da. Auch deshalb, weil wir erst eruieren müssen, wie die bakteriologischen Gegebenheiten aussehen. Zusätzlich sind Resistenzmuster zu untersuchen. Erst dann können wir eine spezifische Kombination von Substanzen zusammenstellen. Ich erwarte den Laborbericht in den nächsten Minuten.»

«Das heisst?»

«Wir tun alles, was in unserer Macht steht.»

«Und wenn er wieder aufwacht?»

«Dazu lässt sich zum jetzigen Zeitpunkt nichts sagen. Organschäden sind wahrscheinlich. Müssen aber nicht sein.»

«Welche Organe?»

«Schwierig vorauszusagen. Betroffen sein können Nieren, Lunge oder auch das Gehirn.»

Susan atmete heftig ein und langsam wieder aus. «Danke für die Information.»

Elisa Sorrentino erhob sich und hielt ihr eine Visitenkarte hin. «Wenn ich irgendwas für Sie tun kann oder wenn Sie weitere Fragen haben, rufen Sie mich an.» Sie schrieb mit Kugelschreiber eine weitere Telefonnummer hin.

Als Susan zurück ans Bett kam, war ihr Stuhl besetzt. Galati drehte sich um und lächelte sie an. Dann sah Susan, wie Galati die Augen aufriss, das Lächeln verschwand, sie bemerkte, wie gleichzeitig ihre Ohren rauschten und sie ins Nichts stürzte.

Galati bewahrte sie davor, hielt sie fest und drückte sie, hielt sie fest, als sich der Körper in einem Weinkrampf schüttelte, und liess sie leise wieder los, als sich Susan am Stuhl abstützte, um sich zu setzen.

«Entschuldigung», flüsterte sie.

«Schlechte Nachrichten?»

Susan nickte.

«Guten Morgen.» Straumann stand da, grauer als sonst. «Was macht er?»

«Momentan nicht viel», antwortete Susan. «Liegt da. Mehr ist nicht zu tun. Den Rest besorgen die Medikamente.»

«Was sagen die Ärzte?», fragte er.

«Genau das.»

«Scheisse.» Straumann vergrub die Hände im Mantel. «Ich wollte ihm mitteilen, dass sich die Sache mit dem Toten im Rhein allmählich auflöst. Wir haben den mutmasslichen Täter gefasst. Zwei Stockwerke weiter oben.»

Galati sah zu Boden.

«Daran haben Sie einen Anteil, Frau Galati. Ich habe Frau Meister heute früh in meinem Büro angetroffen.»

Susan lehnte sich zurück. «Dürfen Sie das überhaupt erzählen?»

«Ich tu es trotzdem.» Er schwieg einen Augenblick. «Der mutmassliche Täter war eben dabei, seinem Onkel Nase und Mund zuzuhalten. Er hat versucht, ihn zu ersticken. Das Opfer war zu schwach, um sich zu wehren.»

«Und der Rest der Bürgerwehr?», fragte Galati.

«Ist zum Verhör eingeladen.» Er hielt inne und zog ein Telefon hervor. «Ja?» Straumann blickte ins Leere und hörte zu. Dann liess er es wieder verschwinden. «Was zum Teufel ist da eigentlich los?», murmelte er.

«Ärger?» Susan zog die Augenbrauen hoch.

«Wir haben gestern einen weiteren Toten gefunden.» Straumann wandte sich zum Gehen, blieb stehen und sah Bärtschi an. «Er könnte vielleicht helfen. Ohne ihn kriege ich den Kopf nicht klar. Der Tote lag auf einem Parkplatz. Die Finger waren ihm abgeschnitten worden. Aber der oder die Täter haben geschlampt. Einen haben sie liegen gelassen. Er ist identifiziert. Ich weiss jetzt, dass der Tote unter Beobachtung des Nachrichtendienstes des Bundes stand. Er sass wegen verschiedener Vergehen. Hauptsächlich Gewaltdelikte, versuchte Vergewaltigung, Vergewaltigung in zwei Fällen, Nötigung und Körperverletzung. Im Gefängnis hat er sich bequatschen lassen und hat sich radikalisiert.»

«Auf welchem Parkplatz?», fragte Galati.

«International School.»

Galati schluckte. «Ich habe einen vermöbelt. Auf dem Parkplatz der International School. Er hatte mich bedroht und begrabscht. Ich habe die Polizei gerufen.»

Straumann kriegte etwas Farbe ins Gesicht. «Was recherchiert Cobb?»

«Die haben wohl rausgekriegt, dass ich den Mann mit der Narbe aus dem Schwimmbecken gezogen habe.» Die Synapsen in Galatis Gehirn schossen quer.

«Wie bitte?»

«Der Tote im Rhein. Im Schwimmbad wäre er beinahe abgesoffen. Es sieht so aus, als hätte irgendwer ein Interesse daran, dass alle Verbindungen zu den beiden Toten gekappt werden.»

Straumann trat einen Schritt näher. «Ich denke, Sie haben gut daran getan, den Mann zu vermöbeln.»

«Ich werde nicht vergewaltigt. Nicht mehr.»

Stille.

«Er hätte Sie umgebracht», nahm Straumann das Gespräch wieder auf.

Susan schaltete sich ein. «Moment. Wenn ich es richtig verstehe, hat dich ein Mann begrabscht. Du schlägst ihn zusammen. Und wenig später ist er tot.»

Moser war ins Zimmer getreten.

«So sieht es aus.»

«Wer hat ihn umgebracht?»

«Jemand, der nicht wollte, dass wir wissen, wer das war», sagte Moser.

«Wenigstens nicht sofort», sagte Galati.

«So ist es.» Straumann sah zu Boden.

Ein Mann mit blonden Locken betrat den Raum. Er trug Arbeitskleidung. Als er sich kurz umgesehen hatte, winkte er nach draussen. Eine Handwerkerin trug einen Karton herein. Die blauen Augen wollten nicht so recht zu den schwarzen Haaren passen. Während sie sich an der Verpackung zu schaffen machte, löste der Mann den Feuerlöscher aus der Halterung.

Die Frau zog einen neuen roten Stahlkörper aus dem Karton. «Lassen Sie sich nicht stören.»

Der Mann lächelte. «Feuerlöscher. Müssen hin und wieder ausgetauscht werden.»

29

Markus Torner begrüsste die Uniformierten, die aus dem Auto blinzelten. Er setzte sich in den Mercedes und machte, dass er fortkam. Der Klang des Motors war die Musik, die ihn wieder zu sich brachte. Er war drauf und dran gewesen, die Kontrolle aus der Hand zu geben.

Die Sache mit den Feuerlöschern war geregelt. Vergangene Nacht war der Lastwagen auf einem verlassenen Parkplatz in Herblingen eingetroffen. Der Fahrer hatte sich gewundert, dass er nicht zurück nach St. Gallen fahren musste.

Aaron Weber hatte Markus Torner befohlen, mit dem Fahrer einen Spaziergang zu unternehmen. Der dünne Mann hatte gemurrt, war in die Fahrerkabine gestiegen, um die Packung Zigaretten zu krallen. Dann waren sie losgegangen. Es war Torner unangenehm gewesen, mit einem Angestellten allein in der Nacht unterwegs zu sein. Er wusste nicht, was er reden sollte.

Als sie zurückkamen, war die Fracht gelöscht worden. Der Fahrer hatte etwas von wegen Fahrtenschreiber gebrummelt. Markus Torner hatte sich geweigert, ein Hotelzimmer zu bezahlen. Er fand, in der Fahrerkabine sei genügend Platz. Als Antwort bekam er die Tür vor der Nase zugeknallt und eine Wolke Diesel in die Nase, als der Laster davonfuhr.

Vielleicht würde er ihm künden müssen.

Auch Lydia musste er loswerden. Sie verlor allmählich die Nerven. Sie fürchtete sich vor ihrem Ex-Mann, fürchtete um ihren Sohn, sorgte sich wegen der Polizei und nervte sich wegen ihres Enkels. Jede einzelne wache Minute lag sie ihm in den Ohren. Ob er eigentlich wisse, was sie durchmache. Dass er schuld an allem sei und er endlich einen Weg finden müsse, um das alles zu beenden. Als sie gedroht hatte, alles auffliegen zu lassen, hatte er ihr eine geknallt. Nicht die feine Art. Wenigstens war danach für kurze Zeit Ruhe gewesen.

Der Muskelkater klang allmählich ab. Deshalb kam ihm der Newsletter, den er spätnachts erhalten hatte, gerade recht. Die

«Box» hatte jetzt auch schon morgens geöffnet. Er beschloss, später mit der Arbeit zu beginnen, um zuvor ein hartes Training zu absolvieren. Schliesslich war er sein eigener Chef. Das Leben gehörte ihm. Er hatte das Recht, es zu sortieren, das Brauchbare vom Nutzlosen zu trennen. So musste es sein.

Mit der Sporttasche über der Schulter nahm er zwei Stufen gleichzeitig. Als sich die Tür hinter ihm schloss, lauschte er. Es war ruhig. Das Training hatte noch nicht begonnen. Er zog sich um, zwängte die Zehen in die Fivefingers. Als er seinen persönlichen Spind öffnete, war da die Jacke, die er im Winter hatte hängen lassen. Er riss sie vom Haken und legte sie zwischen die Handschlaufen der Sporttasche. Die Zeit der Nachlässigkeit hatte ein Ende. Er hatte sich gehen lassen.

Bevor er die Garderobe verliess, rieb er sich vor dem Spiegel Blut in die Wangen und grinste sich an.

Bojana Nikolic sass hinten an der Bar. Sie blickte hoch. «Markus, was tust du denn hier?»

Markus Torners Lungenflügel weiteten sich. Sie hatte ihn beim richtigen Namen genannt. «Trainieren.»

«Trainieren? Jetzt?»

«Der Newsletter.»

«Ach der.» Bojana Nikolic winkte ab. «Das ist viel zu kurzfristig. Ich rechne erst ab kommender Woche mit Kundschaft.»

«Nun, ich bin hier.»

«Ab drei Personen findet das Training statt. Darunter lohnt es sich nicht.»

Markus Torner kam näher. «Kann ich wenigstens einen Drink haben?»

Bojana Nikolic rutschte vom Barhocker. Sein Blick folgte ihrem muskulösen Hintern, bis er hinter der Bar verschwand. Auch in Jeans war er grossartig anzusehen. Dazu trug sie ein rot-orange geblümtes Oberteil mit Spaghettiträgern. Eng.

«Erdbeere, Schokolade oder Vanille?»

«Wie?»

«Erdbeere, Schokolade oder Vanille?»

«Vanille.» Er liess die Tasche zu Boden gleiten und gab sich Mühe, mühelos auf den Barhocker zu steigen. Auf der Bar lagen

Blätter, die mit Zahlen vollgeschrieben waren, und ein Taschenrechner.

Bojana Nikolic stellte das Glas mit dem Eiweissdrink auf den Tresen und warf eine Nespresso-Kapsel in die Maschine.

«Kann ich auch so einen haben?»

«'türlich.»

Sie wartete auf den Kaffee. Er sah zwischen ihr und den Zahlen hin und her. Nahm einen Schluck vom Proteinshake.

«Buchhaltung?», fragte er.

«Wie?»

«Du machst die Buchhaltung?»

«Nein, dafür benutze ich den Computer.»

«Klar.» Er stellte das Glas ab und wischte sich mit der Hand über die Lippen.

Sie schob Markus Torner den Espresso hin. Ihren behielt sie in der Hand, Arme verschränkt. «Ich kann hier nicht Konversation betreiben, Michael. Ich muss arbeiten.»

«Markus.»

«Ja, natürlich. Wir sehen uns heute Abend beim Training.»

Markus Torner nahm ein Blatt und betrachtete es. «Das sind Zahlen.»

«Ja, das sind Zahlen.»

«Wie ich sehe, ist die Miete sehr hoch.»

«Leg das hin.»

Er rechnete im Kopf schnell nach. Runzelte die Stirn. «Es geht nicht auf, habe ich recht?»

Bojana Nikolic sah ihn an und sagte nichts.

«Wenn ich überschlage, wie viele Leute hier täglich trainieren, und davon die Zahl hier abziehe», er schlug mit dem Handrücken leicht aufs Papier, «reicht es nicht mal für die Miete. Von einem Lohn gar nicht erst zu reden.»

«Ich öffne früher.»

«Das macht die Sache auch nicht besser. In ein paar Wochen bist du pleite, nicht?»

«Ich suche einen Weg raus aus der Misere.»

Markus Torner wischte das Blatt zurück. «Ich wüsste einen.»

«Ein Kredit kommt nicht in Frage.»

«Die Rede ist nicht von einem Kredit. Ich spreche von einem Vorschuss.»

«Vorschuss worauf?»

Markus Torner nahm einen Schluck Vanille, stützte die Ellbogen auf den Tresen und mass mit den Augen Zentimeter um Zentimeter von Bojana Nikolics Körper ab. Sie wich zurück.

«Vielleicht verstehst du's, wenn ich dir etwas zeige.» Er schlenderte zur Sporttasche und zog das iPad heraus. Die Winterjacke rutschte zu Boden. Wieder bei der Bar weckte er das Gerät aus dem Stand-by-Modus.

«Bisher hatte ich das hier umsonst. Ich wäre bereit, für mehr zu bezahlen.»

Bojana Nikolic starrte auf den Bildschirm.

«Du hast einen unglücklichen Bewunderer, der bereit ist, dir aus der Patsche zu helfen. Du rettest dein Geschäft, der Bewunderer ist glücklich.»

Ohne den Blick vom Bild zu lassen, griff sie langsam nach dem iPad.

Markus Torner lehnte sich vor und sah sie aufmunternd an. «Eine klassische Win-win-Situation, würde ich behaupten.»

Erst traf die Kante des Gerätes die Backe, dann hatte er es zwischen den Lippen. Er heulte auf und fühlte, wie sich der Mund mit Blut füllte.

«Du Schlampe!», schimpfte er. Zwei Schneidezähne fielen auf die Theke. Mit der einen Hand wischte er sie zusammen und schob sie in die andere, starrte sie an und machte, dass er fortkam. Blutstropfen besudelten den Boden und die Sporttasche.

Bojana Nikolic schrie ihm nach: «He! Nimm deine verfickte Jacke mit! Ich will dich hier nie wieder sehen. Ich will nichts von dir je wieder in meiner Nähe! Arschloch!»

Sie hielt sich am Tresen fest, bis sich der Atem wieder beruhigt hatte. Der Blick fiel auf das iPad. Es flog Markus Torner hinterher, krachte an die Tür und blieb am Boden liegen.

Ihr erster Gedanke war, die Polizei anzurufen. Aber was hatte sie schon? Ein Video, das zeigte, dass sie verdammt gut darin war, Burpee an Burpee zu reihen. Sonst nichts. Sie würde sich lächerlich machen. Sie ging zur Tür und sah hinaus. Markus

Torner war weg. Als sie sich umdrehte, trat sie gegen das Tablet. Es schlitterte davon und blieb unter der Winterjacke stecken.

Sie hob sie auf und tastete sie ab. Vielleicht fand sich darin etwas Nützliches. Es raschelte. Mit der Hand fuhr sie in die Tasche. Die Enttäuschung stellte sich bereits durch den Tastsinn ein. Kein Geld. Sie hielt ein gefaltetes Blatt in den Händen. Als sie es geöffnet hatte und las, war sie sicher, dass es doch an der Zeit wäre, mit der Polizei ein Wort zu reden.

30

Überall Dampf. Er stieg von den Felsen auf, wurde aus Spalten gezogen und glitt über den Boden, hoch zum Grat, zu den Gipfeln und verschwand dort, wo Cobb hergekommen war. Die Hose klebte an den Beinen, und die Schuhe schmatzten. Er trug die Jacke in den Händen. Auch Hemd und T-Shirt hatte er ausgezogen und über die Schulter geworfen. Der linke Arm hing nutzlos im Gelenk. Cobb konnte ihn bewegen, aber es tat weh. Der Ellbogen wollte das nicht. Vor ihm baumelte das tote Murmeltier vom Rücken des Mannes, der dafür gesorgt hatte, dass er das Gewitter überlebt hatte.

Es war so schnell verschwunden, wie es sich zusammengebraut hatte. Die Sonne brannte beinahe senkrecht vom Himmel. Cobb zog sich das T-Shirt über den Kopf, um sich vor ihr zu schützen. Er setzte seine Füsse dort auf, wo die Chance gross genug war, dass er nicht ausrutschte. Öfters musste er die Hand zu Hilfe nehmen, um grössere Brocken zu überwinden.

Nach einer halben Stunde setzte sich der Mann hin. Auch Cobb suchte sich einen Stein. Der Mann zog eine Salami aus dem Rucksack, schnitt einige Scheiben ab und bot Cobb davon an.

«Wer sind Sie eigentlich?»

«Ich heisse Cobb.»

«So.»

«Und Sie sind Frank Perler.»

Der Mann hörte für einen Moment zu kauen auf. «Wie haben Sie mich gefunden?»

«Sie haben mich gefunden.»

Frank Perler murrte und kaute weiter.

«Wasser?», fragte er schliesslich und hielt Cobb eine Flasche hin.

Cobb setzte an und trank.

«Wenn das so ist, werde ich Sie für eine Weile hierbehalten müssen.»

«Vielleicht lohnt sich der Versuch.» Cobb gab die Flasche zurück.

«Auf jeden Fall werde ich Sie mitnehmen. Allein verrecken Sie hier oben. Mit dem Arm sowieso.»

«Das würde Sie kümmern?», fragte Cobb.

«Ich weiss, was Sie von mir denken. Polizei?»

Blanke blaue Augen musterten Cobb.

«Zeitung», sagte Cobb.

Frank Perler sah weg und schob sich eine Scheibe Salami zwischen die Zähne.

«So.»

Er wickelte die Wurst in ein Papier und schob sie in den Rucksack. «Wir müssen weiter. Da oben ist noch einer, den ich durchfüttern muss.»

«Ihr Sohn?»

«Von welcher Zeitung?»

«‹Tagblatt›.»

«Wundert mich. Sie sind schnell, Herr Cobb.»

«Ich bin nicht im Auftrag meiner Zeitung unterwegs. Ich tu einem einen Gefallen.»

Frank Perler horchte auf. «Wem?»

«Bärtschi.»

«Warum kommt er nicht selber?»

«Er liegt im Koma.»

Frank Perler ignorierte Bärtschis Gesundheitszustand. «Hat mir die Nase am Verhörtisch platt gemacht. Wer kann es ihm verübeln? Ich war der perfekte Schuldige. Die Indizien sprachen gegen mich. Wer interessiert sich da noch für die Wahrheit? Gehen wir.» Frank Perler stand auf.

Inzwischen waren die Hosen wieder trocken. Cobbs Muskeln zitterten bei jedem Schritt. Als sie im Lager angekommen waren, liess er sich langsam auf einem Stein nieder und wollte nie wieder aufstehen.

«Besuch!», rief Frank Perler.

Unter dem Tarnnetz bewegte sich etwas. Frank Perler zog es weg und löste vorsichtig das Klebeband von Fabians Mund. Er öffnete die Wasserflasche und gab ihm zu trinken.

«Darf ich vorstellen. Cobb vom ‹Tagblatt›. Wenn das hier vorüber ist, kannst du ihm ein Interview geben und von deinen vertrackten Ideen erzählen. Kannst es auch jetzt gleich tun. Er bleibt solange hier.»

Fabian schaute weg und schwieg. Frank Perler stellte sich vor Cobb hin. «Lassen Sie sehen.»

Er ging in die Hocke und betrachtete den Ellbogen. Anschliessend wühlte er in einer Tonne und kam mit einem Stück Armierungseisen und etwas Stoff zurück. Die Eisenstange bog er zurecht, zerriss den Stoff und schiente damit Cobbs Arm.

«Mehr kann ich momentan nicht tun.»

«Danke.»

«Hunger?»

Cobb nickte.

«Denken Sie nicht, dass es hier bald nach Braten riechen wird. Ist schwierig, hier oben Holz zu kriegen. Da oben liegt zwar welches, aber das ist für harte Zeiten gedacht.»

Cobb lehnte sich zurück. Die Sonne wärmte ihn, die Wanderung machte schläfrig. Das Letzte, das er wahrnahm, war das Geräusch zweier Messer, die aneinander geschliffen wurden.

Als er wieder aufwachte, war es kühler geworden. Er zog T-Shirt, Hemd und Jacke an und stand auf. Die Beine gebärdeten sich störrisch. Er blieb stehen und betrachtete die eine Hälfte des Murmeltiers, welche an einem Haken hing. Die andere blubberte im Wassertopf, der von der Flamme eines Gaskochers beheizt wurde.

«Wie haben Sie mich gefunden?»

Cobb drehte sich um. Frank Perler lag auf dem Rücken, die Arme hinter dem Kopf verschränkt.

«Ihre Freundin. Sie hat mir die Koordinaten mitgegeben.»

«Petra. Es ist nicht gut, wenn Frauen sich Sorgen machen.»

«Ich bin dann losgefahren.» Cobb breitete die Arme aus. «Hätte mich wohl zuerst in einem Outdoor-Shop umsehen sollen.»

«Wäre eine gute Idee gewesen.»

Cobb ging um einen Felsen. Als er sicher war, dass er nicht beobachtet werden konnte, nahm er das Smartphone hervor. Es nützte ihm noch immer nichts.

Kein Netz.

Hier war er also, von einem Mörder gerettet, irgendwo auf über zweitausendfünfhundert Metern Höhe oder drüber. Wohin er schaute, nur Stein. Grau in grau. Kein weiteres Leben war zu erkennen. Nichts. Ein schweigsamer junger Mann leistete ihm Gesellschaft. Er war offensichtlich von seinem Vater hier hoch verschleppt worden. Er musste ihn vom Felsen lösen. Cobb versuchte sich zu erinnern, wie die Figur aus der griechischen Mythologie hiess, die es sich an einen Felsen geschmiedet gefallen lassen musste, dass täglich ein Adler an seinen Gedärmen zerrte. Oder war es ein Geier? Egal.

Frank Perler kam um den Felsen.

«Essen ist fertig.»

Cobb ging ihm nach. Ein Blechteller lag vor Fabian. Daneben ein Löffel. Frank Perler löste die eine Hand aus der Fessel.

«Ist er Linkshänder?», fragte Cobb.

«Nein. Aber so stellt er nichts an.»

Ungeschickt begann Fabian zu löffeln.

Cobb schaute in den Topf. Fett schwamm obenauf. Frank Perler schöpfte sich und salzte nach. Cobb liess ein, zwei Happen gekochten Murmeltiers auf seinen Teller gleiten. Es roch fad.

Er konnte sich eben überwinden, einen Bissen zum Mund zu führen, als er es hörte. Auch Frank Perler hob den Kopf. Fabian sah hoch.

Das Geräusch sich drehender Rotoren. Ein Helikopter.

Frank Perler legte sein Essen weg und griff nach einem Fernglas. Hinter einem Gesteinsbrocken versteckt sah er in die Richtung des Geräusches. Es wurde lauter.

Cobb hockte sich neben ihn. Er machte Frank Perler Zeichen, ihm das Fernglas auszuhändigen. Er sah hindurch und erkannte den roten Schriftzug von Finks Arbeitgeber.

«Der lässt nicht locker.»

«Wer ist das?», fragte Frank Perler.

«Ein Journalist.»

«Ein Kollege?»

«Ein Arschloch.»

Frank Perler stiess sich vom Felsen weg und warf das Tarnnetz über die farbigen Gegenstände. Der Kocher kippte um. Das Netz fing an zu glimmen. Frank Perler fluchte und stapfte darauf herum, während er gleichzeitig versuchte, die Gaszufuhr zu drosseln.

«Wir müssen fort von hier.»

Der Helikopter donnerte über ihre Köpfe hinweg und schwenkte weiter oben um. In einem weiten Bogen kam er zurück.

«He!»

Cobb und Frank Perler sahen zu Fabian hin.

«Bind mich los. Ich bring uns fort», sagte Fabian.

Frank Perler und Cobb sahen sich an. Cobb nickte.

Frank Perler öffnete das Taschenmesser und schnitt die Kabelbinder durch.

«Was jetzt?»

Fabian deutete zwischen zwei Felsblöcke. «Da lang!»

«In den Bunker? Das ist eine Sackgasse.»

«Die Taschenlampen. Los.»

Fabian rannte voraus, Cobb hinterher, und Frank Perler wühlte in der Tonne nach den Taschenlampen. Bevor der Helikopter über seinem Kopf dahinflog, war er unter das Tarnnetz geschlüpft. Er verhedderte sich, kämpfte sich heraus und folgte den beiden.

Fabian hatte sich bereits durch eine Felsspalte gequetscht. Cobb tat es ihm gleich. Frank Perler hatte etwas mehr Mühe. Drinnen blieben sie stehen, bis sich ihre Augen an die Dunkelheit gewöhnt hatten. Erst dann reichte Frank Perler den beiden die Taschenlampen.

Ihr Schein beleuchtete in den Felsen gehauene Bänke, Licht drang spärlich durch versteckte Schiessscharten herein, Holzpfosten lagen auf dem Boden, eine Natursteinmauer trennte den vorderen vom hinteren Teil, Mörtel bröckelte auf den Boden. Der Bunker glich einer Höhle, Cobb wurde es eng.

Fabian ging voraus. Er bückte sich, hob einen Pfosten auf und hebelte einen Granitblock zur Seite. Dahinter kam ein Gang zum Vorschein. Frank Perler und Cobb schlüpften hinein, Fabian hängte sich von innen an den Brocken und platzierte ihn mit Hilfe seines Körpergewichts wieder vor dem Eingang.

Gebückt gingen sie den Gang entlang. Cobbs Ellbogen pochte. Die Luft roch verbraucht. Das Licht der Lampen schien vom Fels aufgesogen zu werden. Was tat er hier?

Als sie stehen blieben, dachte Cobb, sie seien tatsächlich in eine Sackgasse geraten. Das Licht von Fabians Lampe verschwand nach oben. Cobb schaute ihm nach. Senkrecht. Cobb hatte sich nie vorstellen können, die Sprossen bis zur Spitze eines Baukrans zu erklimmen. Das hier war exakt die in Fels gehauene Kopie. Zu Stufen gebogene Armierungseisen waren in den Fels betoniert worden. Ein Aufstieg wie im Inneren des Schlots eines Kamins.

Vater und Sohn kletterten voraus. Cobb nahm die Taschenlampe zwischen die Zähne, hangelte sich mit der Rechten hoch und stützte sich mit dem Rücken an der Wand ab. Oben angekommen, war es ihm kaum möglich, die Finger zu strecken.

Sie hetzten gebückt weiter. Endlich schien es etwas heller zu werden. Cobb betete, dass nicht ein Felssturz den Ausgang in letzter Minute verschütten würde.

Draussen, an der frischen Luft, liess sich Cobb auf den Rücken fallen. Er versuchte, zu Atem zu kommen. Fabian und Frank Perler warteten, bis er bereit war weiterzugehen.

Cobb stand auf und seufzte. So würde dereinst seine Hölle beschaffen sein. Granitblöcke, wohin das Auge reichte. Manche so klein wie Kinderköpfe, andere so gross wie tonnenschwere Meteoriten, welche imstande wären, sämtliches Leben der Erde auszulöschen. Und er stand da in Lederschuhen, in denen er bereits auf nassen Trottoirs auszurutschen drohte.

Die ewige Verdammnis begann mit dem ersten Schritt und endete an einem Ort, welcher in etwa die Kopie dessen war, wo ihre Flucht ihren Ausgang genommen hatte. Eine Formation von grossen Gesteinsbrocken, dazwischen eine ebene Stelle. Blaue, wasserdichte Fässer in einer Nische. Fabian ging schnurstracks hin, öffnete einen Deckel und wühlte.

31

«Lächerlich. Sie benehmen sich wie im Fernsehen.» Der Löffel klirrte am Porzellan, als Lydia Torner den Zucker auf den Tisch stellte. «Kaffee ist gleich fertig.»

Moser lächelte gütig wie ein Weihnachtsmann. Der Bart schimmerte rötlich im Licht der Sonne, die auf die Veranda schien. Bienen summten im Garten.

«Sie stehen an der Tür, zeigen ihre Ausweise und fragen, ob sie reinkommen können. Übt man so was auf der Polizeischule?»

«Ist schon zu lange her.» Straumann sah in den Garten. Ein Kinderwagen stand dort. Darin schlummerte ein Kleinkind.

Moser zuckte mit den Schultern. Lydia Torner verschwand. Die beiden Polizisten hörten sie durch die halb offene Tür. «Vergessen Sie diese Woche nicht, auch unter dem Sofa zu saugen. Und wenn Sie damit fertig sind, gehen Sie in die Küche. Der Tripp Trapp ist völlig verklebt von dem Kinderbrei. Das kann ich meinem Enkelkind nicht zumuten.»

Nach einer Weile erschien sie wieder mit einem Tablett und drei Tassen Espresso. Ihre Hand zitterte leicht, als sie den Kaffee verteilte.

«Was gibt's?», fragte sie.

Straumann drehte sich um und setzte sich. Er wühlte in seinem Mantel und zog ein Diktiergerät hervor. «Es stört Sie doch nicht, wenn wir unser Gespräch aufzeichnen.»

Ihre Augen starrten das Gerät an. «Nein, nein, ich habe nichts zu verbergen.»

Moser lächelte. Straumann drückte den Knopf.

«Gespräch mit Lydia Torner», diktierte er. Als Datum und Ort festgehalten waren, blickte er sie an. «Frau Torner, wissen Sie, wo sich Ihr Mann aufhält?»

«Wo soll er sich schon aufhalten? Bei der Arbeit.»

«Was arbeitet Ihr Mann?»

«Transport. Er befördert Waren in alle Welt.»

«Waren welcher Art?»

«Was weiss ich, alles Mögliche. Was die Leute so rumschicken.»

«Wissen Sie, dass einer seiner Fahrer heute Morgen mit Husten und Fieber in das Spital eingeliefert wurde?»

«Muss ich das?»

«Nein.» Straumann machte eine Pause. Moser linste auf das Gerät, um zu sehen, ob die Aufnahme noch lief. Straumann sah Lydia Torner an. «Frau Torner, wir konnten Ihren Mann nicht bei der Arbeit erreichen.»

Sie wurde blass um die Nase. «Ist ihm etwas zugestossen?»

«Das versuchen wir herauszufinden.»

Lydia Torner lehnte sich über den Tisch und zischte: «Es war Ihre Aufgabe, ihn zu beschützen.»

«Wir versuchen, dieser Aufgabe gerecht zu werden, so gut wir können.» Moser fasste mit beiden Händen um sein Knie, welches er übers andere Bein gelegt hatte.

«Das reicht nicht. Als Steuerzahlerin kann ich verlangen, dass Sie Ihren Job perfekt erledigen.»

«Ganz Ihrer Meinung, Frau Torner.» Straumann kramte erneut im Mantel und holte eine Kopie hervor. Er faltete sie auf und hielt sie Lydia Torner hin. «Sagt Ihnen das etwas?»

Sie schüttelte den Kopf.

«Ihr Mann hat es verloren. Heute Morgen.»

«Wo das?» Lydia Torner rückte näher.

«Das tut vorläufig nichts zur Sache. Ich denke, Sie kennen die Verfasserin des Briefes.»

Sie lehnte sich vor. «Meine Güte. Der ist von Anita.»

«Ja, von der Mutter Ihres Enkelkindes. Sie schreibt darin, dass sie hundertfünfzigtausend von Torner verlangt. Ansonsten gehe sie zur Polizei.»

«Die Schlampe hat meinen Mann erpresst.»

«Hatte sie einen Grund dazu?»

«Da müssen Sie ihn fragen.»

«Hat er Ihnen gegenüber etwas erwähnt?»

«Nein, nie.»

Moser räusperte sich. «Wir Polizisten sind ordentliche Menschen. Wir haben es gerne, wenn die Dinge zusammenkommen, die zusammengehören. Wir stellen uns immer wieder Fragen.

Manchmal macht einen das wahnsinnig. Ihr Ex-Mann ist ausgebrochen. Ihr Sohn verschwindet. Nun auch Ihr Gatte. Wir finden einen Brief von einer Frau, die ein halbes Jahr nach der Geburt ihres Kindes an einer Überdosis stirbt. Die Akten behaupten, sie hätte sich zuvor nicht mit den Leuten abgegeben, mit denen sie verkehrt hatte, bevor sie schwanger geworden war. Auch Ihr Sohn ist seither clean. Allerdings sind Leute in seiner Wohnung, die dort nicht hingehören. Und jetzt dieser Zettel. Da kommt man doch ins Grübeln, nicht?» Moser nahm einen Schluck. «Schmeckt gut, der Kaffee.»

Sein Handy klingelte. Er nickte, machte Notizen und gab durch Laute zu verstehen, dass er noch zuhörte. Dann legte er es wieder weg.

«Das Spital.»

Straumanns Rücken wurde lang. «Bärtschi?»

«Nein. St. Gallen. Der Fahrer wurde in Quarantäne verlegt. Verdacht auf Milzbrand. Das alles sei wegen der – ich zitiere –», Moser sah auf seine Notizen, «wegen der verdammten Feuerlöscher.»

«Welche Feuerlöscher?», fragte Straumann und wusste gleichzeitig, von welchen die Rede war. «Moser. Schicken Sie jemanden in das Spital. Sämtliche Feuerlöscher müssen kontrolliert werden.»

«Nach St. Gallen?»

«Nein. Hier.»

«Der Fahrer liegt doch in St. Gallen.»

«Aber hier sind heute Morgen die Feuerlöscher ausgetauscht worden.»

Moser erhob sich und entfernte sich ein Stück. Straumann rief ihm nach, dass die Feuerlöscher erst im Labor zu überprüfen seien, bevor sie geöffnet würden. Moser nickte und begann zu telefonieren.

Lydia Torner hatte bloss zugesehen. Ihr Gesichtsausdruck verriet Unverständnis.

«Was geht hier ab?», fragte sie.

«Je früher Sie mit uns zusammenarbeiten, desto eher werden Sie es erfahren.»

«Ich würde ja gerne …»

«Sie wissen, was Milzbrand ist?»

«Ist das nicht etwas, was normalerweise bei Pflanzen vorkommt?»

«Nein, bei Tieren. Bei Paarhufern, Schweine und so. Sie erinnern sich an die Anthrax-Anschläge in Amerika? Die Bakterien sind harmlos. Sie überleben nicht lange. Die Sporen hingegen halten sich eine Ewigkeit. Bereits im Mittelalter wurden verseuchte Tiere aus den Festungen geworfen. Sie sollten den Feind anstecken. Im Ersten Weltkrieg begannen deutsche Wissenschaftler mit Milzbrand zu experimentieren. Seither kennen wir ihn als biologischen Kampfstoff. Man steckt sich über die Sporen an. Wenige Tage oder Wochen später geht's los. Husten, Fieber, Schüttelfrost. Meist nützen auch Antibiotika nichts mehr. Bleibt zu hoffen, dass der Fahrer durchkommt.»

«Markus hat damit nichts zu tun.»

«Natürlich. Alles Zufall. Ihr Mann ist die Lauterkeit in Person. – Kennen Sie den Code zu seinem iPad?»

«Es wird derselbe sein, den er für alle Geräte verwendet.»

«Keinen Fingerprint?»

«Nein, soviel ich weiss, benutzt er keinen.»

Straumann reichte ihr Markus Torners Tablet. «Hier, versuchen Sie mal.»

«Was soll das?» Sie tippte missmutig auf den Bildschirm. Dann blieb ihr Blick daran kleben.

Straumann sprach weiter. «Das ist Bojana Nikolic. Fitnesstrainerin. Wie Sie unschwer feststellen können. Ihr Mann hat dieses Video heimlich aufgenommen. Bojana Nikolic hat bei uns angerufen. Ihr Mann sei heute Morgen bei ihr gewesen. Er hatte ihr angeboten, ihr gegen Sex finanziell unter die Arme zu greifen. Sie hat ihm das iPad zwischen die Zähne gerammt und ihn davongejagt. Er hatte die Jacke nicht mitgenommen. In der Jacke befand sich dieser Zettel.»

Lydia Torner klappte das Tablet mit dem Bildschirm nach unten auf die Tischplatte. «Das Schwein.»

Sie sah ihre Hand an, die auf dem iPad liegen geblieben war, lehnte sich zurück und verschränkte die Arme. «Wenn ich mit Ihnen zusammenarbeite, kann ich da auf Strafmilderung hoffen?»

«Ich kann Ihnen nur versprechen, dass Sie für Straftaten, die künftig in dieser Sache begangen werden, nicht belangt werden können.»

«Künftig?»

«Zuerst einmal kämpft der Fahrer um sein Leben.»

Lydia Torner schluckte. Sie sah Straumann kurz an. Dann verflüchtigte sich ihr Blick ins Nirgendwo. «Mein Ex-Mann sitzt unschuldig im Gefängnis.»

Straumann beugte sich vor. «Können Sie das wiederholen?»

Aus dem Kinderwagen erhob sich Gebrüll. Moser hatte sein Telefongespräch beendet und sah Straumann ratlos an. Lydia Torner sprang auf und rannte hin. Sie nahm das Kind aus dem Wagen. Es schrie weiter.

«Eine Biene hat ihn gestochen!», rief Lydia Torner.

Straumann und Moser verdrehten die Augen.

«Im Gesicht beginnt schon der Ausschlag. Wir müssen sofort in die Notaufnahme.» Lydia Torner war bereits unterwegs ins Innere des Hauses. «Das hat er von Frank. Eine Allergie. Noch atmet er.»

32

Galati gähnte und setzte das Taxi in eine Parklücke. Als sie den Inhalt des Handschuhfaches prüfte, fiel ihr Blick auf die zerknitterte Visitenkarte, die auf der Fussmatte lag. Sie hob sie auf und zerknüllte sie endgültig mit der linken Hand. Als sie aus dem Wagen stieg, sah sie hoch zu ihrer Wohnung im dritten Stock. Würde sie allein sein, wenn sie die Tür öffnete? Oder musste sie damit rechnen, dass sie jemand empfing?

Wie damals, als sie in Sydney lebte, nach der Scheidung von dem Mann, dessen Familiennamen sie trug. Er hatte Besitz mit Liebe verwechselt und hatte gedroht, sie umzubringen, wenn sie ihn verlasse. Sie war nicht mehr ohne Waffe aus dem Haus gegangen.

Um Geld zu verdienen, verschob sie am Flughafen leere Gepäckwagen.

Dort wurde sie Zeugin einer Auseinandersetzung zweier Motorradgangs. Die Comancheros und die Hells Angels lieferten sich eine wüste Schlägerei. Alles hatte mit schlechtem Timing begonnen. Je ein Mitglied jeder Gang sass im selben Flugzeug, welches aus Melbourne kommend in Sidney landete. Sie wurden von den rivalisierenden Gangs abgeholt. Bei der Auseinandersetzung wurde ein Mann zu Tode geprügelt.

Sie war als Zeugin vor Gericht geladen worden. Als sie eines Abends nach einer Party nach Hause kam, traten zwei Comancheros aus dem Schatten des Eingangsbereichs. Sie liessen keinen Zweifel daran, dass sie dafür sorgen würden, dass Galati den Tag des Prozesses nicht erleben würde. Statt als Leiche die Fische im Südpazifik zu füttern, schoss sie das Magazin leer und buchte den nächsten Flug nach Zürich.

Galati entschloss sich dazu, wieder ins Auto zu steigen. Sie liess es beim Stadtpark stehen und ging zu Fuss ins Zentrum. Bärtschi ging ihr durch den Kopf. Und Straumann, den sie kaum kannte und mit dem sie jetzt beinahe zusammenarbeitete. Mitten auf dem Kiesweg blieb sie stehen und zündete sich eine Zigarette an. Gestern Nacht hätte sie tot sein können. Das Leben nahm überraschende Wendungen. Sie rauchte und dachte, dass es höchste Zeit sei, ihren Traum zu verwirklichen. Den Traum, von Dover nach Calais zu schwimmen. Durch den Ärmelkanal. Bei Wassertemperaturen von rund siebzehn Grad Celsius.

Sie klingelte, und Marlen betätigte den Türöffner. Galati nahm zwei Stufen gleichzeitig und betrat Cobbs Wohnung. Marlen hing im Pyjama und mit Kopfhörer im Ohr vor dem Smartphone. Sie sah kurz hoch und grüsste. Als Galati in die Küche ging und sich ein Stück Salami abschnitt, kam Marlen hinterhergetrottet und schnappte sich eine Scheibe vom Schneidebrett.

«Paps ist nicht erreichbar.» Sie starrte weiter auf den Bildschirm.

«Was läuft?», fragte Galati.

«Hm?»

«Was läuft?», wiederholte sie.

Marlen schob sich eine weitere Scheibe in den Mund.

«Du musst die Haut noch wegnehmen.»

«‹Grey's Anatomy›.»

«Wie?»

«Läuft. Weisst du, wo Paps ist?»

«In den Bergen.»

Marlen sah hoch. «Noch immer?» Sie pulte Haut zwischen den Zähnen hervor.

«Ja.»

«Ich kann ihn nicht erreichen. Immer schaltet sich der Beantworter ein. Und auf die SMS antwortet er nicht.»

«Hat wohl keinen Empfang.»

«Was tut er dort?»

«Er versucht, Frank Perler zu finden.»

«Den ausgebüxten Mörder? Warum?»

«Er tut es für Bärtschi.»

«Wie geht es ihm? Leila spricht kein Wort darüber.»

«Nicht besonders. Er hat einen septischen Schock erlitten. Von einem septischen Schock spricht man, wenn –»

Marlen unterbrach sie. «Ich weiss, was ein septischer Schock ist. Ich schaue ‹Grey's Anatomy›.»

«Natürlich.»

«In einer Folge starb eine Schwangere wegen eines septischen Schocks. Das Kind hat überlebt.»

«Da haben wir aber Glück. Bärtschi ist nicht schwanger.»

Marlen wusste nicht, ob sie lachen sollte. Einige Scheiben Salami später schaute sie Galati an, die eben ein Glas Wasser austrank. «Anna, was ich dich fragen wollte ... Du schwimmst doch dauernd.»

«Der Triathlon?» Galati stellte das Glas ab. «Ist das nicht ein bisschen kurzfristig?»

«Nein, ich hatte dich gleich mit angemeldet.»

«Ohne zu fragen?»

«Ich wollte ja, aber dann kam immer was dazwischen.»

«Ich weiss nicht.»

«Komm schon, Anna. Ohne dich sind wir aufgeschmissen.»

«Wenn das so ist, hättest du mich früher fragen müssen.» Galati spürte einen plötzlichen Drang, erzieherisch tätig zu sein. Sie liess Marlen stehen und warf sich im Wohnzimmer aufs Sofa.

Marlen trottete hinterher. Sie lehnte sich an die Tür. «Und Leila würde es guttun. Sie wäre etwas vom Spital und ihrem Vater und der ganzen Sache abgelenkt.»

«Komm mir nicht auf diese Tour, ja! Du hast es einfach verbockt und versuchst jetzt zu retten, was zu retten ist. So sieht's aus.»

Marlens Smartphone gab einen Ton von sich. Sie nahm ab und schlurfte ins Zimmer. Auf halbem Weg blieb sie stehen und kam zurück.

«Es ist Valentin. Er will dich.»

«Warum ruft er dich an?»

Marlen deckte das Telefon ab und zischte: «Das weiss ich auch nicht. Seit er mir den Korb gegeben hat, haben wir nicht mehr miteinander geredet. Ich habe ihn sogar aus dem Adressbuch geschmissen. Hat er deine Nummer?»

«Ach, deshalb. Gib her.»

Galati liess sich Marlens Telefon reichen. «Ja?»

Valentin erklärte, dass er das iPhone gehackt hätte. Er würde vorbeikommen.

Galati gab Marlen das Telefon zurück. Marlen verschwand in ihr Zimmer.

Galati versuchte, Cobb zu erreichen. Ihr wurde mitgeteilt, dass sie eine Nachricht hinterlassen könne. Es gab nichts zu tun, als zu warten. Sie verbrachte die Zeit auf der Dachterrasse mit einer Zigarette und Mineralwasser.

Es klingelte. Galati drückte den Türöffner und staunte, als sie die Schritte zweier Menschen die Treppen hochkommen hörte. Sie sah hinunter und machte einen grauen Regenmantel aus.

Straumann atmete hörbar, als er oben angekommen war.

Moser lächelte. «Wir suchen Cobb. Und da dachten wir, dass es vielleicht nützlich wäre, mit seiner Tochter zu reden.»

Straumann linste ins Innere.

Galati ging zur Seite und lud die beiden Männer in die Wohnung. Sie klopfte an Marlens Zimmertür. Marlen öffnete sie einen Spaltbreit. «Ist es Valentin?»

«Nein, Polizei. Sie suchen deinen Vater.»

«Du weisst ja auch, dass er in den Bergen ist.»

«Es sieht so aus, als ob sie das von dir hören wollen.»

Marlen schnaufte und kam ins Wohnzimmer. «Ja?»

Straumann räusperte sich. «Sie wissen sicher, dass Ihr Vater gesucht wird.»

«Nein. Bis jetzt weiss ich nur, dass er nicht da ist. Das darf er doch.»

«Ja, ja, sicher.» Moser steckte die Hände in die Hosentaschen. «Bloss würde uns interessieren, wo er ist.»

«In den Bergen.»

«Ja, das wissen wir. Wo in den Bergen?», fragte Moser.

«Das wüsste ich auch gerne. Aber ich kann ihn nicht fragen. Er geht nicht ans Telefon.»

«Möglicherweise hat er keinen Empfang», mutmasste Straumann.

«Genau das habe ich mir auch schon gedacht. Kann ich jetzt gehen?»

«Wohin?»

«In mein Zimmer.»

«Falls Ihr Vater anruft, sagen Sie ihm, dass Frank Perler unschuldig ist.»

«Tu ich.»

Galati brauchte einen Moment. «Woher haben Sie das?»

«Von seiner Frau», sagte Straumann.

«Die Fahndung nach Torner läuft», fügte Moser hinzu.

«Können Sie mir das erklären?», fragte Galati.

Mosers Blick huschte zu Straumann. Dieser nickte.

«Komplizierte Angelegenheit», begann Moser. «Lydia und Markus Torner hatten ein Verhältnis. Frank Perler war ihnen im Weg.»

«Und da haben sie ihm einen Mord untergeschoben? Sie hätte sich ja scheiden lassen können», sagte Galati.

«Markus Torner ist Geschäftsmann. Seine Geschäfte waren nicht immer das, was man als sauber bezeichnen kann. Alex Greuter musste dahintergekommen sein, dass Torner das Embargo gegen Syrien umgangen hatte. Jedenfalls gab Lydia Torner zu Protokoll, dass Torner damals Kulturgüter aus Syrien importierte. Wir prüfen das. Und wir prüfen auch, ob es bei Kulturgütern geblieben war.»

«Wer ist Alex Greuter?», fragte Galati.

«Der ermordete Polizist. Torner hatte vorgegeben, ihn treffen zu wollen, um einen Deal auszuhandeln. Bei Lydia zu Hause. Dort zwang er Greuter, sich auszuziehen. Dann hat er ihn im Schlafzimmer erschossen.»

«Und Lydia Torner hatte der Polizei angegeben, dass sie ein Verhältnis mit Greuter gehabt und dass ihr Mann ihn aus Eifersucht umgebracht habe», beendete Galati Mosers Ausführungen.

«Genau.»

«Bitch.»

«Auch das.» Straumann verzog das Gesicht. «Sie wurde verhaftet.»

«Und der Enkel?»

«Ach. Der Enkel liegt im Spital. Bienenstich.»

Moser räusperte sich. «Und so fügt sich manchmal eines zum anderen.»

«Warum erzählen Sie mir das alles?»

Mosers Augen blinzelten listig zu Straumann. «Nun, ich vermute, Straumann erhofft sich damit, die Angelegenheit etwas zu beschleunigen.»

«Ach?», wunderte sich Straumann.

«Na, am Wochenende findet doch die Pinscher-Show im Emmental statt. Die wollten Sie doch besuchen. Zusammen mit Ihrer Freundin.»

Straumann musterte Moser. «Sieh an, neu bei der Truppe und kennt sich aus.»

«Man will doch wissen, mit wem man es zu tun hat.»

«Es sind Chihuahuas.» Straumann wirkte verärgert. «Sonst noch was?»

Es klingelte. Galati drückte den Türöffner. Valentin nahm gleich zwei Stufen auf einmal. Dann stand er in der Wohnung.

Er hielt ein iPhone in die Höhe. «Da ist es. War nicht viel drauf. Bloss ein paar Bilder. Sieht aus, als ob es einem Kunstsammler gehört. Wenn ich deine Handynummer kriege, schicke ich sie dir.»

Galati sah nach. «Tatsächlich.»

Straumann kam etwas näher. «Was ist das?»

«Bilder von einem Handy», antwortete Valentin.

«Wessen Handy?»

Galati schluckte kurz. «Herr Straumann, bitte jetzt ruhig bleiben.»

Moser lächelte. «Das schafft er.»

«Es ist bloss, um die Sache etwas zu beschleunigen.» Galati suchte Anzeichen einer Verstimmung in Straumanns Gesicht. Es fand sich nichts. «Das Telefon gehörte dem Narbengesicht. Valentin hat es gehackt. Weil ich neugierig war, was drauf war.»

Straumann wandte sich Valentin zu. «Beeindruckend. Wie tut man das?»

Valentin sah in die Runde. «Ganz einfach. Es gibt Tools dazu im Internet. Die meisten sind kostenlos. Damit lässt sich die Code-Sperre einfach umgehen. Dann sind alle Daten frei zugänglich. E-Mails, Kontakte, Nachrichten. Auf diesem Teil aber gab's nur Bilder auf WhatsApp zu sehen. Kunst oder so was.»

«Ja, aber wie geht das?», fragte Straumann.

«Nun ja, das Ganze basiert auf einem modifizierten Jailbreak. Auf dem Gerät wird ein angepasstes Image gestartet. Das setzt die Sicherheitsvorkehrungen ausser Kraft. Zusätzlich wird eben das Tool installiert, welches zum Beispiel den Passcode knackt. Der Weg ins Handy ist frei.»

«Beeindruckend.» Straumann atmete aus und sah Galati an.

«Offene Karten?», fragte sie.

Straumann nickte.

«Gut. Ich habe das Narbengesicht in der Badeanstalt aus dem Wasser gezogen. Er wäre sonst abgesoffen. Als ich mit dem Bademeister zurückkam, war er weg. Bloss sein Handy wurde mir zugespielt. Von einem Kind. Mit diesem Bild auf dem Sperrbildschirm. Ich hab's dem Bademeister gegeben. Am darauffolgenden Tag wurde dieselbe Person tot aus dem Rhein gefischt. Da wurde ich neugierig.»

«Warum sind Sie damit nicht zu uns gekommen?», fragte Moser.

«Weil ich schneller bin.»

«Da hat Sie irgendwie recht.» Moser blickte zu Straumann, dieser zu Valentin.

«Ja, dann geh ich jetzt wieder.»

Die Zimmertür ging auf, und Marlen stürmte herein. Sie blieb abrupt stehen. «Valentin?»

«Bin gleich weg.»

Marlen hielt ihr Telefon hoch. «Ich habe Paps erreicht.»

33

Markus Torner hatte sich eine Geschichte zurechtgelegt. Das war nicht ganz einfach gewesen. Die Schmerzen wegen der beiden fehlenden Zähne hatten ihn daran gehindert, sich zu konzentrieren. Mit der einen Hand am Steuer und mit der anderen die Zahnreihen befühlend, war er den Klettgau hoch- und wieder zurückgefahren.

Er hatte vorgehabt, Lydia eine Geschichte aufzutischen, die von einem Auffahrunfall und anschliessender Fahrerflucht des Verursachers handelte. Und zwar wäre ein Wagen hinten in den seinen hineingestossen, sein Kopf sei erst zurück und dann nach vorne geschnellt. Dabei hätte er sich die Zähne am Steuerrad ausgeschlagen, weil der Airbag nicht funktioniert hätte.

Um der Geschichte Glaubwürdigkeit zu verleihen, war er von der Strasse weg und hoch in den Wald gefahren. Dort hatte er im Rückwärtsgang einen Baum gerammt, war ausgestiegen und hatte Stücke von Rinde von der Karosserie geklaubt.

Damit wäre Problem Nummer eins gelöst gewesen. Lydia würde ihm die Geschichte abnehmen. Problem Nummer zwei drehte sich in seinem Kopf. Es hiess Bojana Nikolic. Wie wurde er sie los? Er musste mit Aaron Weber sprechen.

Als er in die Einfahrt zu seinem Haus bog, bemerkte er, dass wohl ein drittes, noch viel grösseres Problem da drinnen auf ihn wartete. Die Polizei.

Er wendete, fuhr davon und mischte sich den Rest des Tages unter die Touristen im Rheinfallbecken. Er hätte gerne die Schmerzen mit einem Wodka oder zweien betäubt, aber er musste einen klaren Kopf bewahren.

Gegen Abend fuhr er nach Schaffhausen. Beim Bahnhof parkierte er. Er beobachtete Aaron Weber, der sich an Passanten warf, um ihnen einen Ablasshandel in Form einer Spende für Braunbären in Rumänien aufzuschwatzen. Hin und wieder nahm er einen jungen Mann beiseite und drückte ihm etwas ganz anderes in die Hand. Markus Torner wusste, dass es sich um ein Buch handelte. Den Koran.

Endlich schien die Schicht zu Ende. Aaron Weber begann den Stand zusammenzupacken. Markus Torner schlenderte vorbei. Aaron Weber sah hoch und schüttelte leicht den Kopf. Er hielt einen Denner-Papiersack hoch. Markus Torner nickte und ging davon.

Er wartete in der Denner-Filiale in der umgebauten Bahnhofsunterführung. Dort, wo die Leute aus den Zügen in die Verkaufsflächen stolperten. Wo Gestolperte und Gestrandete ihre Tage verbrachten, nahe bei billigem Bier und Wein aus Kartons von Denner.

Er geriet beinahe zwischen die Fronten eines Streits, bei dem es um nichts zu gehen schien. Jedenfalls konnte Markus Torner den Argumenten nicht folgen. Zwei zahnlose Männer mit Hunden an den Leinen, die sich gegenseitig unverständliches Zeugs an den Kopf warfen.

Aaron Weber ging an ihm vorbei ins Geschäft. Markus Torner folgte. Sie blieben bei den Waschmitteln stehen.

«Was gibt's?», fragte Aaron Weber.

«Ich muss verschwinden.»

«Warum bist du dann noch hier?» Aaron Weber bückte sich zu einer Waschmittelpackung. «Deine Zähne?»

Markus Torner wischte sich über die Lippen. «Ich mein's ernst. Ich muss untertauchen. Fort aus dem Land. Du kennst doch Leute.»

«Kenne ich?»

«Ja. Die Kontakte in Syrien. Wo ich die Satelliten losgeworden bin.»

«War ein gutes Geschäft, nicht wahr?»

«Nicht nur für mich. Dank der Satelliten kann dein Club mit jedem Schulmädchen chatten, bis es geil auf einen Hijab wird.»

«Öffentlichkeitsarbeit. Wir brauchen keine Trottel mehr, die nach Syrien reisen. Uns genügt's, wenn der Trottel hierbleibt und sich hier in die Luft sprengt.»

«Ich habe meine Versprechen gehalten. Jetzt brauche ich dich.»

«Nein. Du hast geschlampt und hast dich von mir erwischen

lassen, als du den Polizisten erschossen hast. Nimm die Satelliten als Strafe für diese Schlamperei.»

«Ich habe dir die Arbeit abgenommen. Greuter wusste von deiner Syrien-Reise.»

«Er wurde lästig. Ich war nah dran an ihm. Er musste weg. Du warst einen Tick schneller. Ich hätte ihn erwischt, wenn er aus dem Haus gekommen wäre.»

«Aber er kam nicht mehr.»

«Der Beginn einer wunderbaren Freundschaft, nicht?»

«Du bist ein erpresserisches Arschloch.»

«Och, nicht doch.»

«Ich brauche Schutz. Immerhin habe ich dir die Feuerlöscher besorgt.»

«Die Feuerlöscher waren die Bezahlung dafür, dass wir die junge Frau beseitigt haben, die uns belauscht hat.»

«Das bringt mir die hundertfünfzigtausend nicht zurück.»

«Und?» Aaron Weber hob die Packung aus dem Regal und musterte sie. «Wie kommst du nun auf die Idee, dass wir dich wieder aus der Scheisse ziehen sollen? Mir wäre lieber, du könntest besser auf dich aufpassen.»

«Ich brauche dich.»

«Tut mir leid.»

Aaron Weber nahm die Packung Waschmittel und ging damit zur Kasse. Markus Torner versuchte, neben ihm herzulaufen, um besser reden zu können. Aber Aaron Weber ging in der Mitte zwischen den Regalen. Markus Torner kam nicht vorbei.

Das Waschmittel war bezahlt, und die beiden standen vor dem Geschäft. Markus Torner hielt Aaron Weber am Hemd zurück, der riss sich los.

«Finger weg.»

«Ich will eine Zusage.»

«Schon möglich, dass wir wieder ins Geschäft kommen, Torner.» Aaron Weber sah zwei Polizisten, die einen der Alkoholiker mit Hund kontrollierten. Sein Blick traf sich mit demjenigen der blonden Frau mit Pferdeschwanz. Er schaute weg.

«Hat mich gefreut, dich wiederzusehen.» Aaron Weber schüttelte Markus Torner die Hand und wandte sich ab.

«He! Warte.» Markus Torner folgte. Bei der Treppe, die aus der Unterführung nach oben führte, hörte er jemanden seinen Namen rufen. Als er zurückblickte, kamen ein Polizist mit weit ausladenden Armen und eine Polizistin auf ihn zu.

«Markus Torner. Bleiben Sie stehen!»

Aaron Weber packte ihn am Ellbogen und riss ihn mit. Sie rannten die Stufen hoch und riskierten es, überfahren zu werden, als sie die Strasse überquerten. Die Flucht führte sie hinter den Bahnhof und vorbei an den ersten Wohnblöcken.

Als Markus Torner begriffen hatte, dass es in seinem Interesse war, von der Polizei nicht gefasst zu werden, entwand er sich Aaron Webers Griff und folgte seinen Hakenschlägen. Auf einer langen Geraden, vorbei an Einfamilienhäusern, hörte er den Knall eines Warnschusses. Er zuckte zusammen. Aaron Weber verschwand weiter vorne in der Tiefgarage der Berufsschule.

Die Augen hatten keine Zeit, sich an die Dunkelheit zu gewöhnen. Markus Torner folgte den Schritten, die vor ihm aufhallten. Aaron Weber riss ihn hinter ein Auto.

«Hier sitzen wir in der Falle», zischte Markus Torner.

«Nicht aufgeben, Torner. Zuerst die beiden Polizisten, dann nehmen wir den Notausgang.» Er grinste und zog eine Pistole aus der Jackentasche.

«Bist du wahnsinnig?»

«Nur ein toter Polizist ist ein guter Polizist. Ist doch ganz dein Geschmack.» Er hielt die Waffe Markus Torner vors Gesicht.

Im Eingang zeichneten sich die Umrisse der beiden Polizisten ab. Sie verschwanden in einer dunklen Nische. Die Lichter zweier Taschenlampen blitzten auf. Ihr Schein huschte über den Betonboden und hoch zu den Autos. Von ferne waren Sirenen zu hören.

Markus Torner schwitzte. Aaron Weber zog ihn tiefer und weiter zum Auspuff hin. Er befahl ihm, sich in Seitenlage hinzulegen. Als er sich weigerte, erhielt er mit dem Lauf einen leichten Hieb auf die Stirn. Zitternd kam er dem Befehl nach. Die Beine waren vom Auto geschützt. Der Oberkörper ragte darüber hinaus.

Aaron Weber legte sich hinter ihn und stützte die Hände,

welche die Pistole hielten, auf Markus Torners Hals ab. So wartete er, bis sich eine Silhouette vor der hellen Garageneinfahrt abzeichnete.

Markus Torner hatte eben begriffen, dass die Pistole für seinen Geschmack etwas zu nah am Gehör abgestützt wurde, als sich der Knall als rasender Schmerz in seinen Kopf bohrte.

Der Polizist fiel zu Boden. Hinter einem Wagen sah Markus Torner eine Taschenlampe aufblitzen. Es krachte dumpf. Einige Schüsse. Aaron Weber riss ihn hoch. Er benutzte ihn als Schutzschild, um unbeschadet bis zum Notausgang zu gelangen.

34

Cobbs Handy spielte verrückt. In verschiedensten Tönen verlangte es nach Aufmerksamkeit. Als er es in der Hand hielt, leuchtete auf, dass Marlen soeben anrief. Er ignorierte den niedrigen Batteriestand und nahm den Anruf entgegen.

«Ja? Marlen?»

«Wo bist du?»

«In den Bergen.»

«Ist's toll?»

Cobb sah sich um. «Die Aussicht hat was für sich.»

«Lass die Witze, Paps. Wir alle suchen dich.»

«Wer ist alle?»

«Na, Anna und ich. Und Straumann auch.»

«Wie geht's Bärtschi?» Cobb setzte sich auf einen Stein.

«Nichts Neues. Anna möchte dich sprechen.»

Cobb horchte ins Gerät hinein. Stimmengewirr. Dann meldete sich Galati.

«Wo bist du?»

«Das weiss ich nicht so genau.»

«Ist Frank Perler bei dir?»

«Ja. Er hat mich gefunden.»

«Umgekehrt.»

«Nein, Anna, wirklich nicht. Er mich.»

«Er ist unschuldig.»

«Wie?» Cobb presste das Telefon ans Ohr. Galati erzählte ihm von den neuesten Erkenntnissen.

«Ich hätte jetzt gerne eine Zigarette.»

«Mehr nicht?»

«Wie?»

«Mehr nicht, Cobb? Irgendwas wie ‹super› oder ‹ist ja der Hammer›?»

«Ja, das ist der Hammer.»

«Ja, und jetzt heb deinen Hintern und komm da wieder runter.»

«Es wird bald dunkel.»

«Und?»

«Hier gibt's keine Strassenlaternen, Anna.»

«Ist das wichtig?»

«Ich sehe dich morgen.»

«Cobb.»

«Ja?»

«Pass auf dich auf.»

Sie beendeten das Gespräch.

Cobb sah aufs Display. Dutzende Meldungen, dass er Anrufe nicht beantwortet habe. Und einige Kurzmeldungen. Eben wurde eine neue angezeigt.

Benjamin im Spital. Bienenstich. Allergischer Schock. Gruss Anna.

Cobb tat das Telefon weg. Er sah zu den anderen.

Fabian hatte inzwischen ein zweites Fass geöffnet. Aus dem ersten quollen Schlafsäcke.

«Seit wann?», fragte Frank Perler.

«Was?», fragte Fabian.

«Seit wann ist das hier so eingerichtet?»

Fabian sah ihn an. «Seit drei Wochen. Seit klar ist, dass wir das Ding durchziehen.»

«Welches Ding?», fragte Frank Perler.

«Ich dachte, der Vater der Berk-Brüder hätte dir alles erzählt.» Fabian wühlte in einem der Fässer.

«Nein. Nur dass du konvertiert bist und von einem Anschlag.»

«Mit möglichst vielen Opfern.»

«Wegen der Jungfrauen?»

«Bin doch nicht blöd. Ich benötige nur ihr Wissen. Gründe hab ich eigene.»

«Gründe?» Frank Perler hob einen Stein und warf ihn den Berg hinab.

«Einer sitzt vor mir. Es war scheisse mit einem Vater, der ein Mörder ist.»

«Oh, mein Sohn hat die grosse Wut. Es geht ihm schlecht, und alle andern sind schuld! Das tönt nach Lydia.»

«Sei still!», zischte Fabian.

«Es sollte dir doch klar sein, dass niemand von deiner kleinen Wut Notiz nehmen wird. Bärtige Loser werden ein Video aufschalten und deine Tat als die ihre ausgeben. Der Islamische Staat erntet gewissermassen die Lorbeeren.»

Cobb erhob sich. «Ihr Vater ist unschuldig.»

Fabian hörte zu wühlen auf.

Frank Perler wandte den Kopf. «Wer sagt das?»

«Markus Torner hat Greuter erschossen.»

Irgendwo löste sich ein Stein und kugelte den Berg hinab.

«Er scheint auch dafür verantwortlich zu sein, dass die Mutter Ihres Kindes an einer Überdosis gestorben ist.»

Fabian starrte in die Tonne, schaute zu seinem Vater auf und liess sich auf den Fels sinken. Er schlang die Arme um die Beine und versteckte den Kopf zwischen den Knien. Er wippte leise vor und zurück. Erst unmerklich, dann immer heftiger. Mit der Rückseite der rechten Hand schlug er gegen den Fels in seinem Rücken. Wieder und wieder. Blut tropfte.

Frank Perler wuchtete sich hoch und stolperte zu ihm hin. Er packte Fabian und hielt ihn fest. Dieser wand sich und versuchte, sich aus der Umklammerung zu lösen. Frank Perler schnaubte vor Anstrengung, liess aber nicht los. Es sah aus, als versuchte er, alle Wut aus seinem Kind zu pressen.

Cobb hätte gerne geraucht. Er prüfte die E-Zigarette und paffte. Hier sass er. In einer Steinwüste. Die Schatten waren längst aus den Ritzen und Spalten gekrochen. Unmerklich frassen sie das letzte Licht.

Er zog das Smartphone hervor, um Galati eine SMS zu tippen. Um etwas Kontakt mit der Zivilisation herzustellen. Das Symbol auf dem Bildschirm teilte ihm mit, dass die Batterie leer sei. Cobb starrte noch eine Weile aufs schwarze Display. Nichts ausser Spiegelungen der Bergwelt im letzten Sonnenlicht. Er steckte es wieder weg.

Frank Perler liess Fabian los. Der blieb sitzen und starrte zwischen seine Füsse, während Frank Perler einer der Tonnen einen Gaskocher entnahm. Die Flamme fauchte auf. Er drosselte sie und stellte eine Pfanne mit Bohnen auf den Kocher. Das bläuliche Licht hob sich zunehmend heller von der Dunkelheit ab.

«Wo ist Torner jetzt?» Fabian hob den Kopf.
«Sie fahnden nach ihm», antwortete Cobb.
«Und Benjamin?»
Cobb zögerte. «In der Notaufnahme. Er wurde von einer Biene gestochen», sagte Cobb.
Fabian war hellwach. «Sie reden vom Spital?»
«Ja, natürlich. Es musste schnell gehen. Wussten Sie, dass er allergisch reagiert?»
Frank Perler rührte im Topf. «Das liegt in der Familie.»
Fabian war aufgesprungen und kramte eine Stirnlampe hervor.
«Was ist los?», fragte Frank Perler.
«Ich muss runter. Er kann da nicht bleiben.»
«Dort ist er doch gut aufgehoben.»
«Nein. Das Scheissding findet im Spital statt.»
Frank Perler wirbelte ihn herum und packte ihn am Kragen. Cobb hörte, wie Stoff riss. «Was?»
«Der Anschlag.» Fabian röchelte.
«Wo?»
«Im Spital.»
«Was seid ihr für feige Arschlöcher!» Frank Perler stiess Fabian weg. Der stolperte und fiel rücklings hin.
«Ich muss ihn da rausholen.» Fabian zitterte.
«Klar musst du ihn da rausholen.» Frank Perler trat nach ihm. «Er ist mein Enkel. Ich will ihn nicht als Leiche kennenlernen.»
«Ruf die Polizei an, Papa.»
«Womit?»
«Mit meinem Handy.»
«Dein beschissenes Handy habe ich aus dem Auto geschmissen. Damit uns niemand orten kann.»
«Der da soll anrufen!» Fabian deutete zu Cobb.
«Fehlanzeige. Batterie ist leer.»
Fabian rappelte sich hoch und trat gegen den Felsen. «Verdammte Scheisse!»
Frank Perler gab ihm eine Ohrfeige. «Hör auf zu jammern. Hör einfach auf damit. Wir müssen runter. So schnell wie möglich. Zu meinem Wagen. Unten im Dorf werden wir telefonieren können.»

«Das reicht nicht mehr. Wir sind elf Stunden gewandert, bis wir hier oben waren.»

«In neun könnten wir in Bedretto sein.»

«Wir sind vom Tessin hochgekommen?»

«Ja.»

«Warum?»

«Es hätte länger gedauert.»

«Bis was?»

«Bis Petras Auto gefunden wird.»

«Ich habe in Oberstafel parkiert», mischte Cobb sich ein.

Die beiden schauten ihn an.

«Wie lange dauert es, bis wir von hier bei der Rotondohütte sind?», fragte Cobb.

Frank Perler dachte nach. «Nachts? Wir werden Schneefelder durchqueren. Das Licht einer Stirnlampe muss jeweils ausreichen, sonst sind die Batterien alle, bevor wir unten ankommen. Und Sie in Ihren Schuhen.»

«Ich habe welche.» Fabian Perler wuchtete eine Tonne um und leerte den Inhalt auf den Boden.

«In der Rotondohütte können wir telefonieren.»

«Wie geht's dem Arm?», fragte Frank Perler.

«Solange Sie mir die Schuhe binden, ist der Arm das geringste Problem.»

Minuten später hatte Cobb neue Schuhe an den Füssen, Frank Perler das fettige Fleisch aus der Suppe gefischt und in seinem Rucksack verstaut und Fabian die Batterien der Stirnlampen ausgewechselt.

«Das waren die letzten», sagte er.

35

Ekrem Berk sah hoch. «Wieder zu spät.»

«Wird nicht mehr vorkommen.» Aaron Weber grinste und stellte die Holzkiste, die er durch den feuchten Kellergang geschleppt hatte, auf den Tisch. «Neben dem Auto sind noch mehr.»

«Welches Auto?», fragte Dashurije Bajrami.

«Auto eben.»

Niemand rührte sich.

«Ich sagte: Beim Auto sind noch mehr.»

«Ja?» Ekrem klatschte die Knetmasse auf den Tisch.

«Kisten. Wir brauchen sie hier. Also sollte sie jemand holen gehen.»

Ekrem sah seinen jüngeren Bruder Tarek an. «Er meint uns beide.»

«Genau. Hebt eure Ärsche und holt die restlichen Kisten.»

Tarek löste seinen Blick vom Betonboden. «Und wenn nicht?» Er stand auf und ging im Raum auf und ab.

«Gibt's nicht.» Dashurije Bajrami hatte sich an eine Wand gelehnt.

Tarek blieb stehen und sah Aaron Weber an. «Bei der Berufsschule soll es eine Schiesserei gegeben haben. Weiss man Näheres?»

«Ja.» Aaron Weber zog eine Glock aus der Jackentasche. Er entnahm ihr das leere Magazin und hielt es in die Höhe. «Das.»

Er warf Tarek Berk das Magazin zu.

Die Brüder sahen sich an.

Aaron Weber legte die Pistole auf den Tisch. Er öffnete die Holzkiste und langte hinein. Als er das volle Magazin in den Griff der Waffe geschoben hatte, verschwand die Glock wieder in der Jackentasche.

«Davon gibt's noch mehr. Im Auto.»

«Munition und Waffen?», fragte Ekrem.

«Beides.»

«Trotzdem.» Nun lehnte auch Tarek an der Wand. «Wir glauben nicht mehr an die Sache.»

«So?»

«Ja. Es ist zu vieles schiefgegangen. Angefangen bei Hamdan, der nicht einfach ersoffen ist, sondern erst zu Tode geprügelt wurde. Wie ein Hund. Dann die Sache mit Ayad. Diese Taxifahrerin hat ihn also einfach erschossen?»

«Genau, einfach erschossen.» Dashurije Bajrami sah durch ihn hindurch.

«Ich kann das nicht glauben. Das Radio brachte nichts über die Taxifahrerin. Und sie sagten was von einem Genickschuss. Es soll ausgesehen haben wie eine Hinrichtung. Hinrichtungen dieser Art sind unser Geschäft.»

«So?»

«Ja.» Tarek blickte in die Runde.

Ekrem nahm die Knetmasse wieder an sich. «Was denkst du, Daschi?»

«Meine Sache», sagte Dashurije Bajrami.

Ekrem musterte sie einen Augenblick. «Wir Türken und ihr Albaner, wir sind ja irgendwie verwandt. Wir drei sollten uns wie eine Familie über gewisse Dinge unterhalten.»

Dashurije Bajrami hob eine Augenbraue. «Verwandt? Wir?»

«Ja.»

«Soviel ich weiss, seid ihr keine Nachfahren der Illyrer. Ich schon.»

«Wie?»

«Wir sind ein europäisches Volk. Ihr seid Asiaten.»

«Habe ich Schlitzaugen?»

«Ihr stammt von den Turkvölkern ab. Wir sind indogermanisch.»

«Wovon sprichst du?», fragte Ekrem.

«Von Familie, Ekrem. Es stimmt schon, ohne die osmanische Schutzmacht wären wir längst ausradiert worden, es stimmt auch, dass in der Türkei mehr Albaner leben als auf dem Balkan. Trotzdem. Familie sieht anders aus. Und vor allem: Familie interessiert mich nicht.»

«Ach.»

«Ja. Ich bin eine Soldatin. Soldatin des Kalifats. Ihr seid Soldaten. Soldaten haben einen Auftrag. Wozu reden?»

Tarek mischte sich ein. «Wir müssen reden, weil wir prüfen müssen, ob wir Fehler gemacht haben. Wir alle wissen, wofür Ayad gesessen hatte, bevor er einer der unseren wurde. Wenn ein Toter auf einem Parkplatz liegt, werden sie wissen wollen, wer der Tote ist. Die haben Fingerabdrücke von ihm.»

«Wird ihnen nichts nützen.»

«Warum?»

«Weil sie es sagt.» Aaron Weber lehnte sich zurück.

Tarek pfiff. «So, weil Daschi es sagt. Und warum sagt uns Daschi, dass es ihnen nichts nützen wird?»

Dashurije Bajrami sah Aaron Weber an. «Sag's ihnen.»

«Gut.» Er blickte in die Runde. «Wir wussten nicht, ob auf Ayan Verlass war. Wir sind ihm gefolgt. Im Auto. Als wir sahen, wie die Frau ihn zugerichtet hatte, sind wir zu ihm hin.»

«Die Frau hat ihn zugerichtet?» Tarek lehnte sich an den Tisch.

«Ja, übel. Er hatte verdammt noch mal den Auftrag, sie zu beseitigen. Warum ist es schiefgegangen? Was denkt ihr? Was?»

Ekrem schluckte. «Du denkst, er wollte seinen Spass haben?»

Aaron Weber nickte. «Wir hoben ihn hoch, aber er sackte zusammen und jammerte, er könne nicht mehr. Er wollte aussteigen. Leute. Das konnten wir nicht zulassen.»

«Also doch eine Hinrichtung.»

«Ja.»

«Und die Fingerabdrücke?»

«Wir hatten gerade genug Zeit, ihm die Finger abzuschneiden, bevor wir wegmussten.»

«Sein Handy?»

«Hatte er nicht dabei.»

«Wo ist es?»

«Wissen wir nicht.»

«Scheisse, Mann. Und wenn es jemand findet?»

«Dann sieht er farbige Flecken, mehr nicht.»

Tarek schob sich eine Zigarette zwischen die Lippen und zündete sie an. «Ich weiss ja nicht, wie und wo er eingesetzt worden wäre. Aber sind wir noch genug?»

«Ich habe einen Ersatz gefunden.»

«Ersatz? Was meinst du damit?»

«Er liegt im Kofferraum. Er gehört Daschi.»

«Was soll das wieder?» Dashurije Bajrami setzte sich.

«Ich erklär's dir später, Daschi.»

«Wer?» Ekrem sah vom Tisch hoch.

Aaron Weber schwieg einen Augenblick, bevor er fortfuhr. «Ich will es so halten wie bisher. Wir arbeiten in zwei Gruppen. Unabhängig voneinander. Ihr wisst nicht, wo Daschi zuschlägt.»

«Aber Daschi weiss von uns.»

«Weil wir beide das Projekt koordinieren. Hamdan und Ayad hätten mit ihr in Aktion treten sollen. Auch die beiden hatten keine Informationen zu eurem Auftrag.»

Tarek liess die Zigarette zu Boden fallen und drückte sie aus. «Na gut.»

«Warum eigentlich?», fragte Ekrem.

«Die Frage stellst du dir etwas spät.» Aaron Weber stellte sich hinter Ekrem.

Der liess die Arme auf dem Tisch liegen und sah geradeaus. «Verlier jetzt nicht die Nerven, Aaron. Ich weiss, warum ich morgen sterben werde. Aber du?»

«Ich kämpfe, wie es der Prophet verlangt», sagte Aaron Weber. «Ich befinde mich im Krieg. Angefangen beim Kampf gegen Baschar al-Assad. Als ich begriffen hatte, dass der wahre Teufel Israel und Amerika heisst, hatte ich mich dazu entschlossen, die Taktik zu ändern.»

«Indem du ein Spital angreifst.»

«Sie zerbomben unsere Spitäler. Wir treffen sie an denselben Stellen. Bloss brauchen wir dafür keine Flugzeuge. Wir brauchen euch.»

Dashurije Bajrami stand auf. «Können wir mit Quatschen aufhören und anfangen?»

Sie öffnete einen Beutel, langte hinein und liess eine Handvoll Pillen auf den Tisch rieseln. «Da. Ein Geschenk unsrer Brüder. Sie kamen mit den Feuerlöschern mit.»

Ekrem nahm sich eine und drehte sie zwischen zwei Fingern. «Captagon. Gut.»

Er schluckte sie, griff sich zwei weitere und warf sie hinterher. «Dann wollen wir mal. Die Kisten sind im Auto?»

«Beim Auto, ja.» Aaron Weber nickte.

Die Brüder verliessen den Raum.

Dashurije Bajrami schloss die Tür. «Wer liegt da im Auto?»

«Torner. Verschnürt und präpariert. Du brauchst bloss aufs Gelände zu fahren und den Kofferraum zu öffnen. Hier.»

Er holte ein altes schwarzes Nokia hervor und hielt es ihr hin. «Schick diese SMS ab. Die Nachricht geht ans Handy, welches an Torner festgemacht ist. Sobald sie empfangen wird, fliesst Strom. Der Draht glüht und löst die Zündung aus.»

«Cool.»

Aaron Weber legte ein zweites Nokia auf den Tisch. Blau. «Und das ist für dich.»

Die Berk-Brüder kamen je mit einer Kiste beladen zurück. Sie stellten sie zur anderen auf den Tisch.

«Was dagegen, wenn wir sie öffnen?», fragte Ekrem.

«Sie gehört euch», antwortete Aaron Weber.

Ekrem hob den Deckel und lehnte ihn gegen die Wand. Er langte in die Kiste und zog eine Waffe hervor. «Hier, Tarek. Kalaschnikow.»

Er kniete sich nieder und nahm die Waffe in Anschlag. Grinsend zielte er auf einen Punkt jenseits der Wände. «Mach ein Foto, Tarek.»

Tarek nahm sein Handy aus der Hosentasche und entsicherte es. Ekrem hielt die Waffe quer über die Brust und blickte finster drein. Tarek schoss eine Serie Fotos von seinem Bruder. Im selben Takt, wie der Auslöser klickte, änderte Ekrem die Stellung. Jede einzelne schien einem Gangsta-Clip entsprungen zu sein.

«Jetzt du!» Er drückte die Waffe seinem Bruder in die Hand.

«Moment», rief Aaron Weber.

«Nur kurz mal Fotos machen.» Tarek warf sich in Position.

Aaron Weber ging dazwischen. «Zuerst will ich wissen, wie ihr an die IT-Schwachstellen im Spital rankommt.»

Ekrem bleckte die Zähne und kramte eine isolierte Gartenschere aus der hinteren Hosentasche. «Stecker ziehen.»

36

Cobbs Knie schmerzten bei jedem Schritt. Frank Perler lief hinter ihm und beleuchtete den Weg. Jetzt war es einfach, es ging nur noch bergab. Keine Felsen, keine Schneefelder und keine Stellen mehr, an denen man nicht weiterkam und wieder umkehren musste. Über den umliegenden Zacken hatte sich der Himmel von schwarz zu dunkelblau verfärbt. Ein entfernter Gipfel überragte die anderen hell und kalt.

Fabian war vorausgelaufen. Er hatte die Hoffnung gehabt, die Rotondohütte vor den anderen beiden zu erreichen. Allerdings hatte er sich in der Dunkelheit verrannt. Als er wieder zu Cobb und Perler aufgeschlossen hatte, rannte er von Neuem los. Weiter unten sah Cobb Lichter, die sich bewegten. Sie sahen aus wie Glühwürmchen, die teils in Reih und Glied, teils einzeln oder zu zweit gemächlich den Berg hochschwebten. Wanderer, die sich in der Dunkelheit auf den Weg gemacht hatten, den einen oder anderen Gipfel zu erklimmen.

Einzig das Wissen darum, dass, wenn er so weiterginge, er irgendwann unten ankommen müsse, hielt Cobb aufrecht. Er hatte das Gefühl, dass zwischen Ober- und Unterschenkel jegliches Knorpelgewebe weggeschabt war. Im Knie rieb Knochen auf Knochen, und er würde sich nicht wundern, wenn er um ein paar Zentimeter kleiner unten ankäme. Als er einige Schritte ins Dunkel machte, blieb er stehen. Frank Perlers Stirnlampe war ihm nicht mehr gefolgt. Cobb drehte sich um.

Frank Perler zeigte nach unten. «Da kommt Fabian.»

Cobb erkannte nichts. «Hat er sich wieder verlaufen?»

«Nein, nein. Da unten irgendwo liegt die Hütte. Weiss der Teufel, was da los ist.»

«Lassen Sie uns weitergehen.» Cobb trottete voraus.

Nach einigen hundert Schritten hörte Cobb Fabian keuchen. Als er bei ihnen ankam, streckte er Cobb ein Handy entgegen und fiepte mangels Sauerstoff einen Code.

Frank Perler nahm ihm das Telefon ab. «Wo hast du das her?»

«Ausgeliehen.»

«Von wem?»

«Da unten.» Fabian deutete zu den Glühwürmchen.

Frank Perler gab Cobb das Handy.

«Wie war der Code noch mal?»

Fabian nannte die Zahlenfolge nun deutlicher. Cobb stellte sie ein und setzte sich auf einen Felsen. Alles in ihm atmete auf. Er wählte den Polizeinotruf.

Und wartete.

Eine Stimme meldete sich.

«Hallo?», sagte er. «Ja, hier Cobb. Vorname? Cadoc. Ja, genau, Cadoc Cobb. Mit ‹c›. Ja, beides. Bitte verbinden Sie mich mit der Polizei in Schaffhausen. Ja. Ja, ich weiss, dass ich mit der Polizei in Uri telefoniere. Nein, ich brauche Sie nicht. Was heisst, das ist nicht möglich? Sie haben doch ein Telefon, zwei Hände und ein Hirn! – Leck mich.»

Cobb wischte über den Bildschirm. Er versuchte zu tippen.

«Was tun Sie da?», fragte Fabian.

«Ich suche die Nummer der Polizei in Schaffhausen.»

«Geben Sie her.» Fabian Perler riss ihm das Telefon aus der Hand, tippte kurz darauf herum und hielt es ihm wieder hin. «Es klingelt schon.»

Cobb hielt das Telefon ans Ohr. «Hier Cobb. Ja, richtig, Bärtschis Kollege aus der Journalistenzunft. Sie sind der Nachtportier? Ja, gut, Notfalldienst. Hören Sie gut zu. Schicken Sie alles, was Sie haben, zum Kantonsspital hinauf. Gehen Sie davon aus, dass ein paar Arschlöcher dort einen Anschlag verüben. Ja, heute, jetzt. Nein, ich weiss nicht, wer es ist. Ja, ich bin mir sicher. Ich habe einen Zeugen bei mir. Er ist eines dieser Arschlöcher. Ja, natürlich, Spezialkommando. Muss ich Ihnen Ihren Job erklären? Tun Sie's einfach, wenn Sie Ihr Gesicht nicht in der Zeitung sehen wollen. Welche Headline würde Ihnen passen? Zum Beispiel: Schnarchnase verpennt Attentat? Nein, keine Zeit zum Überprüfen. Alarmieren Sie! Jetzt.»

Cobb gab Fabian das Handy zurück. «Der sitzt mit dem Arsch auf seinem Finger.»

«Weiter.» Frank Perler trieb die beiden an.

Cobb ächzte, als er sich erhob.

«Ich gehe voraus und gebe das Handy zurück.» Fabian war ein paar Schritte gerannt, als das Handy sich meldete. Er nahm ab, hörte zu, rannte zurück und hielt es Cobb erneut hin.

«Ja? Straumann? Hier Cobb. Ja, es ist ernst. Moment.»

Er sah Fabian an. «Er fragt, was genau geplant ist.»

Fabian wedelte mit den Händen. Cobb gab ihm das Mobiltelefon. «Hier Fabian Perler. Ich weiss nur, dass wir schiessen sollten, wenn unten der Teufel los ist. Auf die Ambulanz. Nein, mehr nicht. Wir sollten im siebten Stock warten. Ja, bereits während der Nacht. Ja, zuoberst. Und uns runterkämpfen. Am Schluss sollte es ein Feuer geben. Was weiss ich. Benzin.»

Fabian starrte aufs Telefon. «Aufgelegt.»

Frank Perler holte aus und schmierte ihm eine. «Du bist ein Riesenarschloch.»

«Was passiert jetzt?» Fabians Augen glitzerten.

«Wenn du jetzt noch zu heulen beginnst, schlage ich dich tot. Das passiert. Wir müssen runter vom Berg und nach Schaffhausen.»

«Wir kommen zu spät.»

«Wäre zu einem anderen Zeitpunkt eine Überlegung wert gewesen.»

Cobb mischte sich ein. «Such mir eine Telefonnummer raus.»

«Ja?»

«Mathias Fink. In Zürich.»

Fabians Finger zitterten, während er den Namen eintippte. Als er den Kontakt gefunden hatte, reichte er Cobb das Mobiltelefon. Cobb hob es ans Ohr.

«Fink? Hier Cobb. Wie geht's der Spesenrechnung? Wie war der Rundflug?»

Fink jammerte. Alles hätte gut ausgesehen. Nachdem er via Homepage der Zeitung das Bild eines blauen Opel Agila veröffentlicht habe, seien Meldungen eingegangen, dass der Wagen in einem Waldstück stehe. Er beklagte sich wegen des zerkratzten Porsches, und dass er Cobb eigentlich nur einen Gefallen hatte tun wollen. Immerhin habe er ihm den Tipp betreffend den Anschlag gegeben.

Cobb unterbrach ihn. «Mach fertig, Fink. Wie wäre das: Wenn ich aufgelegt habe, bemühst du den Helikopter noch einmal. Du fliegst damit zur Rotondohütte. Bei Realp. – Warum du das tun sollst? Du kriegst eine Story. Du wirst mittendrin sein.»

Eine Weile herrschte Ruhe. Dann quäkte Finks Stimme aus dem Lautsprecher: «Du willst mich doch verarschen, Cobb.»

«Nicht doch, Fink. Du bist der Erste auf der Liste. Ich kann auflegen und sonst jemanden anrufen.»

«Wie heisst die Scheisshütte noch mal?»

«Rotondo. Bei Realp.»

«Ich komme. Arschloch.»

«Na also.» Cobb lächelte und gab Fabian das Telefon zurück.

37

Susan Bärtschi keuchte und rannte. Sie musste den Ausgang finden, bog aber immer nur in Gänge, von denen weitere wegführten. Das Licht an der Decke flackerte. Sie blieb stehen und lauschte. Er war noch immer da, der Ton. Dumpf bohrte er sich in den Magen. Sie krampfte sich zusammen und schloss die Augen. Als sie sie wieder öffnete, fand sie sich in einem grossen Saal wieder, der sich oben in der Dunkelheit verlor. Jetzt war der Ton von sehr weit weg zu hören. Er klang hell. Sie entdeckte ihn. Er war gelb und prallte von den Betonwänden ab wie ein kleiner Gummiball. So wanderte er von oben nach unten und wieder zurück. Susan wunderte sich kurz, aber dann fiel ihr ein, dass ein Ton die Schwerkraft nicht fürchten musste. Je weiter er sich nach oben arbeitete, desto lauter wurde er. Und schriller. Sie hielt sich die Ohren zu. Er wandelte sich weit oben von Gelb zu Violett und segelte leicht zu ihr herab, wurde leise und beinahe lieblich. Sie wusste, dass dies nichts Gutes zu bedeuten hatte, und wich zurück. Sie hätte sich gerne in eine Ecke verkrochen, aber die Wände zerflossen zu undeutlichen Konturen, wenn sie sich ihnen näherte. Der Ton wollte von ihr Besitz nehmen. Schützend hielt sie die Hände über den Kopf und kauerte sich zusammen. Der Ton kam näher. Susan wollte eben aufschreien, als er verschwand wie ein Hund, der zurückgepfiffen worden war. Sie entspannte sich. Die nun folgende Stille war ein schwarzes Loch, das sie unvermittelt einsaugte. Sie war nicht mehr.

Mit einem Ruck wachte sie auf. Ihr Mund fühlte sich trocken an. Sie tastete nach dem Glas und trank einen Schluck. Das Notbett knarrte, als sie sich auf den Rücken drehte. Die Zimmerdecke schwebte grau über ihr. Sie wartete, bis sich der Atem beruhigt und der Traum sich verflüchtigt hatte. Als nichts mehr blieb als ein schlechtes Gefühl, setzte sie sich auf und rieb sich das Gesicht. Das gedämpfte Licht liess die weissen Wände, Kästen und das Bettzeug gelb erscheinen.

Bärtschis Kopf ruhte auf dem Kissen. Noch immer versorgte ihn der Schlauch mit Sauerstoff. Susan Bärtschi ging aufs Klo und wusch sich das Gesicht mit kaltem Wasser. Sie hatte Zahnpasta und Zahnbürste mitgebracht. Damit schrubbte sie sich den schlechten Atem aus dem Mund. Bevor sie wieder ins Zimmer trat, hielt sie die Unterarme unter das fliessende kalte Wasser. Die Armbanduhr zeigte vier Uhr.

Sie setzte sich zu ihrem Mann. Als sie ihre Hand nach der seinen ausstreckte, fiel ihr Blick auf den Monitor. Was sie sah, machte sie unsicher. Die grüne Anzeige neben einem der Werte blinkte. Nachdem sie den Alarmknopf, der über dem Bett hing, gedrückt hatte, massierte sie Bärtschis Hand. Es tauchte niemand auf. Sie stand auf und trat in den Gang.

Zwei Männer in weissen Hosen und weissen T-Shirts stiessen einen Stationswagen vor sich her. Der kleinere, muskulösere der beiden wirbelte herum, der schlaksige hielt ihn an der Schulter zurück.

«Der Alarm funktioniert nicht.»

«Wie?», fragte der Schlaksige.

«Ich habe den Knopf gedrückt. Aber es kommt niemand.»

«Ehm.»

«Mein Mann liegt da drin. Es stimmt was nicht mit ihm.»

Der Muskulöse stiess den anderen etwas zur Seite. Mit der einen Hand drückte er auf einer Knetmasse herum. Er machte einen Schritt auf Susan zu. «Das Beste wird sein, Sie gehen wieder rein.»

Der Schlaksige fasste den Kleinen wieder an der Schulter. «Was er sagen will, ist, dass wir uns darum kümmern. Eigentlich sollte auf die Technik Verlass sein.»

Der Muskulöse feixte. Der Schlaksige stellte sich vor ihn hin. «Wir werden uns, wie gesagt, darum kümmern. Machen Sie sich keine Sorgen. Die Nachtschwester wird jeden Augenblick bei Ihnen auftauchen.»

«Das ist sehr freundlich. Ich lasse ihn nicht gerne allein da drin.»

«Ist gerne geschehen.» Er schubste den Muskulösen zum Stationswagen. Gemeinsam gingen sie den Gang hoch.

Als Susan kurz vor der Tür noch einmal nach ihnen sah, grinste der Muskulöse sie an.

Wieder im Zimmer nahm sie Bärtschis Hand in die ihre. Sie war kälter als zuvor. Sie fühlte seinen Puls und starrte gleichzeitig den Monitor an. Was sie befürchtete, spiegelte sich im schwachen Auf und Ab auf dem Bildschirm wider. Sie rannte zur Tür und riss sie auf. Der Gang war leer. Sie rief in beide Richtungen und erhielt keine Antwort. Sie liess die Tür offen stehen und stellte sich neben das Bett. Sie erinnerte sich nur schwach daran, wie eine Herzmassage funktionierte. Der Nothelferkurs lag schon Jahre zurück.

Sie legte die linke Hand auf Bärtschis Herzgegend und die rechte auf die linke. Sie begann zu pumpen. Das Bett war zu hoch, sie konnte keinen richtigen Druck aufbauen. Sie hörte mit der Massage auf und drückte die Knöpfe des Bedienteils. Zuerst hob sich Bärtschis Oberkörper.

«Verdammte Scheisse!»

Sie drückte einen anderen Knopf. Der Oberkörper senkte sich wieder.

«Komm, mach schon!»

Es schien ihr eine Ewigkeit, bis Bärtschi wieder flach lag. Endlich senkte sich das Bett. Susan legte die Hände wieder an und begann rhythmisch zu pressen. Dabei starrte sie auf den Monitor. Die Anzeige blieb unverändert schwach. Sie presste schneller. In den Achselhöhlen begann es zu prickeln, Schweissperlen standen auf der Stirn. Sie atmete im Rhythmus ihrer Bewegung. Bald mischte sich ein Ton in ihre Ausatmung. Sie pfiff.

Bärtschis Körper reagierte wie totes Fleisch. Wenn sie presste, senkte sich die Brust, die Schulterpartie wurde angehoben, und der Kopf fiel etwas in den Nacken zurück. Susan wusste, dass hin und wieder eine Rippe zu Bruch gehen konnte, wenn die Herzmassage gründlich ausgeführt wurde. Sie drückte heftiger.

«Was tun Sie denn da?»

Susan wirbelte herum. Eine Krankenschwester stand in der Tür.

«Sein Herz schlägt kaum noch», keuchte sie.

«Unsinn. Das hätte man im Schwesternzimmer auf dem Monitor bemerkt.»

«Sie haben aber nichts bemerkt.»

«Ich arbeite einen Stock höher. Ich bin bloss hier, weil die Kollegin telefonisch nicht erreichbar ist.»

Susan setzte die Herzmassage fort.

«Lassen Sie das!» Die Krankenschwester trat ins Zimmer und riss sie an der Schulter weg.

Susan sah sie einen Augenblick an und wandte sich wieder ihrem Mann zu.

«Sehen Sie sich den Monitor an!» Sic pumpte weiter.

«Verflucht», entwischte es der Krankenschwester. «Sättigungsabfall auf achtzig. Da hätten die Sirenen losgehen sollen.»

Sie drückte den Alarmknopf.

«Der funktioniert nicht», sagte Susan, ohne aufzuhören.

«Wie? Der funktioniert nicht?»

«Der Alarm. Kein Alarm. Tot.»

Die Krankenschwester riss eine der vielen Schubladen auf, die neben Bärtschis Bett aufeinandergetürmt standen. Sie schloss einen weiteren Schlauch an ein weiteres Gerät, entfernte das Klebeband von Bärtschis Nase und drückte ihm eine Atemmaske aufs Gesicht.

«Holen Sie die Nachtschwester», sagte sie.

Susan rannte zur Tür.

«Warten Sie!»

Sie blieb stehen.

«Sie brauchen sie nicht zu holen. Sie soll einen Arzt rufen. Und zwar schnell.»

Susan sprintete den Gang hoch und trat ohne anzuklopfen ins Schwesternzimmer.

«Hallo?»

Die Stühle waren leer. Susan entdeckte einen Körper, der seitwärts auf dem Linoleum lag. Sie bückte sich und schüttelte die Frau. Keine Reaktion.

Sie sah sich um und entdeckte eine Liste mit Kurzwahlnummern. Ihr Finger fuhr zitternd von oben nach unten. Endlich hatte sie gefunden, wonach sie gesucht hatte. Sie tippte die Nummer ins Telefon.

Nichts.

Nicht einmal ein Summen.

Sie hastete zurück zu Bärtschis Zimmer. Die Krankenschwester setzte ihm eine Injektion.

«Das Telefon ist tot.»

«Wie?»

«Die Nachtschwester liegt am Boden und ist nicht ansprechbar.»

«Was ist denn hier los?» Die Krankenschwester zog ihr Handy hervor und tippte eine Nummer. «Ja? Zimmer 325. Intensivstation. Sättigungsabfall, schneller, flacher Puls. Blutdruck im Keller.» Sie schnaubte. «Egal, wer zuständig ist. Das ist ein Notfall.» Sie drückte ihn weg.

Sie wandte sich an Susan. «Ich habe getan, was ich tun konnte. Der Rest liegt in der Hand von diesem Lahmarsch.»

Susan starrte auf den Monitor. Sie konnte keine Veränderung feststellen. Sie erinnerte sich an die Visitenkarte in ihrer Handtasche, zog sie hervor und rief Elisa Sorrentino an.

38

«Verrückt.» Ekrem Berk zeigte auf die Teile, die vor ihm auf einem weissen Tisch lagen. «Was, Tarek?»

Tarek Berk seufzte. Um die Zeit totzuschlagen, zählte er die Tablare in den Schränken, die eine ganze Wand belegten. Auf jedem Tablar stapelten sich sieben Frotteetücher. Sein Bruder hatte die ganze Zählerei zunichtegemacht. Er würde von vorne beginnen müssen. So ging das nun schon seit einer Stunde. Vielleicht sollte er auch einige Tabletten einwerfen. Sie würden seiner Konzentrationsfähigkeit auf die Sprünge helfen. Eigentlich hatte er sich vorgenommen, erst damit zu beginnen, wenn die Rettungswagen zu den Einsätzen fuhren.

Denn darin bestand der ganze Plan. Sie schlugen in zwei Gruppen zu. Irgendwo würde es Verletzte geben. Aaron Weber und Dashurije Bajrami waren über das ganze Projekt informiert. Sie selbst, die Soldaten, wussten nur, was sie an ihrem Einsatzort zu tun hatten. Sein Bruder und er hatten den Befehl, hier zu warten und loszuschlagen, wenn draussen die Martinshörner heulten und die Verletzten in die Notaufnahme gefahren wurden. Sie würden die Hilfsbedürftigen angreifen, genauso wie das im Krieg passiert. Wo die Spitäler längst nicht mehr Garant für Sicherheit waren.

«Guck mal, Tarek. Ganze neun Teile. Inklusive Magazin.»

«Ja, Ekrem.»

«Ein Wunderwerk von einer Waffe.»

«Das hast du mir vor zehn Minuten schon erzählt.»

«Ist doch einfach erstaunlich.»

«Ekrem, bau das Ding wieder zusammen und leg es hin. Ich bewundere die Einzelteile bereits zum dritten Mal.»

«Du solltest das auch mal tun.»

«Was tun?»

«Dein Gewehr auseinandernehmen und wieder zusammenbauen.»

«Interessiert mich nicht.»

«Jeder Soldat sollte wissen, wie sein Gewehr funktioniert.»

«Ich drücke auf den Abzug, und es schiesst. So geht das, Ekrem.»

«Und weiter?»

«Du meinst die Sache mit dem Dauerfeuer?»

«Ja.»

«An den Fanghebel denken. Und jetzt lass mich in Ruhe.»

«Bist du nervös, Tarek? Du bist doch nervös.»

«Nein.»

«Doch. Nimm ein paar von den Pillen. Das hilft.» Ekrem kramte in seiner Hosentasche und zog einen durchsichtigen Plastikbeutel hervor. «Ich würde dir gerne eine anbieten, aber da sind nicht mehr so viele drin.»

«Mach mal eine Pause. Du kriegst davon einen Herzinfarkt, bevor es losgeht.»

Ekrem packte Tarek am T-Shirt und riss ihn nahe an sich. «Halt das Maul. Ich bin der Ältere, verstanden? Halt einfach das Maul.»

Er sah nach oben. «Was ist das?»

Auch Tarek lauschte. Von weit weg war ein knatterndes Geräusch zu hören.

«Verdammt, das ist ein Helikopter, es geht los.» Ekrem liess von seinem Bruder ab und machte sich an der Kalaschnikow zu schaffen.

«Aaron sagte, dass es unten auf der Strasse losgehen würde.»

«Ich scheiss auf Aaron. Du hörst es ja auch. Da kommt ein Helikopter geflogen. Es geht los.»

«Ich finde, wir sollten nach Plan vorgehen.»

«Im Krieg geht nichts nach Plan. Hilf mir mal.»

Ekrem zog ein labbriges Korsett aus dem Stationswagen.

«Vorsicht, sonst geht das Ding hier hoch.» Tarek machte einen Schritt zurück.

Ekrem schlüpfte mit den Füssen voran hinein und zog es hoch. «Nimm das Klebeband und mach den Gürtel fest.»

Tarek gehorchte. Er riss schwarzes Gewebeband von der Rolle. Damit wickelte er den Bombengürtel eng um Ekrems Rumpf.

«Schau mal nach unten!», befahl Ekrem.

Tarek ging ans Fenster und sah hinaus. Wie er erwartet hatte, waren keine Krankenwagen zu sehen. Alles schien ruhig. Er wollte sich eben wieder Ekrem zuwenden, als er stutzte. Auf der Strasse standen fünf oder sechs identische blaue Kastenwagen. Er winkte Ekrem heran.

«Was hältst du davon?»

«Wovon?»

«Da unten. Die Autos. VW Transporter.»

«Weg vom Fenster.» Ekrem zog seinen Bruder zurück ins Zimmer. «Von wegen Plan. Da ist was schiefgelaufen.»

«Sonderkommando?», fragte Tarek.

Ekrem nickte.

«Aber ich sehe keinen.»

«Deshalb heisst das ja Sonderkommando. Die schleichen hier womöglich schon herum. Gib mir von den Pillen.»

«Du hast schon genug geschluckt.» Tarek nahm seinen Bombengürtel aus dem Stationswagen und hielt ihn um den Rumpf fest. «Klebeband.»

«Wo hast du es hingelegt?» Ekrem sah sich um.

Das Geräusch der Helikopterrotoren wurde lauter.

«Da, am Boden.»

«Scheiss unpraktisch, diese Gürtel. Sie hätten Westen nehmen sollen.»

«Hör auf zu jammern.»

Ekrem hob die Rolle auf und zurrte den mit einer Mischung aus Desinfektionsmittel, Farbverdünner und Zitronensaft versehenen Gürtel an den Körper seines Bruders. Der Sprengstoff Triaceton-Triperoxid explodierte nur zuverlässig, wenn ein Experte dahintersteckte. Tarek fiel ein, dass nie die Rede davon war, wer die Gürtel gebaut hatte. Er hoffte, sie würden funktionieren.

Die Nägel und Schrauben, die mit verarbeitet worden waren, machten es nicht einfach, den Gürtel zu befestigen. Er war schwer und rutschte ständig nach unten. Ekrem fluchte.

Als er fertig war, griff er in Tareks Hosentasche und riss die Plastiktüte mit dem Captagon an sich. Er zwängte seine Hand hinein und warf sich einige Tabletten in den Mund. Tarek riss ihm die Tüte aus der Hand, sie platzte. Er ging auf alle viere, um die Pillen aufzulesen.

Der Helikopter war nun über ihnen.

Mit der Kalaschnikow in der Hand stürzte Ekrem zur Tür. Er drehte sich kurz um und grinste seinen Bruder an. «Wir sehen uns!» Er riss sie auf, rollte sich in den Flur und rief, dass Allah gross sei. Die Tür ging wieder zu.

Tarek hörte durch den Lärm der Rotoren Schüsse und Querschläger. Er stand auf und nahm das Gewehr an sich. Als er sich der Tür näherte, kamen über ihm die Rotoren zur Ruhe. Er öffnete und rannte los.

Vor ihm lag eine Frau in ihrem Blut. Er setzte an, über sie hinwegzuspringen. Sie hielt ihn zurück. Er stolperte, fing sich mit einem Bein auf, rutschte auf dem Blut aus und landete auf dem Hintern. Die Frau war nicht tot. Sie hielt ihn mit all ihrer Kraft am Fuss fest.

«Du gehörst zu dem anderen, nicht?» Sie keuchte.

Tarek versuchte, den Fuss frei zu bekommen. Er wand ihn, aber es half nichts. Sie hielt ihn mit beiden Armen vor ihrer Brust umklammert.

«Ich bete diesen Gott an, dessen Namen er genannt hat. Ich wünsche ihm, dass ihm die Zunge aus dem Mund fällt, wenn er ihn noch ein einziges Mal ruft. Ich weiss, wer du bist. Dein Vater hat mitgeholfen, deine Cousine zu erschlagen, nicht?»

Tarek erkannte die Frau. Er hatte sie hin und wieder an der Bushaltestelle getroffen. Sie wohnten im selben Quartier.

«Du bist ein feiger Mann. Wie dein Vater. Der andere war dein Bruder. Ich weiss es. Es gibt tausend Möglichkeiten, anständig zu leben. Ihr habt die falsche gewählt.»

Mittlerweile versuchte Tarek, auf dem Hintern robbend und mit den Beinen strampelnd von ihr wegzukommen. Er erreichte nur, dass er sie hinter sich herzog.

Sie hustete. «Eure Mutter hat euch als Prinzen erzogen. Und nun seid ihr beleidigt, dass die Welt euch anders behandelt. Für Prinzen ist aber kein Platz. Diese Lektion habt ihr nie gelernt. Ihr seid Memmen.»

Endlich gelang es Tarek, sich aus dem Griff der Raumpflegerin zu winden. Er rappelte sich hoch und rannte den Gang hinunter.

39

Sie warteten, bis der Wind, den die Rotoren verursacht hatten, schwächer wurde. Cobb ging voraus auf die Tür zu, welche vom Dach des Spitals ins Innere führte. Er öffnete. Fabian zwängte sich an ihm vorbei und rannte die Treppe hinunter.

«Wo ist die verdammte Kinderabteilung?», rief er nach oben.

Cobb zuckte mit den Schultern.

Fabian nahm weitere Stufen und verschwand im Treppenhaus.

Cobb zwang seine Knie ein Stockwerk tiefer und betrat einen Raum. Am Boden lag eine Rolle schwarzes Klebeband. Fink und Frank Perler folgten. Unter ihren Füssen knirschte es. Jemand hatte Tabletten fallen gelassen. Cobb sah aus dem Fenster. Schwarze Gestalten mit Helmen näherten sich dem Gebäude. Auf dem Dach oberhalb der Notaufnahme postierten sich zwei Scharfschützen.

Aus einem der Fenster peitschten Schüsse. Die schwarzen Gestalten bückten sich und rannten in Deckung. Fink hob das iPhone hoch und filmte einige Sekunden.

«Das ist Gold wert.» Er strahlte.

«Weiter.» Frank Perler ging zur gegenüberliegenden Tür.

Er schwang sie auf und hielt in der Bewegung inne, als er die Frau sah. Sie lag weiter vorne. Ein breiter Streifen Blut führte zu ihr hin. Er rannte los. Cobb folgte.

Frank Perler bückte sich. Als er das Handgelenk der Frau losgelassen hatte, richtete er sich auf. «Sie lebt.»

«Ein Arzt muss her.»

Cobb hastete ins Schwesternzimmer und prellte sich die Hüfte an einem Tisch. Er hob den Hörer hoch und suchte nach einer Nummer. Nichts. Nicht einmal ein Summton. Er versuchte ein zweites. Nichts.

«Die Telefone sind tot.»

«Die Arschlöcher scheinen gründlich zu arbeiten», murrte Frank Perler.

Er hatte die Frau inzwischen auf den Rücken gelegt und presste ein Frotteetuch auf ihre Wunde.

«Fink, ruf an!»

«Wen denn?»

«Die Notaufnahme.»

«Das ist absurd, aber na gut.»

Er hob das iPhone hoch, wischte über den Bildschirm und hielt es vors Gesicht.

«Was tust du da?», fragte Cobb.

«Ich mach noch kurz ein Foto.»

Cobb holte mit dem gesunden Arm aus. Die Faust traf Finks Unterkiefer. Er ging zu Boden. Das iPhone landete in der Blutlache. Cobb wischte es an seiner Hose sauber und wählte die Nummer der Notaufnahme.

«Hier Cobb. Wir haben eine Verletzte. Oberster Stock. Ja, hier im Spital. Ja, ich weiss, dass die Hölle los ist.»

Er legte das Telefon weg. «Sie sind unterwegs.»

Fink stand wankend auf und schnappte sich das iPhone. Er rieb sich den Kiefer und drückte auf dem Display herum. «Und ab die Post!»

Dann wedelte er mit dem Handy vor Frank Perlers Nase herum.

«Das war für die Online-Redaktion. Das Sonderkommando, wie es in Deckung rennt. Wir sind die Ersten.»

Frank Perler entriss ihm das Gerät und schmiss es durchs geschlossene Fenster. Glasscherben fielen zu Boden.

Fink kreischte: «Wir hatten ein Geschäft. Ihr kriegt den Flug, ich kriege die Story.»

«Ihr hattet ein Geschäft.» Frank Perler deutete zu Cobb.

Fink sah aus dem Fenster. «Da, jetzt fahren noch mehr Wagen heran. Scheisse, Perler. Ich hätte einen Videostream starten können. Die Öffentlichkeit wäre live dabei gewesen, eins zu eins.»

Cobb hatte sich an eine Wand gelehnt. In seinem Mundwinkel hing die E-Zigarette. «Fragt sich, ob die Welt das braucht.»

«Die Welt nimmt sich, was sie braucht, und ich füttere sie damit. So läuft das heute, Cobb. So lief das schon immer.»

«Momentan läuft's aber nicht so gut.»

«Fick dich.»

«Ebenso.»

Sie hörten Gummisohlen auf dem Linoleumboden quietschen. Eine Frau und ein Mann in neongelben Westen tauchten auf. Sie rannten heran und stellten den Notfallrucksack neben der Verletzten ab.

Die Rettungssanitäterin bückte sich zur Frau. «Wir mussten aussen rum und die Treppen hoch. Im Gebäude wird geschossen. Besser, sie bringen sich in Sicherheit.»

«Richtig, was tu ich hier noch?» Fink ging rückwärts zurück zur Tür. «Wie komme ich hier raus?»

«Durch das Zimmer und die Treppe nach unten.»

Fink drehte sich um und machte sich zügig fort.

«Und wir?» Frank Perler wandte sich Cobb zu.

«Ich denke, wir bringen in Ordnung, was Ihr Sohn verbockt hat.»

«Das will ich meinen.»

Dann entdeckte Cobb die blutigen Fussabdrücke, die den Gang entlangführten.

40

Marlen öffnete die Augen und dachte an Bananen. Im Wohnzimmer lagen welche in der Fruchtschale. Sie hatten allerdings gestern Abend schon pampig ausgesehen. Es würde trotzdem besser sein, zwei oder drei von den Dingern zu verdrücken, als sich ein paar Spiegeleier zu braten. Besser hiess in diesem Fall leichter verdaulich. Bloss machte sie sich Sorgen, dass Bananen nicht ausreichten. Sie fürchtete, dass sie ein Loch im Magen haben würde, wenn sie aufs Velo stieg.

Vielleicht doch Eier.

Oder doch nicht.

Irgendwo hatte sie gelesen, dass Brot mit magerem Quarkaufstrich und etwas Marmelade oder Honig ideal wären. Als Wettkampfdiät sicher ein einwandfreier Vorschlag. Marlen schluckte schwer beim Gedanken an trockenen Quark. Aufs Brot gehörte Butter, sonst rutschte es nicht. Einen Kaffee würde sie trinken, so oder so. Vielleicht mit einer Extraportion Zucker wegen der Kohlehydrate. Allerdings hiess es, langsame Kohlehydrate wären geeigneter. Damit war Vollkornbrot gemeint. Hiess das, dass sie den Kaffee ungesüsst trinken musste?

Sie drehte sich auf die Seite, um noch etwas Schlaf zu finden. Draussen wurde es langsam hell, Vögel zwitscherten sich die Seelen aus den Leibern, und Marlens Blase gab das Signal zum Wasserlassen.

Auf dem Weg zum Klo fiel ihr ein, dass Valentin vergangene Nacht hier gewesen war. Seit er ihr einen Korb gegeben hatte, hatte sie ihn nicht mehr gesehen. Sie wusste, dass er mit Cobb zusammenarbeitete. Ihr Vater vermied es aber, seinen Namen zu erwähnen.

An schlechten Tagen dachte sie, dass die beiden unter einer Decke steckten. Valentin hatte gefunden, er sei zu alt für sie, und damit hatte er Cobbs Meinung geteilt.

Eigentlich war es ihr egal, dass nichts aus ihnen beiden geworden war. Was sie allerdings wirklich ärgerte, war, dass er ihr den

Laufpass gegeben hatte. Diese Rolle hatte sie im Leben für sich selbst vorgesehen.

Valentin war mit einem Handy vorbeigekommen. Nachdem sie mit ihrem Vater gesprochen hatte, hatte sie dem Gespräch mit den beiden Polizisten zugehört. Es ging um ein Fleckenmuster auf einem Bildschirm. Niemand konnte sich einen Reim darauf machen.

Im Badezimmer setzte sie sich auf die Klobrille, stützte die Ellbogen auf die Knie und legte das Kinn in die Hände. Als sie fertig gepinkelt hatte, löste sie eine Hand vom Kinn und blätterte in einer Illustrierten, die neben ihr auf einem Regal lag. Viel gaben die Fotos nicht her. Sie grub etwas tiefer und legte einen Duden und ein Telefonbuch auf den Boden. Jetzt kamen die Bilderbücher zum Vorschein. Sie mussten schon immer hier gelegen haben.

Sie blätterte in «Die drei Räuber» von Tomi Ungerer, sah die «Bärenfreunde» durch und stockte dann. Vor ihr lag «Das magische Auge». Es war voll mit Bildern, die beim ersten Hinsehen aus Farbmustern bestanden. Ging man allerdings mit der Nase ganz nah ran ans Bild und vergrösserte dann die Distanz dazu, erschien ein dreidimensionales Bild, ähnlich einem Hologramm. Das funktionierte nur, wenn man den Blick entspannt halten konnte.

Marlen probierte, ob sie es noch fertigbrachte. Sie schlug das Buch auf und legte die Nase auf eine Seite. Dann streckte sie die Arme langsam aus und behielt den Blick möglichst locker und nicht fokussiert. Vor ihrem Auge erschienen allmählich erste Konturen, bis ihr plötzlich eine Dampflokomotive entgegenkam. Sie schlug das Buch zu, riss Klopapier ab, den Slip hoch und stürzte aus dem Badezimmer.

Galati erschrak, schlug zu, und es knallte. Als sie die Augen öffnete, kniete Marlen über ihr im Bett und rieb sich die Backe. Selbst schuld. So weckte man niemanden. Sie hatte einen Schrei gehört, und dann hatte sie jemand gerüttelt. Eigentlich hatte ihr schlafendes Ich zugeschlagen. Sie traf keine Schuld.

«Spinnst du, Marlen?»

«Nein, du spinnst. Du hast mir eine runtergehauen.»

«Versuch mal, mich mit Kaffee und Croissants zu wecken. Ich kann ganz zahm sein.»

«Ich hab's.»

«Was hast du?»

«Die Lösung.»

«Für was?»

«Na ja, vielleicht hab ich's auch nicht.»

«Was denn?»

«Vielleicht ist's auch nur eine Idee.»

«Marlen, halt die Klappe und lass mich weiterschlafen. Ich steig ja heute noch für dich ins Wasser.»

«Wo ist das Handy?»

«Woher soll ich das wissen?»

«Nicht mein Handy. Das Handy.»

«Handy?»

«Das Flecken-Handy.»

«Och, das. Straumann hat's mitgenommen.»

«Du hast doch eine Kopie.»

«Wovon?»

«Mann, Anna, werd endlich wach. Ich rede vom Flecken-Bild. Auf dem Handy von dem, der ertrunken ist.»

«Was soll damit sein?»

«Ich glaube, ich weiss, wie's funktioniert.»

«Mach keine Witze, Marlen.»

«Handy. Jetzt!»

Galati langte auf den Boden und hob ihr Handy auf. Sie gab den Code ein und öffnete die Foto-App. Das Fleckenmuster erschien.

Marlen nahm ihr das Telefon aus der Hand und hielt die Nase aufs Display.

«Du musst mit dem Finger wischen, Marlen.»

«Pssst.» Marlen führte das Bild von der Nase weg.

«Welche Art Übung ist das denn?»

«Warte!» Marlen versuchte, den Blick nicht zu fokussieren.

Galati starrte sie an und spürte, dass etwas Wichtiges im Gange war.

Endlich machte Marlen den Mund auf. «Das ist ja heute. Acht Uhr fünfzig.»
«Was?»
«Das Datum ist das heutige.»
Galati griff nach ihrem Handy und starrte das Bild an. «Du willst mich verarschen.»
«Nein.»
Marlen erklärte Galati, wie sie vorgehen musste, um das hologrammartige Bild sehen zu können.
Galati presste die Nase aufs Glas und entfernte es.
«Viel zu schnell. Es braucht Geduld.»
«Du hast gut reden.»
«Trotzdem.»
«Ich sehe nichts.»
«Eben. Noch mal von vorne.»
Galati gab sich Mühe, ihre Neugier im Zaum zu halten. Endlich tauchten aus den farbigen Flecken klare Konturen auf. «Ja, heute um acht Uhr fünfzig. Ich sehe es auch.»
«Was sagst du jetzt?»
«Ich brauche einen Kaffee.»
«Nein. Zu mir. Ich hab's entdeckt.»
«Du bist super, Marlen.»
«Was könnte das sein? Warum acht Uhr fünfzig?»
«Heute um acht Uhr fünfzig steige ich ins Wasser.»
«Du glaubst, das hat was mit dem Triathlon zu tun?»
Aber Galati antwortete nicht. Sie wählte eine Nummer und ging in die Küche.
«Hier Straumann.»
«Morgen. Hier Galati.»
«Ich habe Neuigkeiten von Cobb», sagte Straumann.
«Deswegen rufe ich nicht an.»
«Er steckt in Schwierigkeiten.»
«Schwierigkeiten?» Galati senkte die Stimme.
«Ja, er steckt seine Nase in Angelegenheiten, die ihn nichts angehen. Momentan befindet er sich im Spital.»
Galati klemmte die Aluminiumkanne zwischen Oberarm und Torso und drehte sie auf. «Bei Bärtschi?»

«Das können wir nicht sagen, weil wir nicht reinkönnen. Da drin sind Attentäter.»

«Scheisse.»

Marlen schaute zur Tür herein. «Mit wem telefonierst du?»

«Polizei.» Sie winkte Marlen raus aus der Küche. Sie weigerte sich und hörte mit.

Straumann hustete. «Warum rufen Sie an?»

«Das Flecken-Bild. Es macht Sinn.» Sie füllte Kaffee ins Sieb.

«Können wir das ein andermal besprechen?»

«Ich denke nicht. Wir können es lesen.»

«Wer wir?»

Sie machte Zeichen, Marlen schraubte die Aluminiumkanne wieder zusammen und setzte sie auf die Herdplatte.

«Marlen und ich. Das Bild zeigt das heutige Datum und eine Uhrzeit. Acht Uhr fünfzig.»

«Sagt mir nichts.»

«Um acht Uhr fünfzig starten die Schwimmer der Teams am Triathlon. Genau um diese Zeit springe ich mit hundert anderen ins Wasser.»

«Etwas vage, Ihre Vermutung. Was wird Ihrer Meinung nach geschehen?»

«Ich weiss es nicht. Aber es wird etwas geschehen.»

«Ich werde Moser schicken. Mehr Leute habe ich nicht. Hier ist der Teufel los.»

«Na super.»

«Sie sind noch immer bei Cobb zu Hause?»

«Ja. Passen Sie auf ihn auf.»

«Ich tu, was ich kann.»

Sie unterbrachen die Verbindung.

«Auf wen soll er aufpassen?», fragte Marlen.

«Wer?»

«Der Polizist.»

«Na, auf sich.»

«Verkohlen kann ich mich selber.»

Galati hob den Deckel der Aluminiumkanne. Die ersten Tropfen Kaffee zeigten sich. «Marlen, ich denke, wir blasen unser Rennen ab. Irgendwas ist los. Wir können da nicht teilnehmen.»

«Vielleicht ist's ja bloss ein Zufall.»

«Ja, wäre schön. Ruf Leila an.»

«Sie wird enttäuscht sein.»

«Ruf sie an.»

Marlen ging in ihr Zimmer. Galati goss sich eine Tasse Kaffee ein. Im Wohnzimmer griff sie nach einer Packung Zigaretten. Sie hatte sich eben eine angezündet, als Marlen auftauchte.

«Leila ist beim Spital», sagte sie. «Sie kommt nicht rein. Da drin wird geschossen.»

Galati blies den Rauch aus.

Marlen setzte sich auf einen Stuhl. «Dabei ist doch ihr Vater da drin.»

Und deiner auch, dachte Galati.

«Ich muss los.» Sie schnappte sich den Autoschlüssel.

«Ich komme mit.»

«Du bleibst, wo du bist.»

41

Als der Assistenzarzt durch die Tür ging, hielt er das Smartphone vor der Brust und tippte seiner Chefin Elisa Sorrentino eine Nachricht. Sie brauchte nicht mehr zu kommen. Susan Bärtschi schloss die Tür und betrachtete die Falle. Hinter ihr lag Bärtschi im Bett, und doch war sie allein im Zimmer.

Am Schluss war alles nur noch eine Quälerei gewesen. Um das Herz-Kreislauf-System zu stabilisieren, war ihm Adrenalin gespritzt worden. Schnell war ein Dialysegerät ins Zimmer gerollt worden, man hatte seine Arme zerstochen beim Versuch, einen Weg in den Körper zu finden. Als der Herzschlag ganz aussetzte, kam der Defibrillator zum Einsatz.

Susan hatte den Versuchen, ihren Mann am Leben zu erhalten, zugesehen. Sie hatte nicht gewusst, ob sie dankbar für den Einsatz des Teams sein oder ob sie die Ärzte, Assistenzärzte und Krankenschwestern nicht einfach anbrüllen sollte, ihren Mann endlich in Ruhe zu lassen. Sie hatten gekämpft, und sie hatten verloren. Bärtschi war gestorben, ohne das Bewusstsein wiedererlangt zu haben. Einfach so. Nicht mehr da. Ohne Abschied.

Das Zimmer war abgedunkelt. Sie wollte noch einige Augenblicke mit ihm allein sein. Mit der Einbildung, er sei doch noch irgendwie da, noch nicht weg aus dem Zimmer, vorhanden in einer anderen Anordnung von Raum und Zeit. Gleichzeitig wusste sie, dass das Blödsinn war. Blödsinn, der Trost versprach.

Irgendwo weiter oben knallte es. Vielleicht Handwerker, die die defekten Leitungen reparierten. Es klang aber mehr nach Schüssen. Im Spital? Sinnestäuschung in einer Stresssituation.

Sie drückte mit der Zehenpartie des einen Schuhs gegen die Fersen des anderen. Die Füsse rutschten aus den bequemen Sneakers. Susan langte in ihre Tasche und zog das neue Paar Schuhe hervor. Schlicht und teuer. Sie zwängte die Füsse hinein.

«Scheiss unbequem, Peter.»

Sie behielt sie an, stand auf und ging im Zimmer auf und ab. Der regelmässige Rhythmus der Absätze beschwichtigte ihre

Innenwelt, deren Kaskade von Trauer, Angst und Wut sie umzuwerfen drohte. Nach einer Weile blieb sie vor Bärtschi stehen.

«Das Erste, womit du mich allein lässt, ist die Sache mit Leila, weisst du das?»

Leila lebte noch immer mit der Hoffnung, ihr Vater würde gesund. Susan musste sich sammeln und es ihr sagen. Nicht hier am Telefon, sondern zu Hause oder auf dem Weg zum Triathlon. Sie konnte sie nicht anrufen, um zu erfahren, wo sie gerade steckte. Hatte sie sie am Apparat, musste sie mit der Wahrheit herausrücken. Bis sie Leila fand, war sie mit ihrer Trauer allein. Dann waren sie zwei. Das machte es auch nicht besser.

«Mach's gut.»

Sie bückte sich und küsste ihn auf die Stirn. Als sie sich aufrichtete, vibrierte ihr Handy. Auf dem Weg zur Tür wischte sie übers Display. Es gab an, dass Leila ihr eine Nachricht geschrieben hatte. Susan wollte sie lesen, als die Tür aufsprang und ein hagerer Mann hereinstürmte. Er stiess ihr mit einem Gegenstand hart gegen das Brustbein. Sie taumelte und fiel hin. Susan lag neben dem Bett, und das Atmen fiel ihr schwer.

Als sie hochblickte, erkannte sie im diesigen Licht den gross gewachsenen Pfleger, den sie im Gang angesprochen hatte, als Bärtschi sich angeschickt hatte zu sterben. Und dann erkannte sie auch den Kolben des Gewehrs als den Gegenstand, der sie getroffen hatte.

«Los, aufstehen!», befahl der Mann.

Sie keuchte, drehte sich auf alle viere und hielt sich am Bett fest.

«Schneller!»

Als sie sich hochzog, kam ihr Gesicht nahe an demjenigen Bärtschis vorbei. Sie blieb einen Moment auf die Arme gestützt stehen und sah ihn an. In diesem Augenblick wusste sie mit Sicherheit, dass ihre Tochter auch ihre Mutter verlieren würde, käme der Mann im Zimmer dazu, seinen Plan auszuführen.

«Aufstehen jetzt!»

Susan liess das Bett los und richtete sich auf. Sie schielte hin zum Schrank, in dem die Sachen ihres Mannes hingen. Wollte er nicht nach dem Zahnarztbesuch zum Schiesstraining?

«Los, zum Fenster.»
Sie stiess sich vom Bett hoch und begab sich ans Fenster.
«Rauf mit den Rollos!»
Sie versuchte Zeit zu gewinnen und tapste erst nach links.
«Da rechts ist die Kurbel. Mach schon!»
Während sie kurbelte und es im Zimmer heller wurde, betrachtete sie den Mann. Zuerst fiel ihr auf, dass ihm der linke Schuh fehlte. Die Socke und das Hosenbein waren blutgetränkt. Sein Atem ging schnell und keuchend. Ein Klebeband ging um seinen Torso und hielt eine Art Jägerjacke ohne Ärmelloch fest. Das Gesicht war bleich, die Augen huschten hin und her.
«Und jetzt schau raus!»
Als sie sich umdrehte, nach unten blickte und Grenadiere des Sonderkommandos sah, wusste sie, dass sich im Haus keine Handwerker befanden. Es handelte sich um einen Angriff. Das Knallen kam von Gewehrschüssen. Die Jägerjacke war ein Bombengürtel. Die Aussichten standen schlecht.
«Was ist da unten los?», fragte der Mann.
«Was soll schon los sein?»
«Was siehst du?»
«Leute.»
«Verkauf mich nicht für blöd. Was für Leute?»
Susan drehte sich zum Attentäter um. «Ich sehe gut ausgebildete Grenadiere. Sie haben keine Chance, lebend aus dem Spital zu gelangen. Es sei denn, Sie werfen den ganzen Plunder zu Boden. – Aber das wollen Sie gar nicht. Sie wollen ja in Stücken ins Paradies fliegen.»
«Knie dich hin!»
Sie blieb stehen. «So wie ich das sehe, kommen Sie nicht einmal mehr lebend aus dem Zimmer.»
«Knie dich hin!»
«Ich denke nicht daran.»
«Ich werde dich erschiessen. Und den da auch.»
Sie antwortete, dass der Mann im Bett bereits tot sei. «Die Ausbeute dürfte also relativ dürftig sein.»
«Du lügst doch.»
«Überzeugen Sie sich selbst. Gehen Sie und stupsen Sie ihn an.»

Der schlaksige Mann behielt Susan im Auge und bewegte sich seitwärts auf das Bett zu. Als er dort angelangt war, trat er mit dem beschuhten Fuss dagegen. Bärtschis Kopf wackelte ein wenig hin und her. Mehr war nicht. Der Mann bemerkte nun den leeren Infusionsständer und die toten Maschinen. Als ihm bewusst war, dass er neben einer Leiche stand, trat er beklommen weg.

Gleichzeitig mit den Schüssen splitterte Glas. Der Mann warf sich zu Boden, drückte sich in eine Ecke und fluchte in einer Sprache, die Susan nicht verstand. Sie hörte auch nicht wirklich zu. In zwei Schritten war sie bei Bärtschis Kleidern, packte alles, was sie fassen konnte, und riss es samt dem Haken mit zu Boden. Der Haken prallte ab, schoss durchs Zimmer und schlug neben dem Kopf des Mannes in der Wand ein. Der kauerte sich zusammen und hielt die Hände über den Kopf.

Als das Schiessen aufgehört hatte, hielt Susan die Dienstwaffe ihres Mannes in der Hand, hatte sie entsichert und war hinter dem Bett in Deckung gegangen. Sie hörte, wie der schlaksige Mann aufstand. Glas knirschte unter seinen Füssen. Wenn sie hier lebend herauskommen wollte, durfte sie den Sprengstoffgürtel nicht treffen. Sie brauchte Zeit, um zu zielen.

«Hey!», rief sie und stützte die beiden Arme mit der Waffe in den Händen auf Bärtschis Brust ab.

Der Mann wirbelte herum und zielte mit der Waffe auf sie. Susan richtete die ihre auf seinen Kopf aus.

«Jetzt fragt es sich, wer die besseren Nerven hat, nicht?», sagte sie.

«Ich nehme dich mit in den Tod.»

«Wissen Sie, was mit Ihrem Kopf passiert, wenn das da in die Luft geht?»

Der Mann versuchte sich zu kratzen, aber der Sprengstoffgürtel war im Weg.

«Nichts passiert ihm. Sie werden glatt enthauptet. Und, wie bereits erwähnt, eins zu eins ist eine magere Ausbeute. Wenn es denn klappt. Wenn die Bombe da überhaupt funktioniert, wie sie sollte. Ich habe gehört, es soll verdammt schmerzhaft sein, wenn die Gedärme aus dem Bauch quellen.»

«Halt die Klappe!»

«Sonst?»

«Ich erschiesse dich!»

«Wer sagt Ihnen, dass ich auf der Stelle tot sein werde? Warum sind Sie so verflucht sicher, dass ich Sie nicht mit einem letzten Schuss in die Luft jage? Für nichts.»

Der Mann öffnete den Mund, sagte aber nichts.

«Angst?»

Er senkte seine Waffe um wenige Zentimeter.

Susan drückte ab.

Klick.

Sie hätte es wissen müssen. Bärtschi war nie mit geladener Pistole durch die Gegend gelaufen.

Der Attentäter grinste und hob die Waffe.

Die Tür sprang auf. Er war für einen Moment abgelenkt, sah hin und schoss. Jemand fluchte und hechtete zu Boden.

Susan schob mit aller Kraft. Bevor der Attentäter wusste, wie ihm geschah, presste das Bett sein Gesäss gegen den Fensterrahmen. Ein Splitter bohrte sich ins Ohr. Er schrie auf und richtete die Waffe auf Susan.

Zuerst erloschen die Augen. Dann kippte der Kopf nach hinten. Der Oberkörper folgte, und der Mann hing vom Kreuz an rückwärts aus dem Fenster. Ein Scharfschütze hatte ihn getötet.

Susan sackte zusammen.

Erst als Arme sie umschlangen, begann sie zu zittern. Sie blickte hoch.

«Cobb?»

Cobb nickte. «Bärtschi?»

«Tot. Seit einer halben Stunde.» Sie stand auf. «Leila muss es wissen.»

«Du kommst da nicht raus.»

«Dann hilf mir.»

42

Galati rannte die Treppe hinunter. Auf dem Weg zum Parkplatz blieb sie mit einem Mal stehen und drehte sich um. Die Gangschaltung eines Autos liess einen Motor aufheulen, der statt von Benzin von Testosteron angetrieben schien. Dann sah sie einen roten Ferrari Testarossa um die Ecke biegen und übers Kopfsteinpflaster auf sie zu rasen. Er bremste ab. Moser sah aus dem Seitenfenster.

«Steigen Sie ein.» Moser lehnte sich über den Beifahrersitz und löste die Tür.

Sie hatte den rechten Fuss noch nicht im Innern, als er losfuhr. Sie wurde erst in den Sitz gepresst, dann musste sie sich am Armaturenbrett abstützen, als Moser bremste und links abbog. Eine Mutter mit Kinderwagen schimpfte hinterher.

Beim Kreisel drängte sich der Ferrari zwischen einen Mercedes und einen schweren Volvo. Er entfernte sich vom Hupkonzert zum Rhein hinunter, gab bei Orange Gas und überfuhr bei Rot. Auf der geraden Strecke entlang der Rhybadi drückte es Galatis Eingeweide wieder gegen den Fahrersitz.

«Wäre Blaulicht nicht angebracht?», fragte sie.

«Warum? Geht doch.»

«Auch wahr. Was geht im Spital?»

«Kacke am Dampfen.»

«Präziser.»

«Da drin sind welche, die schiessen auf uns. Wir schiessen zurück.»

«Cobb ist da drin?»

«Der Journalist?»

«Ja.»

«Ja, der ist drin.»

Galati schwieg und sah aus dem Fenster. Rechts zog der Rhein vorbei. Auf der Geraden nach Büsingen beschleunigte Moser und bremste nur unwesentlich ab, als der Ferrari die Ortstafel erreichte. Moser schaltete zwar einen Gang runter, aber dadurch dröhnte der Motor nur lauter.

«Ich habe mit Höneisen telefoniert», sagte er.

«Wer ist Höneisen?»

«Präsident des Organisationskomitees.»

«Und?»

«Nichts. Er kann den Triathlon nicht absagen.»

«Wir müssen mit ihm reden.» Galati hielt sich fest, als Moser abbremste.

«Hab ich ja.»

Statt nach links auf die Parkwiese an der Hauptstrasse nach Gailingen zu fahren, steuerte Moser den Ferrari nach rechts in die Wechselzone. Zwei Männer in bunten Kleidern wedelten mit den Händen und wiesen ihn darauf hin, dass der Wagen hier nicht parkiert werden dürfe. Moser stieg aus und zeigte den Polizeiausweis. Ohne die beiden weiter zu beachten, schritt er auf das grosse Stoppelfeld zu. Galati folgte.

Aus den Lautsprechern tönte Musik, die allgemein als stimulierend bezeichnet wurde. Zwischendurch machte der Speaker eine Durchsage. Entweder bedankte er sich bei einem der zahlreichen Sponsoren oder gab eine mehr oder weniger originelle Anekdote zum Besten. Angesichts der frühen Morgenstunden tat er schrecklich motiviert.

Moser blieb vor einem der zahlreichen Festzelte stehen. «Ich suche Herrn Höneisen.»

Zwei Teenager, ein Junge und ein Mädchen, schauten sich an und wussten von nichts. Eine Frau betrat das Zelt und ordnete geschäftig die Finisher-Shirts ordentlicher.

«Entschuldigen Sie. Herr Höneisen, ich suche ihn», wiederholte Moser.

«Da müssen Sie da drüben fragen gehen.»

«Danke.»

«Ich gebe Ihnen aber keine Garantie. Er ist heute überall und nirgends.»

Galati hielt Moser an der Schulter zurück. «Warum versuchen wir's nicht dort?»

Sie bog ab und ging auf die Speaker-Tribüne zu. Moser blieb stehen, sah sich um, entdeckte keine bessere Möglichkeit und lief hinter Galati her.

Sie stellte sich hinter den Speaker und rief zu ihm hinauf. «He!»

Als er nicht reagierte, rüttelte sie am Gestänge, welches die Tribüne umfasste. Irritiert wandte der Speaker den Kopf.

«He, Sie!»

«Moment.» Er stellte das Mikrofon auf stumm. «Ja?»

«Ich suche Herrn Höneisen.»

«Vor ein paar Minuten war er noch hier.»

«Wir wollen nicht wissen, wo er war. Uns interessiert, wo er jetzt ist», schaltete sich Moser ins Gespräch ein.

«Moment.»

Wenige Augenblicke später echote es über den Platz: «Dani, du wirst gesucht. Dani Höneisen bitte zur Speaker-Tribüne.»

Die Musik spielte «Eye of the Tiger». Ein sportlicher Endvierziger hetzte übers Stoppelfeld. Bei der Tribüne angekommen, schüttelte er Moser und Galati die Hand.

«Höneisen. Freut mich.»

«Sie müssen die Veranstaltung absagen, Herr Höneisen», sagte Galati.

«Ja, das wurde mir bereits mitgeteilt.»

«Aufgrund der Gefahrenlage –», begann Moser.

Daniel Höneisen unterbrach ihn: «Ja, davon erzählten Sie mir bereits am Telefon.»

«Wir haben Hinweise darauf, dass möglicherweise ein Anschlag bevorsteht», half Galati.

«Hinweise? Was für Hinweise? Kann ich die mal sehen?»

«Nein.»

«Sie wollen, dass ich aufgrund schwammiger Hinweise den Triathlon in den finanziellen Ruin reite?»

«Ich kann mit einer richterlichen Verfügung dafür sorgen, dass hier alles stehen bleibt.»

«Ja, gut. Besorgen Sie die. Es ist Samstag. Bis sie mir den Wisch unter die Nase halten, ist das Rennen gelaufen.» Daniel Höneisen machte kehrt und ging davon.

Moser sah ihm nach. «Arschloch.»

Als er sich umdrehte, war Galati bereits in Richtung Wechselzone unterwegs.

«Wo wollen Sie hin?»

«Zum Auto, wir müssen weiter.»

Moser rannte hinterher. «Ich wäre Ihnen sehr verbunden, wenn Sie mit mir kommunizieren würden.»

«Tu ich ja.»

Der Motor des Ferraris heulte auf. Menschen in Sporttrikots zuckten erschrocken zusammen und hüpften zur Seite. Moser fuhr eine kurze Strecke rückwärts, wendete und liess Kies fliegen, als er davonröhrte.

«Und jetzt?», fragte er Galati, als sie bei der Hauptstrasse angelangt waren.

«Nach rechts, den Rhein hoch. Zum Startplatz der Schwimmstrecke für den Teamwettkampf.»

«Ich verstehe nur Bahnhof.» Moser steuerte nach rechts und gab den Pferden unter der Motorhaube die Sporen.

Als sie kurze Zeit später auf den Naturweg beim Restaurant «Waldheim» abbogen, bremste er stark ab, beugte sich vor und schaute besorgt über die Kühlerhaube hinweg auf den Boden. «Ich weiss nicht, ob ich da durchkomme. Die Karosserie ist etwas tief gelegt.»

«Versuchen Sie's mal mit Tempo.»

Moser stöhnte und gab Gas. Sie fuhren den Weg die Böschung hinunter zum Rhein. Schon von Weitem erkannten sie Gestalten in Neoprenanzügen, die sich neben einem Bauernhof einwärmten. Moser fuhr am Sanitätszelt vorbei und blieb neben einem weissen Mercedes stehen.

«Was wollen Sie hier?», fragte er schliesslich.

«Das wird sich herausstellen.»

«Ich schaue mich weiter unten um.» Moser ging am Bauernhof vorbei rheinabwärts.

Galati begab sich zu den Schwimmerinnen und Schwimmern ans Wasser. Auch hier war ein Speaker am Werk. Eben hob ein Gejohle an, und er verkündete, dass die Athleten, welche die Langdistanz bewältigten, in Bälde vorbeischwimmen würden. Galati sah den Rhein hoch und entdeckte die ersten grünen Badekappen zwischen rudernden Armen. Der Speaker feuerte die Menge an, ihrerseits die Schwimmer anzufeuern. Man gehorchte.

Um zu erfahren, wie spät es war, tippte Galati einer Frau auf die Schulter. Sie wandte sich um und hielt ihren Sportcomputer am Handgelenk hoch.

Acht Uhr fünfundvierzig.

Galati sah sich um. Vielleicht hatte sie sich geirrt. Vielleicht hatte das alles nichts zu bedeuten.

Die grünen Badekappen näherten sich den ersten Waidlingen, die entlang der Strömung aufgereiht ankerten.

Die Frau mit dem Computer am Handgelenk hielt Galati eine orange Badekappe hin. «Würden Sie die bitte für mich halten?»

Sie löste den Haargummi und bändigte die blonden Haare zu einem satt sitzenden Pferdeschwanz.

Galati erkannte die Polizistin, welche Cobb eine Busse wegen des überladenen Fahrzeugs ausgehändigt hatte.

«Sollten Sie nicht im Spital sein?»

«Nein, ich fühle mich gesund.»

«Sie sind doch Polizistin?» Galati reichte ihr die Badekappe.

«Ja, warum?»

«Das Spital wird angegriffen.»

«Was sagen Sie?» Sie schaute auf die Uhr. «Bitte beeilen Sie sich mit der Information. In drei Minuten starten wir.»

«Während die anderen noch schwimmen?»

«Ja, wir werden hinter ihnen herschwimmen.»

«Warum sind die Waidlinge dort?»

«Falls jemand abzusaufen droht. In jedem Waidling sitzen zwei oder drei Betreuer. Wir benutzen die Boote als Orientierungshilfen. Wir schwimmen raus, und dann folgen wir ihnen der Strömung entlang nach unten. – He, wo rennen Sie hin?»

Galati spurtete zum Speaker, der mit einem Ohr am Funkgerät lauschte. Er starrte auf eine Uhr und hielt das Mikrofon bereit, um das Zeichen für den Start zu geben.

Galati entriss es ihm. «Runter von den Booten!»

Hunderte Gesichter in gelben Badekappen starrten sie an.

«Ich sagte, runter von den Booten. Weg von den Waidlingen.»

Der Speaker war seiner Verblüffung Herr geworden und versuchte, Galati das Mikrofon zu entreissen. Sie drückte sein Gesicht mit ihrer Hand weg.

Als sie es wieder an die Lippen hob, zerbarst eines der Boote mit lautem Krachen. Die Menge schrie auf. Von den übrigen Waidlingen sprangen Betreuer ins Wasser. Grüne Badekappen versuchten ihnen auszuweichen.

Weitere Explosionen. Holzteile wurden weggesprengt. Die Schwimmer kämpften gegen die Strömung und ruderten mit den Armen weg von den Stellen, an denen die Waidlinge festgemacht waren. Als der Lärm vorbei war, war eine Kakofonie an Hilferufen zu vernehmen.

Am Ufer rührte sich niemand. Der Schock sass zu tief.

Galati schrie ins Mikrofon: «Los, alle ins Wasser, helft euren Kollegen!»

Wieder sahen sie Gesichter in Badekappen an. Eine blonde Frau riss die ihre vom Kopf und rannte ins Wasser. Galati erkannte die Polizistin. Die Ersten folgten zögernd, bis sich schliesslich ein grosser Teil in den Rhein stürzte.

Eine ältere Frau in einer Leuchtweste tippte Galati an die Schulter.

«Entschuldigen Sie. Da liegt ein Verletzter bei der Scheune. Er sagte, ich solle sie zu ihm holen.»

43

Cobb hatte Susans Handy benutzt, um Straumann anzurufen. Sie hatten vereinbart, dass er sie bei der Nottreppe in Empfang nehmen würde. Straumann war gekommen, begleitet von vier schwarz gekleideten Mitgliedern des Spezialkommandos. Er hatte sein Bestes gegeben, um Cobb zu überreden, dass er mitkommen solle. Aber der hatte sich geweigert.

«Warum, Cobb?»

«Bärtschi. Er ist tot.»

Straumann vergrub die Hände in den Manteltaschen und blickte zu Boden.

«Wir hatten eine Abmachung.»

Straumann strich sich mit dem Daumen über den linken Nasenflügel. «In Ordnung.»

Dann nahm Straumann die Frau seines Freundes am Arm und führte sie weg.

Cobb blieb bei der Treppe stehen und sah ihnen nach. Susan wurde hinter die Linien des Spezialkommandos gebracht. Leila stand weiter weg, rührte sich nicht und sah ihre Mutter an.

Susan löste sich von Straumanns Arm.

Einen langen Augenblick betrachtete Leila ihre Mutter, dann wandte sie sich ab und ging davon. Susan folgte ihr einige Schritte, rief ihr zu und lief dann hinter ihr her. Leila versuchte wegzurennen, sackte aber nach einigen Schritten zusammen. Susan stürzte zu ihr hin und ging neben ihr nieder. Sie hielt sie fest, und gemeinsam sanken sie auf den grauen Asphalt.

Cobb ging ins Zimmer zurück, um das Armierungseisen vom Boden aufzuheben. Er hatte es als Waffe gebrauchen wollen. Der Scharfschütze war schneller gewesen. Vielleicht würde er es doch noch benutzen müssen. Erst jetzt erkannte er, wie grotesk die Situation war, die er antraf. Bärtschi lag tot im Bett. Es wirkte beinahe, als hätte er die Augen davor verschlossen, was demnächst passieren würde. Dass nämlich der Mann am Fussende im Begriff war, drei Stockwerke tiefer zu stürzen. Er wurde einzig vom Bett festgehalten, welches die Beine an die Wand presste. Der Attentäter hing wie im Flug aus dem Fenster.

Der ewige Flug. Cobb träumte ihn immer wieder. Es gab Nächte, da begleitete er den Mann, den er zusammen mit Fink in den Tod getrieben hatte, im freien Fall der Erde entgegen. Manchmal versuchte er, ihn im Flug zur Umkehr zu überreden. In anderen Nächten gab er sein Bestes, um die Kinder aufzufangen. Oder wenigstens eins. Er kam beinahe jedes Mal zu spät. Wenn er einmal rechtzeitig reagierte, zerfloss der Körper in seinen Armen und versickerte im Boden.

Aus einer zerrissenen Bluse und etwas Blut hatte er als Journalist eine Geschichte erfunden, und die hatte mit drei zerschmetterten Körpern geendet.

Keine Zeit für die Toten. Cobb fasste die gebogene, rostige Metallstange und trat damit in den Gang. Hin und wieder ratterte von oben ein Maschinengewehr. Ansonsten war nichts zu hören. Cobb wusste nicht, ob sich das Pflegepersonal in den Zimmern mit den Kranken eingeschlossen hatte oder ob es einfach getürmt war.

So leise es die Sohlen seiner Wanderschuhe zuliessen, ging er den Gang hinunter. Der linke Arm hing nutzlos und schmerzend herunter. Mit der Metallstange in der rechten Hand kam er sich vor wie ein Krieger aus längst vergessenen Zeiten, der mit einem Knüppel bewaffnet dem Feind entgegentrat.

Wo befand sich die Kinderabteilung?

Cobb blieb vor einer Hinweistafel stehen. Als er sich in dem Wirrwarr des Gebäudes zurechtzufinden versuchte, hörte er von weiter weg Frank Perlers Stimme.

«Was heisst, Sie verraten mir gar nichts?»

Cobb rannte. Die Knie protestierten. Er ging mit ihnen die einseitige Abmachung ein, dass er ihren Protest nicht beachten würde.

Frank Perler stand vorne im Gang, beide Hände an die Wand gestützt. Er sah auf eine zierliche, ältere Krankenschwester hinunter, die zwischen diesen beiden Händen mit dem Rücken zur Wand lehnte. Sie hatte keine Chance zu entkommen.

«Wer sind Sie überhaupt?»

«Er ist mein Enkel. Was ist hier passiert?»

«Das kann jeder behaupten.»

Cobb blieb bei den beiden stehen und fixierte die Alte von der Seite. «Haben Sie von dem Mörder gehört, der vor ein paar Tagen ausgebrochen ist?»

«Ja, habe ich.»

«Er steht vor Ihnen. Und ich will nicht wissen, was er in der Kinderabteilung anrichtet, wenn er wütend wird.»

Der letzte Rest Farbe wich aus ihrem Gesicht. «Bitte, tun Sie mir nichts.»

Frank Perler ging mit seinem Gesicht nah an ihres heran. «Ihnen nichts, den Kindern nichts. Ich würde jetzt aber gerne wissen, wo mein Enkel hingekommen ist.»

«Zuerst war da ein Blonder. Und dann kam der andere.»

«Wohin?»

«Da lang.» Sie zeigte auf eine Treppe, die vom Gang wegführte.

«Danke.»

Frank Perler gelangte zum Treppenhaus und versuchte zunächst, die Tür in die falsche Richtung zu öffnen. Als er sie aufbrachte, rannte Cobb voraus. Er hielt sich mit der rechten Hand am Geländer fest, um die Knie zu entlasten. Er rutschte mehr, als dass er lief. Hinter sich hörte er die schweren Wanderschuhe Frank Perlers.

Im zweiten Stock war nichts zu erkennen, einen Stock tiefer auch nicht. Im Parterre duckten sie sich, um nicht versehentlich von einem Mitglied des Sonderkommandos ins Visier genommen zu werden.

Sie waren im Untergeschoss in der Nähe der Radiologie angelangt, als Cobb innehielt und Frank Perler bedeutete, stillzustehen. Der Mann neben ihm atmete schwer.

«Keinen Schritt weiter, Fabi.» Eine Stimme hallte durch die Gänge.

Es roch nach Benzin.

Weit oben knatterten Gewehrsalven.

Frank Perler hielt den Atem an.

«Lass ihn in Ruhe, Aaron.»

«Warum sollte ich? Seltsamer Anblick, nicht? Wie er betäubt in meinem Arm hängt.»

«Wer hat dir erzählt, dass Benjamin hier ist?»

«Das brauchte mir niemand zu erzählen. Wir beobachteten deine Frau Mama, weil wir dich vermissten. Und von da sind wir dem Notfallwagen gefolgt. Den Tüchtigen hilft das Glück.»

«Lass ihn und nimm mich.»

«Sehen wir es so: Dich erwischt's auf jeden Fall. So ist das mit Deserteuren. Was aus deinem Sohn wird … nun ja, du wirst es nie erfahren.»

«Du Schwein.»

«Du hast uns verarscht, Fabi. Nicht schön, nicht schön.»

«Tu das Feuerzeug bitte weg!» Fabians Stimme klang weinerlich.

«Niete», knurrte Frank Perler nahe an Cobbs Ohr. Sie schlichen näher.

«Du kennst meinen Revolver. Hübsches Spielzeug. Nur ein Schuss in der Trommel. Er gehört dir. Wie wäre es, wenn du ein bisschen mit ihm spielst.»

Etwas Metallisches rutschte über den Boden.

«Heb ihn auf, Fabi. Und komm nicht auf komische Ideen. Wenn du mich triffst, fliegt dein Sohn gleich mit in die Luft. Was ich anhabe, macht ‹bumm›. Und das hier ist zwar kein Zippo-Feuerzeug, ich brauche aber nur meinen Daumen zu bewegen, dann brennt hier alles.»

Eine Weile passierte nichts. Auch Cobb hielt den Atem an.

«Los, heb ihn auf.»

Nun waren Cobb und Frank Perler nahe genug, um eine schattige Spiegelung auf dem Boden zu sehen. Sie wurde kleiner und richtete sich wieder auf.

«Und jetzt an den Kopf damit.»

«Aaron, hör mal. Ich mach dir einen Vorschlag.» Fabians Stimme wackelte.

«Du? Mir? Einen Vorschlag?»

«Ich kann dir Geld geben.»

«Da, wo ich heute hingehe, brauche ich kein Geld. Fehlanzeige.»

«Überleg es dir!»

«Dekadentes Arschloch. Man lebt für eine Sache, und man stirbt für eine Sache. Das ist mein Weg. Du stirbst, weil du eine Niete bist. Hoch mit dem Revolver.»

«Nein, ich –»

«Hoch damit!»

«Tu das Feuerzeug weg!»

Für einige Momente hörten Cobb und Frank Perler nur das Knattern eines Maschinengewehrs. Es kam näher.

«Und jetzt drück ab.»

Das Knattern würde von Schüssen von ausserhalb des Gebäudes beantwortet.

«Drück ab!»

Ein leeres Klicken.

«Nun ja, vielleicht beim nächsten Mal.» Aaron Weber schien zu lächeln. «Weitermachen.»

Cobb packte Frank Perler am Stoff seines Hemdes und zog ihn durch eine Tür.

44

Galati überliess dem Speaker das Mikrofon. Er hielt es in der Hand wie ein Hund, der vergessen hatte, wozu ein Knochen gut ist.

«Machen Sie sich nützlich!»

Der Speaker starrte sie an und brachte kein Wort über die Lippen.

«Nehmen Sie das Mikrofon hoch. Von hier haben Sie den Überblick.»

«Überblick?»

«Wachen Sie auf, Mann. Sie sehen, wer Hilfe braucht. Koordinieren Sie ein bisschen. Die Schwimmer im Wasser haben eine schlechte Sicht.»

Endlich begriff der Mann. Er räusperte sich, schaute über den Fluss.

Verletzte hielten sich wie Schiffbrüchige an den Holzstücken der Boote fest und versuchten, sich über Wasser zu halten. Weiter draussen klammerte sich eine Frau an einen Pfahl und hielt das Gesicht eines Verwundeten über Wasser. Einige zerrten blutende Körper mit sich mit und schwammen an Land. Obwohl sie gegen die Strömung ankämpften, wurden sie flussabwärts getrieben. Einige verschwanden im Wald unterhalb der Wiese. Andere erreichten das Ufer früher.

Während Galati zur Scheune lief, entdeckte sie einen Mann, der mit einer Frau auf den Schultern zum Notfallzelt der Samariter rannte.

Das Wasser hatte die Explosion gedämpft. Die Schrauben und anderen Metallteile, die durch die Luft geflogen waren, hatten genug Schaden angerichtet. Sie hatten Arme, Rücken und Köpfe verwundet. Der Rhein verschluckte das Blut, welches aus den Haaren der Schwimmerinnen und Schwimmer rann.

Verletzten wurden die zerrissenen Badekappen vorsichtig vom Kopf gezupft, diejenigen, die zu nah an den Waidlingen geschwommen waren, aus zerfetzten Neoprenanzügen gepellt.

Am Ufer kauerte eine Frau. Blut rann ihr übers Gesicht. Sie murmelte in einem fort: «Es geht mir gut. Es geht mir gut. Es geht mir gut.» Gleichzeitig versuchte sie, einer Kollegin einen Holzsplitter zu entfernen, der sich durch die Backe in den Mundraum gebohrt hatte.

Leichtverletzte stürzten zu ihren Kleidersäcken, die noch auf einem Anhänger lagen. Sie wühlten darin und suchten ihre Handys. Einige standen bereits abseits und telefonierten mit Angehörigen. Sie kreischten hysterisch in die Telefone, andere versuchten, die Kontaktperson zu beruhigen.

«Erinnern Sie sich an die Frau mit den blauen Augen? Dunkle Haare?» Moser lehnte mit nacktem Oberkörper an der Wand der Scheune und hielt sich die rechte Schulter. Eine Sanitäterin machte eben den Verband fest. Moser fuchtelte sie weg. «Lassen Sie mich in Ruhe. Helfen Sie dort, wo es nötig ist.» Er zeigte aufs Wasser.

Galati hatte sich zu ihm hinuntergebeugt. «Nein, Herr Moser.»

«Ach, lassen Sie das mit dem ‹Herr Moser›. Ich heisse Lukas.»

«Anna.»

«Gut. Im Spital. Da kamen doch welche und tauschten die Feuerlöscher aus. Eine Frau und ein Mann.»

«Er mit blonden Locken.»

«Ja.» Moser versuchte aufzustehen, ächzte und setzte sich wieder hin.

«Was ist mit der Frau?»

«Ich sah sie bei der Scheune stehen. Sie machte an ihrem Telefon herum. Als ich sie ansprach, stach sie zu.»

«Ins Bein und in die Schulter?»

«Nein. Der erste Stich sollte mir den Bauch aufschlitzen. Ich habe das Bein hochgehalten.»

«Und?»

«Ich habe ihr eine reingehauen, da hat sie mich an der Schulter erwischt.»

Moser nahm das Handy aus der Hosentasche und rief die Zentrale an. Er berichtete kurz, was geschehen war. Der Beamte am anderen Ende schien mit der Situation nicht ganz klarzukommen.

«Ich weiss, dass alle Einsatzkräfte beim Spital zusammengezogen wurden. Aber hier ist auch die Kacke am Dampfen. Telefonieren Sie mit Zürich, mit Winterthur, Frauenfeld. Ja. Und Krankenwagen von überall, wo es welche gibt. Ja, auch aus Singen und Konstanz.»

Galati wollte sich eben eine Zigarette anzünden, als sie sah, wie ein Mercedes rasant rückwärtsfuhr, wendete und die Böschung hochraste.

«Lukas, die Autoschlüssel.»

«Wie?»

«Da ist sie, im weissen Mercedes.»

«Zieh mich hoch.» Moser hielt ihr die Hand hin. Galati zog.

Moser kam erstaunlich flink vorwärts, das Gesicht verzerrt vor Schmerzen. Er reichte Galati die Autoschlüssel. Sie rannte voraus, warf sich auf den Sitz, startete den Motor und wendete. Moser liess sich auf den Beifahrersitz fallen, und Galati gab Gas.

Auf halbem Weg die Böschung hoch wechselte der Klang des Motors ohne Vorwarnung zu einem lauten Röhren.

«Tut mir leid wegen des Auspuffs.» Galati starrte konzentriert nach vorne.

Moser griff in die Hosentasche und hielt sich das Handy ans Ohr. «Ja?»

Er hörte zu, beendete fluchend das Gespräch und tippte eine Nummer. «Straumann. Hier Moser. Ich habe eben mit dem Labor gesprochen. In den Feuerlöschern befinden sich tatsächlich Milzbranderreger. Der Fahrer in St. Gallen sprach von zwölf Stück. Im Labor stehen nur zehn. Zwei sind noch bei euch oben. Erschiess jeden, der einen Feuerlöscher in der Hand hält! Und lass die Klimaanlage ausschalten. Was heisst, ihr seid noch nicht drin?»

Er beendete das Gespräch und schlug mit der flachen Hand gegen die Decke der Fahrerkabine. «Scheisse.»

Galati flog mit dem Ferrari Testarossa über die Landstrasse. Auf der Höhe der Wechselzone scherte der Mercedes aus und fuhr über das Stoppelfeld. Zuschauer und Sportler stoben auseinander. Mitten auf dem Feld blieb der Wagen stehen.

Eine Frau mit dunklen Haaren sprang heraus und öffnete den

Kofferraum. Dann rannte sie auf eine Baumgruppe am Wasser zu und war verschwunden.

Der Ferrari kam am Rand der Wechselzone zum Stehen. Als Galati aus dem Wagen stieg, hörte sie, wie Menschen aufschrien, und sah sie in verschiedenen Richtungen davonrennen. Es wirkte, als ob sie Fangen spielten und vor jemandem flohen. Sie stieg aufs Dach des Ferraris.

Ein Mann stolperte über die Wiese. Er hatte einen Sprengstoffgürtel um den Torso geklebt. Als er sich auf die Menschenmenge zubewegte, kreischten die Leute und stoben auseinander.

Moser zog sich mit der linken Hand aus dem Sitz und stieg aus. «Was tust du da auf dem Dach?»

«Ruhe!»

Moser verstummte.

Sie hörte den Mann schreien, dass man ihm helfen solle.

«Kannst du mal kräftig hupen?»

«Wie?» Moser verstand nicht.

«Drück auf die Hupe.»

Moser stöhnte, als er sich ins Auto setzte.

Ein langes Hupen stoppte die Bewegung des Mannes auf der Wiese. Galati hob die Hände zu einem Trichter vor den Mund.

«Bleiben Sie stehen!»

Der Mann hörte zu.

«Es nützt Ihnen nichts, wenn Sie andere Leute gefährden.»

Der Mann schien zu begreifen, dass er schlechte Karten hatte. Er rannte wieder los, in der irrigen Meinung, damit seine Chancen zu verbessern.

«Stehen bleiben!»

Er hörte nicht.

«Moser, gib mir deine Waffe!»

«Wie?»

«Deine Waffe!»

«Das darf ich nicht.»

«Auch wenn hier gleich ein paar Menschen hochgehen?»

Moser fluchte, kletterte aus dem Sitz und gab Galati die Pistole.

Sie entsicherte und zielte. «Zum letzten Mal. Stehen bleiben!»

Der Mann drehte sich zu Galati und Moser um. Keuchend

blieb er einen Moment stehen. Dann setzte er sich langsam in Bewegung, kam auf sie zu.

Moser sah zu Galati hoch. «Das ist Torner.»

«Stehen bleiben, Torner!»

Ein Schuss knallte. Neben Markus Torners Füssen spritzte Erde auf. Der zweite Schuss traf. Ein Knie sackte weg. Er knickte ein und richtete sich wieder auf. Nach einer weiteren Kugel war er unfähig, sich auf den Beinen zu halten. Galati hatte ihm beide Knie zerschossen.

Er kroch weiter wie ein bemitleidenswerter Krüppel aus einem Mittelalterfilm. Die Umstehenden reagierten auf ihn wie auf einen Aussätzigen. Sie entfernten sich, die einen mit Gesichtern, in denen der Schrecken der vergangenen Minuten festgefroren schien, andere wandten sich mit Ekel von ihm ab.

45

Cobb schloss die Tür. «Eine Idee?»

Durch die Wände hörten sie schwach die Sirenen der Notfallwagen heulen.

Frank Perler lehnte an der Wand und sah hoch. «Wo fahren die hin? Notfall ist doch hier.»

Undeutlich tönten die Stimmen der beiden jungen Männer. Das Rattern des automatischen Gewehrs klang näher als zuvor.

Cobb zog sich die Schuhe aus.

«Was tun Sie da?» Frank Perler atmete schwer und griff sich an die Brust.

«Wir müssen näher ran. Und dann haue ich ihm das Armierungseisen an den Kopf.»

«Er wird meinen Enkel anzünden.»

«Zuvor erschiesst sich Ihr Sohn.»

«Na ja.»

«Los, Schuhe ausziehen!» Cobb sah sich um. Sie befanden sich offenbar im Heiligtum eines Abwarts. Kisten stapelten sich in einer Ecke. Ein Staubsauger lag zerlegt auf einem Tisch neben einem Feuerlöscher. An einer Wand hingen Werkzeuge. Er nahm eine schwere Rohrzange in die Hand. «Oder damit.»

Frank Perler schüttelte den Kopf. Seine Augen fixierten eine Ahle. Er ging hin und packte sie am Griff.

«Gut. Kanten geschliffen. Die benutzt man, um Leder zu stechen.»

Nun bückte er sich und zog an den Schuhbändern. Als es in der Nähe knatterte, hob er kurz den Kopf.

Cobb verstand nicht. «Sie wollen damit nach ihm werfen?»

Frank Perler streckte sein Kreuz durch. «Ich werde ihn abnicken.»

«Was?»

«Abnicken.»

Cobb starrte blöd.

«Da oben. Da rennen Gämsen herum. Die schiesse ich mit

dem Pfeil, und wenn ich eine erwische, kann es passieren, dass sie nicht gleich tot ist. Würde ich sie mit einem Schuss erlösen, würden sie mich erwischen. Ich gehe hin und nicke sie ab.»

Cobb verstand noch immer nicht.

«Ich ramme ihr ein Messer in den Spinalkanal. Zwischen der Schädelbasis und dem ersten Wirbel.» Er drehte sich um und zeigte mit dem Finger auf die Stelle an seinem Hinterkopf. «Hier. Sie ist augenblicklich tot.»

Draussen klickte der Revolver.

Das Gewehr knatterte.

«So nahe kommen Sie ihm nicht.»

«So nahe muss ich ihm kommen. Sie lenken ihn ab.»

«Wenn's schiefgeht, fliegen wir alle in die Luft.»

«Ich weiss.»

«Das wollte ich hören.»

Nach einer kurzen Absprache trennten sie sich. Frank Perler durchquerte in Socken den Raum und verschwand durch eine Tür. Sie führte ins Wartezimmer am Ende des Ganges, in dem sich sein Sohn, sein Enkel und Aaron Weber befanden.

Cobb ging ebenfalls in Socken und mit zwei Brettern bewaffnet in die andere Richtung, bis er sich in der Rezeption befand, an der sich die Patienten für die radiologische Untersuchung anmelden mussten. Er duckte sich unter dem Tresen durch, bis er Fabians Kopf und den Revolver sehen konnte. Während er die beiden Bretter in Position brachte, schickte er ein Stossgebet nach oben. Der beinahe lahme linke Arm musste nur noch ein letztes Mal funktionieren.

Die beiden Hände umklammerten die Bretter und waren bereit, sie mit voller Wucht gegeneinanderzuschlagen. Der Plan spielte mit der Möglichkeit, dass sich Fabian erschoss. Cobb starrte auf den Abzug. Würde die Waffe nur ein Klick-Geräusch von sich geben, würde Cobb mit den Brettern gleichzeitig den Knall eines Schusses liefern.

Fabians Hand zitterte. Sein T-Shirt war nass vor Schweiss.

«Mach schon, Fabi. Dein Junge wiegt schwer. Ich lasse ihn womöglich fallen.»

Eine Gewehrsalve hallte durch die oberen Gänge.

Der Finger krümmte sich um den Abzug und hielt am Druckpunkt inne.

«Bring's hinter dich, Fabi.»

«Du lässt ihn am Leben?»

Aaron Weber schrie auf. «Ich knalle seinen Kopf gegen die Wand, wenn du jetzt nicht abdrückst!»

Der Finger betätigte den Abzug.

Es knallte.

Fabian schrie auf und liess die Pistole fallen.

«Was zum Teufel …», fauchte Aaron Weber. Weiter kam er nicht.

Cobb hörte ein Knirschen.

Und ein Knattern. Unwirklich nahe.

Er kletterte über den Tresen und betrachtete Frank Perler, der den leblosen Körper zu Boden gleiten liess. Er nahm den Einjährigen vorsichtig an sich und verschwand ins Wartezimmer. Cobb hörte, wie die Tür ins Schloss fiel.

Fabian bückte sich nach dem Revolver.

Die Schüsse des Gewehrs dröhnten durch die Gänge. Hin und wieder sirrte ein Querschläger und blieb in einer Wand stecken.

Ein stämmiger Mann strauchelte rückwärts die Treppe herunter. Er fing sich auf und schoss nach oben.

Fabian stand inzwischen mit der Pistole über Aaron Webers Leichnam. Er zielte auf dessen Kopf und drückte durch.

Klick.

Klick.

Cobb humpelte an ihm vorbei und versuchte, ihn mitzuziehen. Es ging nicht. Er bog ins Wartezimmer ein, als der stämmige Kerl um die Ecke kam.

Als die Schüsse der ersten Salve in den Wänden stecken blieben, hechtete Cobb durch die Tür. Er ging zu Boden, und ein greller Schmerz zuckte den linken Arm hoch. Frank Perler sprang über ihn hinweg und schmiss die Tür zu. Dann warf er sich schützend über seinen Enkel.

Beinahe gleichzeitig ertönten im Gang zwei Explosionen. Hagelkörner schienen gegen die Wände zu prasseln. Unter der Tür züngelten Flammen in den Raum. Frank Perler robbte mit seinem Enkelkind weg und riss ihm die mit Benzin getränkten Kleider vom Leib.

Cobb erhob sich und langte mit der gesunden Hand an den Griff des Feuerlöschers. In seinem Rücken sprengte jemand die Tür auf. Ein Mensch in schwarzer Kampfuniform und mit Helm auf dem Kopf stürmte den Raum. Er holte mächtig aus.

Im nächsten Augenblick hatte Cobb den Gewehrkolben an der Stirn.

Schwarze Nacht.

46

«Kann ich meine Waffe wiederhaben?» Moser hielt Galati die Hand hin.

«Du blutest», erwiderte sie.

«Was sonst? Die Dame hat mich ja eben abgestochen. Waffe!»

«Du blutest stärker als gerade eben.»

«Ich weiss. Die Sitze sind versaut. Waffe!»

«Kannst du fahren?»

«Gib mir die Pistole zurück.»

«Du kriegst die Autoschlüssel. Fahr damit zu einem Arzt.»

«Ich brauche keinen Arzt. Ich will meine Waffe.»

«Ich bin hier noch nicht fertig.» Galati zeigte zum Waldstück, in dem die Frau verschwunden war.

«Du kannst das nicht. Warte auf Verstärkung.»

«Keine Zeit. Weiter unten liegt eine Badeanstalt.»

Moser seufzte. «Her mit dem Ding.»

Galati warf ihm den Schlüssel zu. Moser steckte ihn mit der linken Hand ins Zündschloss und drehte ihn um. Der Motor röhrte auf und übertönte Markus Torners Wimmern.

Moser brachte den Rückwärtsgang nicht rein. Galati hebelte am Schaltknüppel. Moser wendete. Sie rannte hinterher und wechselte für ihn in den dritten Gang.

«Kommst du so vom Fleck?», fragte sie durchs offene Fenster.

«Und wie.» Mit dröhnendem Motor und schleifender Kupplung holperte der Ferrari über die Wiese. Oben an der Strasse gab Moser Gas und fuhr nach Schaffhausen.

Galati blieb kurz stehen und dachte nach. Dann lief sie flussabwärts und durchquerte ein Rinnsal. Im Schutz der Sträucher entlang des Baches gelangte sie an dessen Delta, welches in den Rhein ragte. Die Strömung war hier gleich null. Weiter unten lag die Büsinger Badi. Sie rannte dorthin und sah über den Zaun. Es waren kaum Gäste zu sehen. Die meisten waren ältere Semester. Weit und breit war keine Frau mit dunklen Haaren zu entdecken. Wieder zurück.

Beim kleinen Delta angekommen, hielt sie sich hinter einem Haselnussstrauch versteckt. Auf der gegenüberliegenden Seite stand eine Frau bei der Feuerstelle. Sie hielt ihr Smartphone in die Höhe und schoss ein Selfie. Von sich, verhüllt vom Hijab und mit dem Sprengstoff um die Taille. Anschliessend nahm sie das Telefon herunter und sah das Display intensiv an. Scheinbar war sie mit dem Bild nicht zufrieden. Sie hob das Telefon erneut vors Gesicht.

Galati schlich sich das Delta hoch und überquerte den Bach zum zweiten Mal. Sie lief über die Wiese, um ungesehen ins kleine Waldstück zu gelangen. Als sie die Frau entdeckte, blieb sie mit der Waffe im Anschlag zwischen den nahen Bäumen stehen. Noch immer arbeitete die Frau am perfekten letzten Bild. Sie hob das Handy hoch und erstarrte.

«Ich denke, mich wollten Sie nicht mit drauf haben», sagte Galati.

Die Frau bückte sich, um das Gewehr aufzuheben. Eine Kugel traf ihre Hand. Sie schrie auf und liess die Waffe los. Schnell langte sie in die Tasche ihrer Trainerhose. Sie griff nach einem alten Nokia, drückte eine Tastenkombination und starrte Galati an.

Bevor diese etwas begreifen konnte, hörte sie die Detonation, die von der Wiese her kam. Menschen kreischten.

Sie warf das schwarze Nokia hinter sich. Während sie auf Galati zuging, kramte sie ein weiteres altertümliches Handy hervor. Es war blau. Sie tippte und kam näher. Blieb stehen und tippte wieder. Fluchte und tippte.

Galati ging rückwärts, stolperte über eine Wurzel, strauchelte, fing sich auf und zog sich an der rauen Rinde einer Weide hinter den Stamm.

In der Ruhe, die auf die Explosion folgte, dachte sie darüber nach, in Zukunft hin und wieder einen Baum zu umarmen.

47

«Brummt der Schädel noch?» Eulacher starrte zu Cobb hinüber und drehte mit den Fingerspitzen einen Apfel, der auf dem Tisch lag.

«Ist der Teig drumrum verloren gegangen?» Cobb hörte zu tippen auf und strich sich mit der Rechten durchs Haar.

«Wie?»

«Apfeltaschen sind eher dein Ding.»

«Muss auf die Gesundheit achten. Und?»

«Was?»

«Brummt er noch?»

«Der Schädel?»

«Ja.»

«Ja.» Cobb sah auf seine Notizen und zielte mit den Fingern wieder auf die Tastatur. Einhandtippen.

«Eine Gehirnerschütterung ist eine bedenkliche Sache.»

«Geht schon.»

«Nein, ich meine es ernst. Da steht's.» Er zeigte mit dem Finger auf den Bildschirm. «Wenn der Betroffene aufwacht, hat er Schwierigkeiten, sich an den Unfallhergang zu erinnern. Möglicherweise ist seine Gehirnstruktur geschädigt. Was meinst du?»

«Ich versuche mich zu konzentrieren.»

«Das fällt dir also schwer.»

«Halt die Klappe.»

Eulacher hob den Apfel, öffnete den Mund, überlegte es sich anders und schloss ihn wieder. «Die Dinger können echt sauer sein. Man weiss nie.»

«Kauf dir Teig.»

«Warst du an der Beerdigung?»

«Nein.»

«Er war dein Freund.»

«Genau deswegen.»

Valentin schlurfte durch das Grossraumbüro und liess sich auf seinen Stuhl fallen. «Ein Scheisstag. Ich verbrachte den ganzen Nachmittag beim Chef zu Hause.»

«Deupelbeiss?»

«Das ist doch unser Chef, nicht?»

«Ja. Ist er. Was war dort?»

«Er hat ja diesen Hexenschuss. Elvira hat angerufen und mich gefragt, ob ich ihm ein Tablet besorgen könne. Ich habe zugesagt. Und dann hat sie mich noch gebeten, es Deupelbeiss vorbeizubringen.»

«Die beiden sind also gar nicht da?», fragte Cobb.

«Nein. Und irgendwie doch. Ich musste ihm das Tablet einrichten, damit er von zu Hause aus Zugriff auf die Server der Redaktion hat.»

«Hat er?»

«Ja und nein. Die technische Seite war kein Problem. Aber erklär einem Deppen mal, wie etwas funktioniert, wenn der Depp es besser zu wissen glaubt.»

Eulacher erwachte aus dem Stand-by-Modus. «Was ist eigentlich mit unserem Geld?»

Valentin sah ihn an. «Geld?»

«Ja. Wir haben ihn gesponsert. Und er hat nicht mitgemacht. Leider.»

«Leider was?», fragte Cobb.

«Nur so.» Eulacher wandte sich wieder dem Bildschirm zu.

Valentin drückte ein paar Knöpfe. «Brauchst du irgendwelche Informationen, Cobb?»

«Zum Beispiel?»

«Zum Beispiel über Dashurije Bajrami, die Frau, die sich in die Luft gesprengt hat.»

«Ich will nicht wissen, wo du das herhast.»

«Irgendwas musste ich ja tun, bis der Chef die Sache mit der Verbindung begriffen hat.»

«Schiess los.»

«Ihre Eltern stammen aus Tirana. Sie sind Muslime. Hin und wieder mal ein bisschen beten und am Wochenende ein Bierchen zischen. Mehr nicht. Als Dashurije Bajrami fünf Jahre alt war, zog die Familie in die Schweiz. Das Mädchen kam in der Schule extrem gut voran. Konnte zu Beginn kaum Deutsch und legte dann eine Matura hin, die sich gewaschen hatte. Sie studierte Islamwissenschaften, begann sich mit den Professoren zu streiten. Ging dann nicht mehr hin. Auch mit Partys war sie irgendwann fertig. Man geht davon aus, dass sie sich über Social Media radikalisiert hat. So suchte der IS den Kontakt zu ihr. Sie dachte wohl, das sei ein Haufen cooler Typen. Und wie so was ausgehen kann, haben wir ja erlebt.»

«Und dieser Weber?»

«Aaron Weber? Wuchs bei einer Familie auf, die einer Freikirche diente. Konvertierte, ging nach Syrien, kam zurück und Bumm.»

«Ja, ja, der Apfel fällt nicht weit vom Stamm.» Eulacher grinste breit.

Cobb sah ihn an.

«Cobb, wenn du etwas schneller geschrieben hättest, hättest du die Geschichte an die grossen Zeitungen verkaufen können.» Valentin lehnte sich in seinem Stuhl zurück.

«Ich arbeite sorgfältig, nicht schnell.»

«Fink hatte bereits am selben Nachmittag einen Scoop auf dem Newsportal. Ein Polizist sei von einem der Terroristen im Spitalbett erschossen worden. Dazu ein Video vom Sondereinsatzkommando.»

«Wir wissen, dass es nicht stimmt. Kein Scoop. Eine Ente.»

«Wen kümmert's? Am nächsten Tag stand die Geschichte gross in der Zeitung.»

«Na ja.»

«Die Leser wollen Storys.»

«Die Wahrheit ist langweiliger und tut weh.»

Cobb dachte an Susan und Leila, die er heute Nachmittag kurz besucht hatte. Stumpf hatten sie am Tisch in der Küche gesessen und Kaffee getrunken. Gegen die Trauer kamen sie nicht an. Wie ein klebriges Monster haftete sie an allem, an Gegenständen, Gedanken und hilflosen Witzen. Es war zu früh.

«Was du über Dashurije Bajrami herausgefunden hast, bringt uns am Ende weiter als das, was Fink macht. Bleib dabei, Valentin.»

«Liest das jemand?», fragte Valentin.

«Ja.»

Eulacher erhob sich. «So, ich hab die Schnauze voll von euch Freizeitphilosophen. Feierabend. Ich begebe mich zu den Zapfsäulen der Stadt.»

Valentin sah aufs Handy. «Ja, Feierabend. Bis morgen, Cobb.»

«Einen Moment, Valentin.» Cobb wartete, bis Eulacher ausser Hörweite war. «Na?»

«Oh. Natürlich. Hier.» Valentin steckte ihm etwas zu. «Viel Spass. Ist besser als Tabak.»

«Danke.»

Als Cobb den Bericht geschrieben, ihn korrigiert und angepasst hatte, war es draussen dunkel geworden. Marlen hatte ihm eine Nachricht gesendet und ihm mitgeteilt, dass der Kühlschrank nichts hergebe. Er hatte sich mit ihr in einer Pizzeria in der Unterstadt verabredet.

Das Handy vibrierte. Galati rief an. Cobb nahm ab.

«Ich wasche nur noch den Wagen, dann hab ich Hunger», sagte sie.

«Wenn es dir nichts ausmacht, mit meiner launischen Tochter an einem Tisch zu sitzen, wäre es schön, wenn wir uns in der Unterstadt treffen.»

«Wird sie die Hände von meiner Pizza lassen können?»

«Kommt drauf an, wer schneller kaut.»

«Bis dann.»

Cobb schaltete den Computer aus und nahm die Jacke vom Stuhl. Er ächzte und stöhnte, als der linke Arm langsam durch den Ärmel rutschte. Um sicherzugehen, dass er ein Feuerzeug dabeihatte, klopfte er mit der Rechten die Taschen seiner Jacke ab.

Er verliess die Redaktion und ging einen Umweg zum Rhein. Dort sank er auf eine Parkbank. Wolkenränder wurden vom Vollmond beleuchtet. Der Fluss gluckste.

Aus der Jackentasche zog er den Joint und roch daran. Er lächelte, zündete ihn an und streckte die Füsse von sich. Der erste Zug fühlte sich gut an. Er behielt den Rauch lange in der Lunge, und als er ausgeblasen hatte, merkte er, wie sein Hirn wattig wurde. Er führte den Joint wieder an die Lippen. Zweiter Zug.

In seinem Rücken rollte ein Auto langsam vorbei, bremste ab und kam zurück. Die Türen gingen. Eine Taschenlampe leuchtete auf. Zwei Polizisten schritten auf ihn zu. Den Mann kannte er nicht. Die Frau knotete ihren blonden Zopf neu. «Guten Abend. Dürfen wir Ihren Ausweis sehen?»

Cobb schnipste. Der Joint verlor im Flug die Glut und landete im Rhein. Cobb zog den Ausweis hervor und zeigte ihn der Frau.

«Ist was?», fragte er.

«War was?», fragte sie.

«Nein», sagte Cobb.

Danksagung

Ein Dankeschön geht an euch, Barbara, Onna und Len, denn ihr seid grossartig!

Urs Waldisphül hat mich in Gegenden geführt, die ich sonst nie betreten hätte. Vielen Dank fürs Mitnehmen!

Die Lektorin Irène Kost wäre ein Grund dafür, mehr und schneller zu schreiben, einfach um öfter mit ihr zu tun zu haben. Danke für diese Zusammenarbeit!

Walter Millns
TÖDLICHER SOG
Broschur, 256 Seiten
ISBN 978-3-95451-688-9

Ein Mann und seine schwangere Frau werden brutal ermordet. Kriminalpolizist Bärtschi muss ohne die Kollegen ermitteln, denn er hat einen schwerwiegenden Verdacht: In den Reihen der Polizei hat sich ein Maulwurf eingenistet – bloss Journalist Cobb und Anna Galati kann er vertrauen. Als eine weitere Leiche gefunden wird, lässt deren Zustand nur eine Vermutung zu: Die georgische Mafia breitet ihr Netz über Schaffhausen aus. Doch zu spät erkennt Bärtschi, dass er längst in ihre Fänge geraten ist …